浙江文獻集成

浙江文叢

錢陳群全集

〔第三册〕

〔清〕錢陳群 著
張猛 點校

浙江古籍出版社

香樹齋詩續集卷三

木門行感舊記遊，兼示學海書院諸生。

昔者韓退之，嘲謔師命劉。越州遊汗漫，一笑三年留。少海之津析木尾，七十二沽春漲水。當年下第歸不得，殘書一束曾遊此。遊人踏春油壁車，東風吹入五侯家。販糖賣餅人不識，尋詩獨步手頻叉。偶然月下投古寺，中有幽人東溟山人龍震，所著有《玉紅草堂詩》。坐席地。爲我進酒發清吹，讀我新詩忽垂淚。自言七十無妻兒，出門帶索雙鬢絲。高歌不知白日暮，鼓琴一寫牧犢悲。高麗流寓抗浪人，麓村安氏善古詩，鑒賞古蹟，不爽毫髮，傾家收藏項氏、梁氏、卞氏所珍，頗爲當代所推重。姿顔自足多精神。平生然諾重意氣，米家書畫陶家賓。三人相視成莫逆，闤市曾規子雲宅。一朝別去走京師，射策東堂便通籍。五年秉節會重來，駿馬多市黄金臺。舊遊先後各雲散，公餘歎逝聊悲哀。量才有命提玉尺，去取何曾輕假借。資昔切爲問新來絳帳人，即是當年蓬户客。津人從此知讀書，富商子弟争皃趨。翩翩裘馬各棄去，魚魚雅雅尊群儒。轉移風俗時代有，退之曾作潮州守。近畿文物本麟彬，自笑千金同敝帚。秋帆昨日賦歸歟，特敞篷窗指舊廬。回思四十年中事，消得滄洲酒一壺。

瀛海舟次寄懷邊徵君連寶劉太守炳戈編修岱李編修中簡邊檢討繼祖戈庶常濤紀孝廉昀七子皆河間郡人。

七載衡文地，星旄指近畿。非予樹桃李，此郡本芳菲。諸子驤皇路，邊生隱少微。偶然成出處，終見受恩暉。聖主憐衰病，勞人暫息歸。一從叨祖席，且自賦初衣。鏡識吟詩瘦，心知得道肥。有時成獨賞，握手已先違。大雅誰當繼，由來見者希。相期各努力，聊以答依依。

陳筠圃司馬將之聊攝溧陽海昌兩相國邀余及諸君餞於敝齋酒半歌發極鼓吹之娛富春宗伯即席取紙筆圖之今八年矣予抱疾歸里舟過清源筠圃以秉權來舟次話舊漫題一絶兼寄史陳兩相國

八年夢續黄花會，一夕風吹紫氣來。寄語憐才薇省客，須知吏局有清才。

孚尹秉權清源從閩航購得佛手柑盛以盆盎實磊砢特甚適余舟過清源病少差夜訪孚尹取以侑酒余愛之即擕以贈兒子汝誠用東坡玉盤盂韻題之即次二首

餉來却值晚晴餘，氣味侵衣乍有無。老去逃禪參一指，客邊侑酒進三迂。隨風北上偏中阻，伴我南歸莫改圖。點入貢芽香色好，雲腴霧縠玉肌膚。

證得南來意可知，南車再錫更何疑。獨流古韻親杯茗，要養清芬壓鼎彝。示疾我方勞一診，撚髭或可助新詩。櫓前伸手如相訝，笑指菊花開幾枝。

壬申冬孟舟過任城觀察抑堂史君飯我於南池得瞻杜文貞遺像即事一首

西風吹歸船，著我南池下。衰柳無鳴蟬，淺水堪洗馬。少陵東遊日，篚羽振大雅。平生丁詩窮，遂不辭轗軻。誰知千載後，宗祏此尊社。風義入人深，相感不能捨。簿公一何幸，竟與同龕坐。騷壇歸總持，驥尾附香火。予昔曾來遊，期許亦頗頗。遭逢明聖君，出入依青瑣。慚無補袞才，庶幾拾遺可。乞身非懷安，腹疾方成瘕。故人重憐惜，延我寄瀟灑。賓從列兒孫，時大兒汝誠奉旨隨侍，次兒洪恭、四兒汝隨、五兒汝豐、孫端皆在坐，任人羨之。盤盂雜肴果。夜涼復清眺，星爛雲氣赭。扶藜且別去，檣燈燭已炧。

南池東偏百餘步有樓踞城闉巋然而起者相傳爲太白樓云是賀監與謫仙飲酒處也因題一首兼寄朝右所知

季真具慧眼，識此謫仙人。靈宫握手日，遂解金龜紉。白也感知己，平生重離群。身殁且如此，何况相主賓。薄遊滯齊魯，一笑逢令君。登樓邈遠睇，意氣淩層雲。踪跡忽散去，歸卧鑑湖濱。長安鼙鼓動，臺沼非榮身。遷客走夜郎，有眉不得信。對酒便相憶，能勿愴吾神。用李詩意。予亦負倫鑒，大雅爲扶輪。往往辱賞識，後先持衡鈞。即今以病免，所喜主德醇。雖無一曲勝，而見四海均。古今不相及，古語信有云。溯往悲其遇，舉盃問高旻。

抑堂觀察葺新亭於署後次韻題之并以志勉

静涵虚白自呈明，眼界何妨萬象生。施敵千鈞堪挽弩，識堅衆志可成城。偶然得月呼爲友，且喜題詩一寄情。鴻爪雪泥他日事，有杯在手會須傾。

捕蝗謡

旱蝗不育溢不飛，蝝生之地庶草滋。元和拾遺樂府詞，何乃推原蠱蠹爲。若使人力竟不用，翣蟈成法安所施。貞觀天子仰天吞，蝗不爲害感一言。若使盡煩人主慮，長民者誰竟坐觀。何如我皇舉王政，詔書切責嚴功令。不旱不溢復苦蝗，天事要以人事勝，百爾孰敢不敬聽？

古稱良吏政驅蝗，書之史册何煌煌。奈何流弊壑鄰國，驅之山境有喜色。王者分土不分民，縱免彈覈能勿慝，捕蝗捕蝗要齊力。

官不力，法之科。吏不力，官所訶。民不力，將奈何。赤日長飢汗如雨，波翻狂叫鳴鈔鑼，東田未盡四田多。不如捕蝗一斗易斗粟，長官何事煩敲扑？出粟不多蝗捕盡，秋書大熟登嘉穀。

子十八日而成蝝，又十八日翻兩翅。蝝方子時穴於地，以穴求之乃空寄。彼蝗何物而善僞，早營疑穴以爲備。其所穴者復自秘，覆以敗葉俾勿伺。是與狡兔三窟更何異，終焉炎火速秉畀。可笑魏武稱人豪，疑冢纍纍七十二。奸雄末路劇可憐，區區僅學彼蝗智。

舟經瓜步孔麗九司馬招遊吴氏錦春園園爲御賜名用少陵發秦州韻

主人敬愛客，夙與名園謀。高鴻落雲表，知我下揚州。時節忽歲晏，豈止驚徂秋。食單進甘脆，杖履尋偏幽。陟閣挹遠翠，循檐俛平疇。諧曠若爲契，領異非緣求。任往竟忘客，坐虛翻疑舟。憶昨忝扈從，於此陪宸遊。氣和草木暢，景淑士女稠。詎以文物盛，而弛生民憂。皇情偶相愜，萬象森可收。昔歌音遂矢，辛未四月，扈從來遊。今來跡少留。命札枉鄉曲，曰余滯江頭。嘉會與時邁，盛年逐波流。明發一分手，暮色蒼烟浮。相思各千里，兹意終悠悠。

予假還里上冢後即趨鹽官瞻拜先奉常祠堂留宿益翁姪齋頭次見貽原韻

懸車白傅欠三年，余今年六十有七。對酒何妨便學仙。廣受同時吾已後，林泉尚齒爾應先。

生還故里餘荒徑，扶拜家祠有舊椽。慚長慚卿公論在，惟將清白任人傳。

瓜田遺素心臘梅一枝賦謝

元祐傳花籍，一枝寄好音。團圞依蜜蒂，珍重結檀心。偏許幽人折，來供居士吟。東風料峭甚，相對坐春陰。

歲暮至鹽官留益翁從姪齋頭三日極酬倡之雅入春後復得元日見懷詩即次原韻爲答

守歲訪阿咸，情話敘所歷。高柯本同根，奕葉承餘澤。後先各許身，中外皆陳力。引疾鑒止水，抱素愜虛室。夢去猶自疑，歸來還似客。踐諾遂夙期，傾愫托永夕。禮數任疎簡，壺觴便狼籍。啟橐存疏金，息肩暖孔席。時康無弋加，衷坦謝鼇盤。猿鶴躅先導，騄駬軔初釋。筮言占大同，交照成莫逆。居諸回赴壑，硜執況轉石。慚予罣通人，倚爾爲將伯。所希葆其真，豈忍曠安宅。翼彼大路遵，緪以朱絲直。揚風感性情，企道扶衰白。悠悠時一遭，忽忽如有懌。對雪憶梅花，題詩寄元日。自非遺俗嬰，何由寫心得。既慰千里懷，仍苦六時隔。我心如春流，環環互絡繹。家風願共持，庶使罍湊熄。

癸酉元旦率誠兒朝正天寧寺紀事一首

生還且喜作閑人，列炬朝正拱紫宸。玉笥漫誇原有種，金魚好在自隨身。班行丹禁違鵷鷺，香燭靈宮領縉紳。此日趨扶同拜跪，他年盛事揖芳塵。

送誠兒還朝用益翁韻

人生別離自相躡，擬之身影同非同。偶然移步影即換，日有升昃與方中。作詩紀別費鐫鏤，正如伶倫截取嶰谷筒。我昔別母返金闕，忽啼忽笑如迷濛。雍正四年，余奉太夫人南歸。假滿還京，正東風花時也。今朝見爾還朝去，落帆亭外仍東風。佇立不語但嗚咽，親知勸我扶歸筇。願爾速飛莫淹滯，伴爾自有天邊鴻。報主惟將一寸縷，精勤到處神明通。子舍遥瞻白雲白，直廬正翻紅藥紅。功名及早趁朝景，膝前兒女催成翁。

輓馮愚堂明府

感逝題蒿里，風前老淚垂。柳旂春水曲，丹旐錦江移。辛苦雙嫠女，嬌癡孤露兒。惟餘邛笮外，社鼓拜威儀。

四婦詞

予承祖澤，代有清德。少賤貧，餬口四方，所與遊皆知名士。行年三十有六，甫通籍，官翰林，洊歷卿貳。弟界由大令報最，任州牧，恪守家訓，幸免隕越。先是，予連舉子未立，相者云：『子年四十後，當有丈夫子六七。』已而果然。歲壬申，予六十七，以病假歸，天子禮遇優渥，賜詩寵行。居無何，疾少已，爲第四子汝隨取婦。時大兒汝誠奉恩命，率婦隨侍，次兒汝恭下第，亦侍側。設宴于寢門中霤，一室怡怡，自主婦以下，咸式訓焉，貧而好禮，不自知其貧也。《易》通《家人》《睽》，必始于婦人，爲詞勉之，並載氏族，以勖來者。

大婦京兆相國妹，阿翁官二千石，結褵五載，爲翰林妻，膳服疎戚各適宜。侍姑具命服，仰覲聖母，拜賜緋衣。仲婦吴興著姓沈氏，幼嫺女則，説禮敦詩，織紉課蠶，頗厭華綺。三婦曲陽妹女，母訓是式，閨中失偶，翦髮誓天，曰寔惟我特。四婦瑯琊大司農孫，最小偏憐，嫁有日矣，跽請於母，願受先人田。毋治奩具，翁家故貧，或少佽粥饘。合巹後三日，常服勸經，泫焉流涕，願郎折節讀書，隨諸兄肩。於是諸姑伯姊，見者咸額手稱諸婦賢。主婦敕中廚膾鯉炰鼈，舉觴率諸婦上壽。予則受之，曰願諸子諸婦，毋忘今日。乃飲斯酒。

題薌林相公望雲歸櫂圖

舊學尊黄閣，新恩上白華。遇隆深有契，道合重無加。天筆光珠斗，斑衣焕彩霞。笑余方蹩躠，江路導南車。陳群時奉詔養痾先歸，相公風帆南指，遇于淮上。鼇禁傳家學，人文聚德門。豈因台輔貴，而忍缺晨昏。密勿仍千里，希夷感一言。用陳摶事。脂斑仙圃採，雲匕侑清飧。

送鵠雲弟謁選北上

白晳吾家秀，家風凛素絲。魚鬚傳笏在，雁齒喜肩隨。上谷趨庭早，銅符佐邑遲。前賢有名訓，仕學要相資。

謁范大夫祠堂

吾郡此祠古，城南枕一隅。飄零辭故土，指顧定全吴。麥飯薌流几，靈旗風滿湖。千秋宗裔在，托迹類陶朱。范文正《復姓表》有『托迹偶類夫陶朱』之句。

答沈丈長谿補録

秋風初挂席，揮手别江干。白髮存知己，青雲達遠翰。短籬添晚菊，隙地藝芳蘭。雙屐逢僧話，悠然得古歡。

覺羅八姑輓歌

別駕胡君天畀從武林歸，詣予，攜貞女八姑《墓志銘》洎八姑所遺《雜記》一册示余，且曰：『公文筆負天下重望，天畀承乏公里，願勿吝一言，使淑孝流傳于世，可乎？』予讀而敬之曰：『文望未耳。當我世而有賢媛如姑者，忍嘿嘿不形於聲詩，必非人情。微子請，吾亟蘸墨爲之。』乃作歌如左。天下女子讀之，知守身以自淑，爲女德首範云。

蘭生空谷何揚揚，不採而佩蘭自芳。天潢有女，比潔秋霜。襁褓遭失手，墮地肢體傷。及長誓勿字，願侍父母守宗祊。女則諸籍靡不通，叶三年泣血居父喪，戚黨重之厥孝彰。隨兄奉母來尊鄉，鉛華早屏禮則防，事上馭下咸有方。温恭淑慎化不争，叶天年不永德不爽。叶素言出笥傳賢明，叶八姑非男子，移彼淑孝可作忠。叶八姑不爲婦，婦道懿矣集厥成。叶天下女子讀其遺書，莫不歛衽而拜，願姑行在其身。叶

示海齡姪孫

汝父年未齔，哀哀啼而孤。工母弟婦安人。甚節孝，抱子以奉姑。厥後我禄養，迎母指皇塗。弟峰歿後三年，余始通籍，官翰林，太夫人率弟婦及姪汝鼎就養京師。汝父隨母氏，坐侍行則扶。惟時太夫人，撫孫比作秩。我體慈母意，衣食如一家。叶汝父倚顧復，何異父母且。汝父幼孱弱，結襪繫履絇。稍長識文字，事母答勤劬。我憐弟脆促，清才立年殂。愛弟而愛姪，其義同推烏。國恩有錫類，冠帶肅魚魚。雍正十三年，姪汝鼎以恩廕入監肄業。我子亦林秀，經業各菑畬。遭逢明盛日，櫜筆典石渠。我年過耳順，衰白形神癯。優詔歸里閈，拮据攜諸雛。汝列孫行拜，頭角清且都。美玉在追琢，良木歸匠輿。今汝年十二，策策勖汝初。燈火可繼晷，爲汝舉一隅。要令節母見，兒汝成名儒。

臣陳群於孟春十六日拜奉御製賜和詩恭讀之下中心感激不知所云適領到賜三希堂法帖内有宋臣蔡襄謝賜御書七言古詩蘇軾稱爲宋朝法書第一者臣自慚淺陋遠遜古人而嗚感紀恩波瀾莫二輒用其韻敬抒犬馬依戀之忱稍申葵藿向榮之義云爾

東風薄寒怯侵晨，檐梅忽感韶華新。斗杓十日占南指，宸章射斗光奎文。蓬門枕隍苦湫庫，是日屋角連祥雲。天道下濟發生意，玉振自鑒土缶真。衢歌曾博宣聖和，繩樞頓忘原憲貧。直將雨露起衰白，肯使孤賤遺臣鄰。法兼李杜炳藝府，朗如日月縣高旻。恭摹貞珉壽奕禩，仰窺腕力迴千鈞。遇深自幸生隆郅，恩重内度慚經綸。憐才盛心自千古，鼓勵儒行擄席珍。鐫鏤惟知肝腎在，依戀豈以逖邇分。側聞元音初布濩，禁中敕和傳廷紳。壬申嘉平，御製詩成，命内廷諸臣同賡。敬翻賜帖步往躅，願附驥尾非無因。私慶遭逢邁前哲，萬年有道明聖君。

贈馬甥宁青兼題幀首

第五扶風雋，飄然樂事賒。能詩真似舅，敦行善承家。藥物頻勞贈，殷勤致可嘉。要令起衰白，餉酒復移花。

落拓猶自喜，春流到面前。一編時在手，喬木況參天。晚近存風古，親知數汝賢。願教腹笥富，長此抱戔戔。

穆齋符君任秀水二載政善民安以報銷雜件稍遲致干例議大吏知其賢得上注赴闕瀕行部民思慕不已時陳群養痾在籍採輿人之公論當繞朝之贈策作詩送之次鴻博張兄原韻

朔風號寒林，肅肅征鴻度。翱翔隱雲表，嚦嚦音如訴。端居稔輿情，多惜長官去。長官來二載，無喜亦無怒。因何壍拂衣，云坐官文誤。捍綱思逞顔，嘉植失煦嫗。胥隸工舞文，象魏重懲故。但飽谿壑謀，肯爲民社慮。由來閶塞衷，矜知終難悟。公道存上游，裁牘急相舉。社鼠多憑陵，已疢當在預。衰齡重分手，何況别廚顧。恢哉遘澄清，早識驊騮路。他時竹馬迎，重席花間布。

附原作　張庚

翔雲趁長風，縹緲淩空度。執手向河干，離悰悵難訴。下車未二載，何遂拂衣去。既非爲吏愆，又豈上官怒。細壄忽洪坼，徒以暨胥誤。驚歎徧群黎，含凄到童嫗。雅懷曠無繫，一笑辭親故。天意本淵微，寧容出恒慮。失馬徵前徽，倚伏明者悟。聖朝急仁賢，寸長猶得舉。矧兹素履貞，循聲茂有預。所嗟衰孱叟，早蒙青眼顧。俄焉失其依，茫若行迷路。俛仰舊芳林，春風冀重布。

賦得緣情慰飄蕩

此少陵句也。瓜田外史讀而感焉，淒咽不能已，遂援筆賦之，邀予同作。

寂寞論千載，臨風一听然。陰鏗餘别裁，任昉擅華牋。雲路違天狗，春山叫杜鵑。由來多落拓，遺集未成編。

任情聊自愜，痛飲尚能豪。稷契平生許，風雲異日遭。哀鴻亦何事，孤唳爲求曹。後死知誰屬，應輸老布袍。

附原詩　張　庚

萬念無從托，撚髭獨慨然。江山羅寸管，涕淚滿長牋。遠跡悲鷗鳥，孤衷拜杜鵑。未能歸故國，楚榜集遺編。

愁與愁恒接，吟懷益復豪。低回難自解，踊躍快相遭。付誦憐家嗣，相疑悵世曹。豈知後死者，把卷溼青袍。

春　聲

樂歲誰能繪，居然聞此音。仰天欣一飽，到地直千金。欲辨灘前碓，還疑月下碪。村毗秋殷殷，野闊夜沉沉。吉貝勞相答，黄梅熟可尋。因風飄玉闕，譜入五絃琴。

題崔一村明府去思八景選四首

早聞吏局勞佳士，到處輿歌仰令才。五兩風帆三版水，鄉人船載孟嘗來。右《下車圖》

秧鍼拂拂水田田，曲曲溪流處處穿。夾岸鉤輈斜日外，勸農官到緑楊邊。右《勸農圖》

行雨蒼龍四野垂，却從雲裏見之而。老農額手歡欣日，正是長官默禱時。右《禱雨圖》

平生惱恨不平事，米富偏思米價昂。一自長官申勸後，日輸平糶米千囊。右《糶濟圖》

富人儲粟盈囷，每見米價平，則愀然不樂。或數日少騰，則舉室相慶，甚者猶不輕售。久之，市販益爲居奇，價遂不落。於戲。粟爲民天，聖天子宵旰勤勞，凡以爲斯民計菽粟者，至周且悉。米價平，則貧者得飽，米價長，則富室滿嬴。即一邑計之，富者百之一二。以萬家計之，富者得一二百。苟能體天心，心聖意，則米價不昂，而商賈通利，貧乏不至受餒。安知天不降鑒此心，使富家子孫長保其富，以共享昇平，其利不其溥哉。因題斯圖而及之，亦以醒世也。

湯婆子

企脚偏於稻薦宜，微薰紙帳放梅時。早朝踏雪貂裘客，辜負長宵暖不知。

豈無睡鴨噴香時，被底温存終讓伊。興到便將盛臈酒，不妨唤作小鴟夷。

棄捐時節恰三春，包裹何曾著點塵。説與雙鬟休自薦，遺炎還有竹夫人。

前身只合是丁芊，鄂被相逢亦偶然。盥洗還堪資曉讀，井闌不用汲寒泉。予幼時家貧，隆冬未明，即起讀書，則無薪舉火熱水，汲井泉代之，膚爲之皸坼也。

題張上舍龍威詩集

樂府曾翻絶妙詞，争抛紅豆譜相思。而今衰白還鄉里，又讀江湖載酒詩。
十杉亭外日當空，往躅追尋一夢中。讀罷傳來春草句，吟成蛺蝶舞東風。

前歲抱痾還里劉延清尚書遺詩五首送别詞旨諄切每出笥展玩循誦無已秋雨兀坐蕭齋依韻爲答

昔年將母去，曾賦别君詩。延清初館選，與予居同巷。余於乙巳秋奉母歸里，曾賦詩留别，蓋三十年矣。衰白又今日，瓊琚報好詞。祇緣分手重，翻喜入秋遲。得假時正值暑甚，不能束裝。八月望後，始諏日登舟。厚意何能忘，悠悠繫我思。

魚水君臣遇，恩光荷九霄。公才如鄧禹，我識愧房喬。扈從陪行帳，將攜侍早朝。偶然違咫尺，便遣小奚招。

烏臺貞百度，鼇禁領斯文。中壘藜曾照，孝威筆出群。論思常得獻，諫草不須焚。友直平生益，還期繼此聞。

欲别難爲别，猶能憶别時。勤拳良友意，簡要吉人辭。願保松喬質，長居喉舌司。臯謨兼益贊，一德慎如絲。

蕭然門館静，于以樂吾初。退直得清暇，有時還讀書。大兒能接武，幼子喜循除。素壁傳清節，應懸羊續魚。

附　原詩　　劉統勳

歸愚歸隱日，公作送歸詩。今日送公者，誰爲絶妙詞。金門諸彦集，秋水片帆遲。夢覺聞嗚櫓，依依魏闕思。

一疏陳丹陛，重綸下紫霄。睿文中眷注，上壽錫松喬。詩和猶三接，兒扶更早朝。倶蒙優詔許，詎待小山招。

豈弟存吾道，恢奇聚藝文。平原餘乞米，内史詡鵝群。叱馭曾師古，拔茅切救焚。灑然存一老，嘉惠四方聞。

從來膠漆意，倍在别離時。欲敘平生事，難裁覼縷辭。久隨丹禁地，同筦白雲司。尚有前期在，鴛湖下釣絲。

烟水幾千里，身輕放鷁初。善酬明主意，勤讀養生書。有子辭金馬，經時返玉除。平安頻奏達，不必覓雙魚。

薛山人生白銅婢杖歌

竹枝脆折蒲萄輭，曇瞿自詡波若眼。幽崕危磴不可到，長鬚小奚足偃蹇。山人銅拄三尺强，短小精悍流金光。隨身來去呼作婢，乘濤鼓枻相扶將。首山躍冶鑄初就，玉女變色蛟龍藏。一從山人得此杖，飛騰矍鑠神益王。偶然緩步坐花間，扣之鏗然應低唱。古有愛妾换名馬，請以款段遺從者。不然攜手共君行，酬詩且學張方平。

春帖子詞

淑氣靄璇宫，慈闈萬福同。盤中延壽勝，簾外試燈風。

千歲蔀章纔七閏，萬年寶籙彙三元。皇仁直與春風似，披拂涵濡盡受恩。

蠶收麥熟稻登場，兩浙三吴處處强。報賽迎年還望幸，翠華重到樂豐鄉。

香樹齋詩續集卷四

甲戌元旦余以足疾未赴天寧寺朝正設香案於中庭望闕恭叩紀事一首

瑞烟深處望慈寧，曙色濛濛上曲屏。自有鳴雞當玉漏，何妨旋馬作頭廳。農祥正正雲中見，鈞樂愔愔夢裏聽。瘦骨真同陽羨客，敝裘襏襫立𡨋𡨋。

甲戌正月四日夢登黃鶴樓見李蒼崖使君科頭倚闌而立餉予柑一雙覺來忽忽此景如在目前少頃閽者持尺素至曰從楚中寄來啟之則蒼崖書也纏綿拳懇凡三百言篇末有揚帆東泖湖頭之語不覺信眉色喜用東坡烟江疊嶂詩韻答之並請如約

夢中扶藜遊楚山，扁舟一泛湘波烟。故人招我好顏色，雙柑分餉何殷然。醒來雞啼燈火暗，但覺沁齒如流泉。天明打門門者應，袖中一緘曰來自晴川。開緘江梅三百朵，隨風朵朵飄尊前。先生落拓聊自喜，黃樓俯瞰江連天。舊巢萬里不歸去，樊口竹石依暄妍。我欲割此百福坊邊一畝宅，勸君更置千金圩上二頃田。百福坊，千金圩，皆吾郡地。草堂陽羨非故井，至今韻事留千年。笑予凡骨本塵土，乞靈江山資秀娟。長夜懷人坐擁被，東方欲明猶未眠。能經龜息未肯學，豈羨十洲三島倏忽來往之列仙。莫言聚散偶然耳，某邱某水遊釣皆夙緣。題詩紀夢當會面，故人讀此只作來訂東遊篇。

送鵠雲弟之官皖城

紆道寧親暫息勞，行裝未換舊征袍。早聞國老争推轂，自有當塗爲解條。賢路何妨先百里，門才終見夢三刀。年來蹩躠依鄉井，話别春前首重搔。

次瓜田正月五日祀神後邀同人集强恕齋韻

物華聊記載，幽意托風人。雪應隔年臘，梅争五日春。祀仍勾踐舊，酒泛月波秀州酒名。新。輪與彌伽老，招要近局頻。

瓜田外史示甲戌上元觀鄉飲酒禮詩即次其韻

由升及拜既，禮樂安且節。器數本自然，於以寓施設。聖務重引年，鉅典三光揭。臬著達州郡，如星各陳列。孝治隆漸摩，四海歸有截。閹茂守歲辰，孟陬指寅月。蕘階蓂莢齊，萬彙方生發。盛氣導之來，温肅見更迭。行立和不流，身正義無褻。我生慕緇衣，對之心如結。洋洋聞二南，雍雍告三闋。信修比造車，自合門外轍。君子飲無數，令矩必中折。惇史吾未逮，厥事敢勿述。側聞司正言，賓主幸無越。乞憲念上庠，向日胥欣悦。

附原作　張　庚

青旛届三辰，欣逢上元節。鉅典乘時修，芳筵絜齋設。上庠地何肅，大儀固早揭。中懸《鄉飲酒禮圖》。主人拜迎賓，執事恭就列。三讓禮致尊，四隅坐有截。煌煌止天地，輝輝昭日月。牲醴俎實開，脯醢豆芬發。祭薦偕獻酬，及介省更迭。隆殺何其宜，週旋總無褻。曜靈方正中，瑞氣藹欲結。工人始升歌，笙間遞以闋。聖皇重引年，賢守敦故轍。舉廢新觀瞻，成禮美磬折。遵憲復乞言，惇史亮能述。孝弟義既彰，黎庶情罔越。仁風接橋門，溥被四海悦。

附　錢受穀

孟春祖陽氣，烹狗應時節。主人既謀賓，蒲筵遂前設。自古無遺年，王道此昭揭。憲乞隆上庠，州序亦陳列。大哉皇朝化，四海頌有截。休息徧黎元，昇平樂歲月。於以禮屬民，孝弟尤感發。舉爵酳高年，酬獻遞更迭。司正攝其儀，典重詎敢褻。仁義苟衆著，輿情自蟠結。斯禁尚在堂，正歌俄已闋。道路美觀型，比閭奉軌轍。慕善何油油，對之心欲折。由來政教本，此事寧勿述。聖澤盛旁流，歲星應守越。行看慶屢豐，眉壽胥欣悦。

春雪歌次瓜田外史韻

癸酉冬，吾郡得雪甚微。甲戌正月，立春後數日得雨，既而大雪，此上瑞也。瓜田以春雪遜於冬雪爲嫌，及聞老農語，始欣然作詩紀之。時予病足初起。

落燈風後雨復雪，東君著意弭春節。感春詩人方較量，知時老農早欣悦。瓊英鋪定雨腳收，土膏沁入麥荄發。由來一郡足千里，『嘉禾熟，浙西足。』此郡人諺語也。古語有云豈徒説。皇誠昭格靡勿通，序令先後默旋斡。病餘自笑成詩狂，檐梅壓雪含幽光。邀君踏雪便尋梅，扶藜一試山人裝。信足所至有坦步，及時行樂真良方。如此昇平如此瑞，君如不飲負此觴。我行躑躅猶起舞，吾足跛矣神飛揚。

附原作

張　庚

臘月不雪正月雪，殊訝天公失時節。晨興老農忽我過，詢之盛稱良可悦。麥苗菜甲蟄不舒，從此勾萌茂生發。指點階前厚尺餘，豐年仍兆非虛説。要知造化肯惠施，先後之間見迴斡。我聞斯語喜欲狂，呼樽對酌延清光。清光奕奕皓雙眼，直令茅屋瓊瑶裝。耕當問農洵有以，乃知學問誠無方。老農含笑斟復起，請君且勉傾此觴。爲君擊落梅上積，蓓蕾定校前朝揚。

題莊遇軒大令洗馬圖

三年作宰清且貧，玉壺寒冰絶點塵。由來牧事師卜式，至今澤被巙疆民。鄧公有癖平生在，駿骨不惜千金買。黃金臺畔苜蓿肥，曾度蠮螉入青海。生駒一躍如流梭，就中尤數拳毛騧。曉寒踏雪昭君塚，晚涼洗馬桑乾河。龍媒散去皆成功，畫師留影畫圖中。爲語圖中顧盼者，主人今作多牛翁。

題張怡亭觀蘭圖

昔有天錫子，平生愛遊覽。藝蘭比才秀，此旨會深闇。張君實師之，夙昔慕恬憺。對兹九畹姿，臭味時一領。不知門外塵，白養胸中澹。穆然坐清風，白日扃小广。

莊愈廬舍人齋中雙盆梅歌次陸根堂編修韻

尊前玉色東風面，嫩晴大氣華堂宴。主人愛梅有梅癖，鄧尉山塘踏來徧。人間國色無雙姿，無雙有雙得兩枝。我生不識邢與尹，神光旖旎今見之。須臾帬屐聯翩至，對此那能辭一醉。當歌憶昔發餘思，竹爐山館茶初試。辛未仲春，法駕南巡，鄧尉西溪梅事特盛，上取竹爐烹泉賞之，從臣皆有恭和元韻詩數種。年時扈從今退翁，梅花應笑同非同。歸來忍負梅花約，坐覺日月成虚逃名遂性全山空。常怪此花遺騷僅存雅，《離騷經》以嘉卉喻君子，獨遺梅花。《小雅》則僅存其名。縱令牙笙檀板爲君容，終許破氊紙帳爲君寫野。

聞孫園吴祠普明禪院諸處梅事方盛同人載酒訪之舟經烟雨樓風阻不果維舟樓下即席用東坡松風亭梅花盛開韻

環環湖面連墟村，梅花静掩孤山魂。美人空谷各自賞，宜晴宜雪宜黄昏。吴家祠堂孫家宅，六朝老樹留祇園。昨日偶動看花興，養花天氣餘微温。今朝上船風忽作，波光澹漾朝日暾。松舟小泊釣磯石，魚鑰自啟重樓門。名花一覩有定分，此理洞徹應無言。人生有願多似此，不如且倒花前尊。

暮春訪汪玉山太守求是齋出歐陽圭齋送王都轉長律横卷適朱上舍攜春橋草堂圖册索題即用圭齋韻應之

杖藜來試踏春泥，夾岸垂楊壓帽低。水曲便通朱邑里，橋平儼似白公隄。疎籬麑眼翠初潑，細草帬腰緑已齊。竹塢漁莊最深處，一層石路一層梯。

題汪求是太守墨池圖册子

昔聞王右軍，耽書有奇癖。洗硯臨清池，池水爲之黑。後有王元章，畫梅但用墨。種梅洗硯池，花開澹墨色。海岳實兼之，書畫兩奇特。曾知無爲軍，軍治地餘隟。鑿池既得水，古硯資洗滌。興來圖瀟湘，往往驚座客。至今五百年，藝府守宗祏。歲久池亦湮，覽古弔陳迹。亭榭付榛莽，巋然存拜石。汪君來是邦，豪蕩多感激。公餘發十夫，濬也洵非闢。渠成水瀵起，循除鳴濊濊。好事數過從，紀載牋屢擘。嗟我不善畫，筆法沾餘瀝。黄庭不可攀，公乎窺正則。使節三十年，南疆徧遊歷。雲龍鶴不還，醉翁人已昔。湛然見池光，塵鏡重拂拭。願君留斯圖，一再展几席。

題秦氏園亭兼懷味經侍郎

春遊小步仍三月，乾隆十六年三月，扈從法駕過此。茗事初嘗第二泉。隨意軒楹無粉飾，遂情樹木自風烟。高懸鳳藻當頭上，横捲龍山到面前。寄語白雲同省客，故人存活又經年。余前歲卧病京邸，味經惠藥劑調治。

附
和詩

秦蕙田

三殿鳴珂趨夜漏，幾人樂志遂林泉。山中猿鶴空明月，湖上樓臺足曉烟。接武文章鼇禁裏，傳經燈火鯉庭前。閒來參得坡公句，應信當頭百卅年。

訪同年盧抱孫觀察於邗江官署話舊言情得四絶句

雪泥鴻爪任人猜，宦味真同蔗味回。最是揚州明月好，多情還照客重來。『多情最是揚州月，直送行人出塞垣。』抱孫舊作也。

霜晨小酌令支酒，月夜輕移沽水船。又見落梅官閣裏，燈前一笑各華顛。

雪堂新治致偏幽，笛簟平鋪揖舊遊。有石數拳花數朵，詩篇簿領一時投。

廣陵春水碧粼粼，三月鶯花到眼新。六十年中誰管領，推官都轉兩詩人。漁洋山人官司李時，至今六十年。王、盧皆濟南郡人。

抱孫飲予官閣并邀迪夫同年話舊即席得詩一首

東風吹帆落瓜步，筕輿訪舊長鬚隨。道逢故人迎笑面，歡然揖我弭節麾。執手訝問何太瘦，約我一醉花前巵。是時紅藥花未放，倚石高樹開辛夷。須臾有客自三徑，躉輟講席閑臯比。時迪夫主安定書院，聞予至，即輟講來會。臘糟旋去聲澆鴟頭筍，凍豉薄摻玉版鮮。坐安相對各道想，杯深隨意猶論詩。二人一百九十九，予今年六十有九，迪夫、抱孫皆六十五歲。予年則長身則衰。當年看花長安陌，雲龍相逐還相追。中間一別動逾紀，會面自喜無復疑。若欲誇張少年處，殷兄張丈非予誰。太平風月莫輕擲，明當扶杖平岡垂。

附　蔣恭棐

揚州一月雨不絶，桃花亂落楊花隨。乍晴天氣互寒煥，造化狡獪恣指麾。連朝謝客坐講席，經旬服散疎酒巵。都轉忽馳片紙約，嘉客既見心則夷。握手迎面賀無恙，我慚荒學擁皐比。主人情深致佳醞，入饌兼有新江鮮。侍郎雖老尚豪宕，算年紀事遂成詩。古賢立身期晚節，亦覺年至嗟其衰。二人一百九十九，耆英舊句今能追。千秋寂寞那可料，眼前相信各不疑。此邦風雅歐蘇後，新城代興舍盧誰。鴛湖還棹莫底急，去歲相隔燕南垂。

答夢麟學士

掄才在南國，嘉植如良苗。耘耔既云力，雨露終自邀。亦如幽蘭質，結根遺山椒。揭車信可載，返轡迴江皐。秋草無春榮，任運知非遥。老參種樹書，期子會同條。

新詞雲間下，高韻諧鸞笙。大旨訴相憶，妙要陳長生。韶音發萬竅，天風振江聲。獨立青溪客，蒼然感五情。群才際聖代，正雅同一聽。休明有先兆，遥企岐周鳴。穆如契元古，躁釋中自平。

人言思終遠，既遠可廢思。如何情深者，猶然十二時。中懷苟不諒，往往遭訴訾。匪石曷以轉，惄焉如調飢。抱兹硜硜質，豈敢邀衆知。臨風一浩歌，涕泗難自持。非學楊朱泣，非感墨翟悲。傍徨緬古昔，於以實令姿。

附原詩

夢麟

喬柯墜繁露，潤逮隴上苗。膏澤良自天，蔭息終常邀。春暄發土脉，芳畹滋申椒。可憐幽蘭葩，寂寞寒江皐。寧勿畏霜雪，雨露知非遥。逝當愛春暉，藉以酬長條。

寂士撫清絃，仙客調鸞笙。元感發靈籟，惜未哀人生。夫子契古道，揮弦振大聲。静叶天地撰，細齊民物情。賡庭帝有喜，被廟神是聽。賤子步高律，毋廼鵾鷄鳴。微吟慕元化，亦復中和平。

驌褭如可識，伯樂胡見思。奮蹄馳横門，彌憶哀鳴時。俛首就九軌，或以惡馬訾。哲人見歎息，一顧悲吾飢。雖非千里材，畏辱君子知。浮雲東南來，悵望中難持。含情睇天末，白日予心悲。願奉王喬丹，永駐洪崕姿。

答陳生詩

生名奉兹，江州德化人。予丁卯主豫章試，以生領解額，後屢困南宫。予蒙恩予假還里養痾，曾約生於歸道詣予，考評所得，既而不果。昨從郵筒中寄長律四首，詞旨懃懇，格調峭拔，非復吴下阿蒙矣。惟推許逾涯，讀之且喜且恧，次韻爲報，聊示近狀云爾。

秋會曾虚膾玉鱸，無人載酒到江湖。閑來得句誰當賞，偶去看花强自娱。況示殷勤千里外，平生嚮往一時俱。他年講席開何處，應笑先生糠粃癯。來劄云：『行就廣文一席。』

夢時曾度虎溪邊，腳迹翩翩喜接連。春前夢遊東林，見生與蔣生士銓、裘生麟、鍾生儼祖，導予酌智慧泉，醒時齒頰猶香。目擬尊中沽上若，何須門下辨東田。人言疏傅辭朝日，事類維摩示疾年。老大心驚恩未報，諒無情緒問絲絃。

擔當局内豈無人，暫寄山中草木身。但説憐才還技癢，輒從弄筆見精神。悔心借鑒惟師古，愁緒如荄況遇春。驛使傳來詩句好，問誰對此尚能嗔。

皇恩特許賦歸來，杜老情懷感七哀。不信逢時慚是好，用退之語。始知倖獲福爲災。無多歲月因忙擲，漫與詩篇帶病催。饒介饒編修學曙。茗生憑問訊，早聞匹馬遲江隈。

附　陳奉茲

不關秋到憶蓴鱸，卧病身歸范蠡湖。粗服亂頭裴自好，敷文析理謝長娱。門生載管金銀具，諸子傳衣筆酒俱。入夏吴中團扇畫，仙人那似舊來癯。

春來講席落帆邊，陸贄聲名喜接連。得句舊曾題種樹，著書今合號歸田。名流並憶登龍日，詞客長歌放鶴年。誰向西湖陪宴賞，對公紅頰試箏絃。

經師天下更師人，共説廬陵此後身。百代愛才連性命，一生集古足精神。河流不問操巵飲，桂樹寧知附岳春。最是婆心難罄盡，有時獎借有時嗔。

一從樵李賦歸來，孤露門生百可哀。但捧人名尊作佛，誰迎我馬拜消災。文章自愧青錢選，年歲多爲白日催。就此詩成無處問，雙眸南斷水雲隈。

題何東江上舍小影

觸手牙籤尚未攤，桐花潑乳漱清寒。西園圖裏曾相見，小設瑶琴坐石盤。

呼童汲井趁朝暾，沆瀣空中遮薄礬。消受人間清曠樂，不知世上有煩喧。

客從滇中來遺洞庭茶荔支賦謝二絶句

攤書臨帖了前因，半臂蹣跚可笑人。閑數盆荷開落候，長鬚捧到碧螺春。洞庭茶名也。

兩朝恩遇近蓬萊，樹上分嘗拜一枚。今日陳家園裏物，荔支以陳園産者爲第一。却從萬里客攜來。

平山堂紀遊詩

黼庭少司農奉命督修高堰，石工將竣，得假省親。後治裝北上，經過邗江。余適艤舟維揚，盧抱孫都轉邀遊平山堂。明日，余即渡江而歸，黼庭、抱孫各寄詩索和，因次其韻。

扁舟渡江船頭立，但見春去何堂堂。連朝故人餉美酒，更投險韻搜詩腸。宿酲未醒吏來報，明當遣騎相扶將。是時鉅工初奏績，長虹綿亘周隄塘。十日得假蹔歸省，還朝使節來維揚。治春遺風有嗣響，如蘇繼歐差足富。豈惟佳會一攀陟，要與名蹟分主張。憶昔紅橋鬥詞賦，鞭笞陳宋走且僵。我來江雲若相遲，恢台天氣霏清涼。酌泉據石行復住，攬勝未肯遺偏旁。登堂如入閬風苑，咳唾一落千丈强。揮毫萬字付苔蘚，憑弔往躅懷老蒼。三州隱見一凝睇，芙蓉朵朵相頡頏。不知到此偶然耳，竟欲身世同混茫。侍郎生本此邦傑，自言初入選佛場。題詩紀事硎貞珉，鏗鏘音節何洋洋。廿年同直別兩載，梧桐林秀依朝陽。征帆行楫各南北，華簪席帽分閑忙。病餘筆墨猶未廢，梅劉故事聊評量。山靈有約期再舉，平生一覿幸勿忘。

附原詩　　嵇璜

半生幾度邗溝上，惜未一至平山堂。山靈有知應笑我，輭紅萬斛堆胸腸。春風初迴江上棹，清遊便約相迎將。藍輿軋軋轉城北，木蘭舟在橫河塘。天然一洗脂粉陋，自有真色誇維揚。主人詩名噪海内，登壇旗鼓誰能當。秀州宿老來邂逅，致師摩壘軍方張。緊余欲以不戰勝，退避三舍走且僵。其時薄陰雨不作，花事漸澹風微凉。名園別墅鬥奇趣，一重一掩羅岸旁。探幽肯憚苔蘚滑，濟勝漫詡腰腳强。逶迤不覺到山麓，萬松夭矯排青蒼。泉名第五品水味，差與西神相頡頏。攝衣拾級眺層閣，隔江雲樹烟微茫。嗟乎此堂之成近千載，登臨有句孰擅場。半山襄陽不可作，國朝最數王漁洋。雅雨後出掩前輩，獨以古調傳歐陽。名山名士夙緣在，坐令過客嗤奔忙。别來幾日攬清夢，二分明月閑評量。寄語秀州遊勿倦，好志此會期無忘。

附　　盧見曾

治春宴罷流風長，畫船繫徧平山堂。大雅不作山靈寂，寒號枉自搜枯腸。八騶高駕兩詩老，不期而遇非邀將。我作地主合好會，扁舟載酒尋雷塘。名園櫛比盡領略，大都幽折鮮發揚。躋堂頓覺眼界闊，遠山入座紛相當。有如芙蓉刀劍削，有如雲母屏風張。檻外老梅著花過，屈曲瘦榦饑蛟僵。此州衝要苦兵火，繁華一過全荒涼。劫殘誰復遺堂舊，點綴古蹟羅其旁。湘靈病起我腳輭，濟勝惟有中散强。井汲五泉水清洌，亭攀萬松蔭欝蒼。幽尋每愛趺龜仆，俯瞷時有飛鳥頏。高刹梵音降縹緲，大江潮氣浮混茫。徧訪奇踪滿胸臆，乃建旗鼓登壇場。舊侶長城樹幟慣，偏師我亦軍莽洋。無端驛騎催客散，鳥啼花落空斜陽。挂帆詎因著屐懶，乘傳直爲治河忙。郵筒轉遞二十韻，才溢八斗誰能量。和詩追寄秀州去，毋令逋欠推坐忘。

輓同年蔣迪夫編修

病免歸來接笑言，感君存問意何敦。先君病者後君死，一棹歸來哭寢門。

六經剩義比恒沙，密訂幽探恣剔爬。獨守蓬萊最深處，不離鄉井作仙家。

文字知交亦有因，涉園圖畫悟前身。玉樓趺坐沉吟客，倘一相需商確人。近者闇亭陸太守寄《涉園消夏圖》，屬余題識。楊文叔前輩作記，中云：『隔岸風柳搖漾，藉以方裀，趺坐，伸一卷沉吟者爲姜觀察賦山，就觀察坐，身微側撚髭睨觀察，若商確文字者，爲蔣編修迪夫。』

會面真成一刹那，盧仝席上醉顔酡。迪夫主安定書院講席。予於初夏訪同年都轉盧君抱孫，即約迪夫同飲花下，甫浹月而訃至。重過安定祠堂外，早有門人廢蓼莪。

語兒鄉

魏塘水迴抱，有里阻且深。云昔范大夫，曾擇鷦鷯棲。西子未歸吴，於此先結褵。無何抱一子，白晳能言詞。遂以名其里，表端曰語兒。訛言誰作俑，流傳至今兹。夫差方慕色，兩目眈睢盱。勾踐既返國，悉索苦不支。事仇餌以色，舉網得西施。大夫受成命，一往無復疑。奈何中道廢，而竟三年稽。周公乃大聖，輒非理謗之。放牛桃林日，有詔賜妲姬。清談恣譏評，召禍不自知。非聖者無法，王者所必治。泥古不衷理，何用考古爲。

寄懷劉崇如編修四首即次贈别原韻

衆材各呈能，成器歸大匠。就中中棟梁，注目斤斧暢。平生慚國工，耿耿抱微尚。道隆契自深，運際時方壯。豈惟托孤懷，於此厲高唱。明月出雲端，萬彙同一仰。誰知巖棲叟，獨立早睇望。此致終難傳，默默寄清曠。

玉皇召群仙，高選司記注。接武香案邊，藝門蔚清譽。由來德愛深，遷擢期匆遽。神駿遇王良，蕩蕩周原路。秋餐黄菊英，春鍊紅梨句。袂連西清彦，迹洽東華署。我老棲蓬衡，空庭一閑步。懷人冬夜長，擁被窗櫺曙。

昨聞握丹筆，匹馬走羊城。銕網購璣貝，玉尺程俊英。回轡指北闕，斗杓復南橫。領勝有深會，一掬終未盈。餘情托毫素，詩本題南征。酌泉弄明月，長揖芙蓉青。少滌京洛塵，更濯滄浪纓。歸來事早朝，仰看長庚明。

卧疾歸海濱，彈指周再歲。老驥立春風，長嘶願終惠。皇仁眷衰殘，雨露有偏逮。飄蕩惟自任，眠食猶好在。裁書寄遠道，一慰平生愛。情知良士衷，卓犖邁時輩。願借長河流，寶劍發精淬。努力崇明德，前哲垂深誨。

附送別原韻　劉墉

帝廷有名卿，藝苑有哲匠。蘊真道爲鄰，舒卷清風暢。平生古處敦，冲襟多雅尚。吹噓寒谷温，栽培弱植壯。冰雪縈懷抱，疏越朱絃唱。天游謝畦畛，嘯歌寄俯仰。秋官頌臯蘇，明慎欽時望。云胡賦歸來，養痾樂閑曠。

廿載侍禁林，欲去皇情注。緬惟忠孝家，朝野多嘉譽。篇章以寵行，眷眷行無遽。秋風理歸櫂，迢遞江鄉路。琴書六一舫，藥裹少陵句。宵涼夢偶成，徘徊玉堂署。庭薇映華髮，階藥引閑步。覺來烟水寬，藹藹滄洲曙。

送別東門道，冠蓋傾都城。久要多宿德，新知羅俊英。及此桂光圓，銀漢正斜橫。洗爵壽君子，中有灝露盈。低回詎可留，迅鷁隨雲征。髮是江南，眼與山俱青。湛湛長江水，濯我無塵纓。歸來把黄菊，獨酌和淵明。

曩隨函丈初，憶自辛壬歲。及兹一星終，弗諼周行惠。深心有夙期，引翼若不逮。寅年六角書，明明如月在。裁詩悵離悰，深虞言鮮愛。鯉庭洽季昆，風流更前輩。豈惟文字緣，古義相磨淬。猶冀北飛魚，時時寄清誨。

香樹齋詩續集卷五

孟亭太守自白下來訪余適他出未晤既歸門者白太守寓南湖烟雨樓中因泛舟詣之知爲露齋郡公延至官舍即邀同瓜田外史集敝廬小飲次孟亭登烟雨樓三首韻

放艇泛南湖，湖樓四面敞。積雨漲衆壑，樓影摇秋水。有客留題去，拄杖立階戺。新篇澹以遠，出沐芙蓉似。郡公雅好賢，郡齋三宿止。遂使訪舊人，扁舟凝中沚。捨舟詣郡齋，言笑接彼美。主賓真二難，晚近得二子。

貧廚何所供，采采湖中蔆。雖無巖壑勝，好持松柏貞。豈期江左彦，一對雙眼青。拂案理棋局，坐牖觀魚罾。遺簪長自笑，願言諧編町。

先子我前輩，同醉珠樓酹。丁亥秋，陪令祖樓村先生遊當湖弄珠樓，先生於席間題詩索和。壁間舞寒蛟，剥落竟如許。東湖昔忝陪，南湖今辱主。俛仰五十秋，文孫復舊雨。撫今而追往，觀居亦何苦。不如對尊酒，茫茫一今古。夜深客請歸，寂寞聞蛩語。

題曹榕齋明府小照

我生未七十，舊雨日凋喪。何期病免歸，拜此丈人行。憶昔諸生時，益友資直諒。是時文氣靡，詭譎各異狀。先生守正則，努力去冗長。註腳六經師，揮手百川障。南宫冠冕尊，東魯弦歌尚。我方計吏偕，車鞅污塵坱。先生歡然迎，尊酒慰倉兄。一行復遷徙，江國仁風暘。吏局多風波，寧辭速官謗。歸來但閉門，三徑幸無恙。南湖一水通，來往時進榜。示我撫松圖，高致寓清曠。太平風日佳，衰老亦何妨。

題亡女汝淑遺像

歎息韓挐失，衰齡淚欲枯。嫁衣猶未敝，姆教幾曾孤。薄遣從貧父，歡承慰病姑。望穿遲一命，腸斷訣雙雛。作誄傳閨範，題詩記畫圖。全歸倘有日，泉室爾須扶。

題棲霞盛叟遺像

岑參兄弟好，伯也爾其賢。人在羲皇上，詩宗大曆前。半規端木石，一幅剡溪牋。自號鹿皮子，洪崖早拍肩。

題畢復閬令姪百二家從益翁觀察詩又識一首

兩家阿買筆，實可張吾軍。往事聊鋪敘，平生感戚欣。田荆原自合，楊幔幾曾分。惇史終誰屬，行將述所聞。

題王西華松風梧月草堂圖

琴上松風流石畔，窗前明月入懷中。何人夜讀聲相和，十里丹山有路通。

同年留松裔少宰寄詩見懷次韻爲答

病餘一舸辭雙闕，載得君恩自北旋。臭味差池同草木，交游聚散似雲烟。新詩入眼三千里，舊話從頭四十年。手折梅花寄消息，到時應恰在春前。

附原韻　　留保

病卧聞君病漸痊，東山花鳥與周旋。静思香樹風中味，淡愛嘉禾雨後烟。問我春來遊幾日，柴門晝掩不知年。普天慶會期非遠，好待談心桂菊前。

再用前韻柬松裔

玉露霑衣夜未眠，空庭小步自迴旋。鴟夷瀉酒餘真味，榾柮薰香出細烟。高閣水邊曾遲月，小車花下又經年。偶然夢踏觚稜路，連袂同趨香案前。

聖駕再巡盛京恭謁祖陵大禮慶成雅有序

乾隆十有九年秋，上再幸盛京，恭謁祖陵。五月，奉皇太后至熱河。七月，自熱河發軔。十月，告成禮而還。凡所供億，不絲黍累民如初禮，民亦願供力役，子來恐後，而所司之將事者，視初加習焉。是役也，往復四千餘里，計日以旬者十五。風日順時，徒御適力，所過群牧孳息蕃庶，遠近部落賢王君長，争獻牛酒。塞垣父老，咸稽首歡慶，以再覲天顔爲榮，且頌皇上十歲再舉行之詔，信如約矣。蓋天地日月，寒暑晝夜，萬物稟承，習而安焉者，信也。信之時義大矣哉。伏讀八年秋，皇上御製《盛京賦》一篇，凡以發明祖德，推本所自，山川形勝，風土人物，自文字肇起以來，稱極則焉。雖相如、班固、揚雄諸人，靡不屈伏。臣何敢復綴一詞，貽譏爝火？惟是國家有大典禮，則文學之臣，倡爲詩歌，以垂永久，固其職也。《大雅·文王》《生民》諸什，狀周家開基受命，質樸渾厚，爲雅詩鼻祖。巡狩則《車攻》《吉日》《瞻彼洛矣》《裳裳者華》諸什，庶爲近古。下此惟兩漢猶有正雅遺意，魏晉以還，節繁辭縟，如沈約、庾信、褚亮等，無所取裁。唐元結、韓愈、柳宗元操雅有則，然僅因事鋪陳，於發揚光烈缺焉。無聞良由，樹基未盛，承業未隆，即欲溢美敷張，尠所依據。洪惟我本朝誕受天眷，鍾靈表瑞，種德膺符。開闢以來，皇古遐矣，莫可考已，其略可與比擬，則成周、后稷肇祀，綿綿延延，庶爲近之。而以聖紹聖，繼繼承承，則又遠邁於成周。以還諸令辟，述德象功，攄詞形雅，非才如吉甫，其誰宜爲？臣幸際昌期，出入禁籞有年矣。其有一知片識，罔非沐浴訓誨，所有增繼。竊慕正雅之義，恭紀四什，什各標目，以志盛典。至德音時沛，所在均被頒政，籌方必親裁決，宵旰勤勞，法天行健，則行在史官書之，道路謳吟及之，臣不復贊云。臣陳群拜手稽首敬獻。

《天畀》溯列祖，肇祥種德，永延寶籙也。

天畀我清，肇基丁東。高山天作，長白巃嵸。木靈其匯之，有淵者潭。叶環以愛滹、鴨緑、混同，神禹所未治，是曰三江。其一

朱果定祥，實俔帝女。誕生聖人，非弗非履。帝用錫以土姓，爲東國主。維聖毓聖，昭茲來許。不敢康寧，撫有諸部。肆來歸其恐後，曰維煦嫗我。其二

皇矣太祖，惟聰惟明。仁武天錫，遺甲在躬。叶執言征不獲，式廓是增。惟瀋陽洛食，創此帝城。其三

篤哉文皇，德音則貊。貊其德音，皇天是格。聲教式敷，厥猶其允塞。維天眷德，乃立厥

配。載省九有，孰作邦以對。維我文皇，克謙以退。考禮同文，實好是懿侯。文皇有子，誕受帝祉。其四

巍乎長白，以廣以莫。焕乎列祖，明明赫赫。濬矣三江，厥流湯湯。遐矣祖澤，延延孔長。

惟天難諶，惟德是任。肆大清之受，命與天地參。其五

右《天畀》五章，首章章十句，二章章十二句，三章章八句，四章章十六句，五章章十二句。

《適追》，紀我皇法祖追遠，以敦化本也。

適追來孝，維仍維雲。我皇烝哉，世祖之曾。憲皇之子，聖祖之孫。既明克類，既長克君。

維列祖之詒，萃於一人。其一

歲大淵獻，言舉斯典。祗奉聖母，孝敬是展。則度于遼，則陟于巘。稽籍考儀，徒御則簡。

黍稷馨香，薦我角繭。列祖其佑之，鑒兹德産。禮成作賦，天筆是撰。曰予之東，祖考是纘。其二

昔我聖祖，丹陵三謁。茂典昭兹，史册所述。亦越憲皇，潛邸備物。奉命恭代，芬芬苾苾。

有其舉之，百禮以洽。不數不疏，以恪以潔。殷薦再涓，曰辰在戌。其三

橋山崇崇，厥光熊熊。龍蟠鳳翼，芝草長豐。神馭來歆，石馬御風。孝孫奏假，肸蠁斯通。

禮成受福，率見肅肅。我皇追遠，下民是覺。於萬斯年，觀此孝德。其四

右《適追》四章，首章章十句，二章章十六句，三章章十四句，四章章十四句。

《閶風》，紀我皇禮成受朝，以肅瞻視也。

閶風東來，百昌是承。翠華既集，明堂是臨。其一

相彼明堂，當陽圖治。文祖神宗，實恢斯制。其二

亦既勤止，我應受之。時維繹思，實左右之。其三

東藩連延，悉子悉臣。匪期匪會，宗我帝巡。其四

爰爵有德，爰賚有功。敷政崇政，宅中建中。其五

辟王求章，穆穆皇皇。祖有明訓，聰聽勿忘。其六

禮成賜酏，簫磬具舉。簫磬具舉，兩階干羽。其七

拜酏斯醉，飫德斯飽。補苟切。萬方稽首，天子萬壽。其八

右《閶風》八章，章四句。

《時獮》，頌聖武也。

皇塗既規，天綱斯廓。應時而獮，循彼周索。東指翔陽，北循斗杓。言抽肅慎，言挂繁弱。

雷動星流，臨此廣漠。

廣漠之野，實惟帝鄉。形勝奧沃，飛走繁昌。既殲大兕，復殪封狼。三驅一發，獲必中雙。其一

叶匪陆匪掩，不盈不充。叶其二

羽林既列，復來藩部。君長悉率，從天子所。道旁父老，咸頌神武。再見文孫，實瞻聖祖。

天顔霽之，言言語語。其三

皇威既振，皇仁載宣。行未亘時，景未靡旃。高下用命，依古爲田。存孤休役，賜見百年。漠惠俄朵，莫不稱傳。其四

上殺薄陳，左膘是芼。爰奉甘旨，爰奉宗廟。第勞則均，以次而犒。豈惟講武，亦以行教。風動草偃，天子之孝。其五

昔忝扈從，珥筆行圍。命賦大獵，略疏其義。叶天語激賞，拜賜全麋。歸栖故里，聞獵而怡。車攻載獻，用展依依。其六

右《時獮》六章，章十句。

舞蛟石元趙孟頫所題，今在徐太僕祠堂後。

女媧鍊石補天缺，巨靈五丁運怳欻。雲根萬丈隨手捩，指畫變化自融結。功成散材各飛去，正如工師斫髡留。賸枿兹石不中選，突兀躍冶逃洪爐。側身一落三萬里，乃在檇李城内東南隅。瘦如枯槁立曇瞿，飄如瓔珞垂靜姝。沐日浴月幾千載，亭館空聞閱興廢。老藤蟠護如蔦蘿，經春花發珠百琲。有時月下來美人，拔劍縱擊沈將軍。砉然聲裂斷右臂，血漬猶作紫纈紋。有時化作扶笻叟，霜眉雪鬢多精神。誰其賞之趙王孫，手鐫二字斯籀文。或云遺自花石綱，或云好事范長康，千夫攜至清宛堂。最後考古小郲子，强更其名非信史。朱竹垞檢討集中，改

名曰蛇蟠。至今狂風驟雨夜，空中時見寒蛟起。

題周斐亭小照

小隱何須學買山，一拳濃翠綴烟鬟。岸巾盡日踟趺坐，愛看閑雲自往還。
掉頭早歲賦歸來，三徑慵爲熱客開。常倚雲根弄如意，不妨衫履染莓苔。

題徐達齋丙舍築廬圖

松間丙舍水邊樓，載酒人過遠帆收。笑比南州徐孺宅，平江江上百花洲。
種竹栽花已徑圍，長將孺慕答春暉。東田他日扶筇訪，恰值龐公上塚歸。

恭和御製蔣溥進所作塞外雜咏依韻和之元韻

氈　廬

過眼川原一刹那，亭名擇勝付輕駝。牕開北牖迎風遠，幔卷西偏得月多。雪重乍融連雨點，草長緣隟入晴蘿。無窮烟景隨時領，不羨堯夫安樂窩。

駝裝

檢點行裝上駱駝，笑看家具亦無多。山根遠望疑危石，柳外斜堆似亂坡。鼻孔絲穿雲際擁，蹄涔沙印水邊過。行人立馬遥相待，更戒相將慎勿蹉。

馬絆

周防騄駬莫長馳，逸足從來有遠思。利用繩之三尺法，聊云與以片時羈。低頭且喜加官草，緩步何妨近澤陂。要使調良馴本性，籥雲只恐未能知。

風竿

風時欲舞意飄揺，環衛周廬傍九霄。夜月偶依人影亂，夕陽一向馬頭招。四時花草憑翻樣，萬族禽魚各自標。更映紅燈燦珠斗，酒家帘已落清宵。

雨溝

一聲琴筑落牀頭，高枕無煩旅客愁。畚鍤加功資蕩瀉，淺深得法合涂溝。灣環偷得羊腸樣，活潑渾如鶯脰流。帳下兒童須省録，要知未雨好綢繆。

設卡

皇居往往覆祥雲，四面貔貅浄遠氛。豁閒千林連野闊，綿延兩翼引繩分。星羅直似長楊道，壁立寧同細柳軍。遥指射鵰烟靄靄，更傳殪兕早書勳。

地竈

不是燒丹探火候，寧同掘井及泉深。春廚尚要芟秋草，塞外春時尚無草色。故竈欣看試舊爨。間有歸途行廚即用去時舊竈者。豈必代庖方可治，何須曲突始能黔。偶然增減尋常事，史冊陳謀豈似今。

安市

趁市隨行若子來，日中逐逐復彽彽。蘆簾葦席排偏密，馬後車前擁不開。一夕所需無賸物，千家資用有餘材。塞垣老幼歌休助，共説皇程去即回。

征衣

豹尾班中逐隊趨，家家裝束事長塗。博寛最笑蹣跚步，短小偏宜精悍軀。污處袖中丹禁筆，香痕襟上塞垣蕪。歸來好付閨人手，更待明年扈從俱。

銅晷

姬旦南車是太初，候陰觀象孰之如。銅圭恰合西洋製，玉尺兼傳南正書。九行去聲納來懷袖裏，五方辨出雨晴餘。一人行殿猶宵旰，尚曰分陰實起予。『今人雅合分陰惜，陶侃名言實起予。』御製元韻句也。

頒鹿

按簿如陵頒或群，頒來右膘自天申。拖全下拜趨君長，割肉歸遺屬小人。貫串隨車紛餽歲，炙燔促坐洽比鄰。餘波早沐投醪賜，厮養銜恩孰敢嗔。

和詩

鈞韶天上出新詩，傳寫詞臣五夜披。豐沛歌成情自愜，卷阿遊罷景堪追。上每作詩，皆即景成章，捷如天授。從臣應詔賡和，往往遲一二日恭繳。九重朗照誰邀賞，一字能安便受知。迴憶屬車曾珥筆，無鹽自笑老逾媸。

恭和御製蒙古土風雜詠十二首有序

甲戌東巡，由熱河出中關，即入喀爾沁境。經敖漢、奈曼、土默特、科爾沁諸部，匝月乃至吉林。所見塞外土風，多有可紀，隨事命題，各疏小序，得七言律詩十二首，亦周爰諏度之義也。

乳　筩

以皮爲之，平底豐下而稍鋭其上，捋乳盛之，於取攜爲便。

孰論得髓孰論皮，似筴何曾一矢遺。毛孔直參無漏義，玄霜要悟欲流時。最憐初達先知跪，羊初生，求乳必跪其母。只恐生駒未受羈。候火定教通味外，醍醐應向此中移。

荒　田

農作非蒙古本業。今承平日久，所至多依山爲田，既播種，則四出遊牧、射獵，秋獲乃歸。耘耨之術，皆所不講，俗云靠天田。

偶紆翠蹕雲中騎，來看黄沙雨後田。試歷塞垠無棄地，方知聖澤本同天。縱横自屬南東外，樹藝仍居游牧前。力作不勞成歲事，昇平一飽故依然。

鄂博

蒙古不建祠廟，山川神未著靈應者，纍石象山冢，懸帛以致禱。報賽則植木爲表，謂之鄂博，過者無敢犯。

疊成齒齒復磷磷，此是山川正直神。便有攝儀行過客，何曾施敬路旁人。由來樸魯無淫祀，終古祈求有歲申。挏乳炙牛存典禮，居然風俗譜岐豳。

革囊

紉革爲囊，以代筐筥，罌盎食用，鉅細無所不納。行汲以貯水，涉川則挾之肘間，亂流以濟。或謂之皮餛飩，蓋俗呼也。

一笈從來抵一奴，行旅諺語。摒擋家具此焉俱。爲筐不用裁江竹，盛飥何妨當飯盂。利涉亂流傳古法，考工紉製陋諸儒。蕭然囊橐隨行李，自笑真成濩落軀。

柴車

取材于山，不加刻斲，輪轅略具。以牛駕之行，則鴉軋有聲，如小舟欸乃。

聞說紫芝乘此隱，而今遺法塞垣多。元德秀罷官後，嘗乘柴車，往來陸渾山中。不巾不輻偏行遠，非櫓非篙亦渡河。載月呷鴉同小艇，拖泥穩便比輕駝。曾叨扈從陪車後，沙路相逢一蔟過。

骨占

炙羊肩骨，視其兆，以覘吉凶，猶古龜卜。

神占即可號神羊，火象於言義取揚。灼炙既從呈圻兆，仔肩如響定禨祥。繁昌早驗明年牧，近止能知遠戍郎。魚亦問晴雞問卜，乾坤至奥豈終藏。

馬竿

生駒未就羈勒，放逸不可制。以長竿繫繩縻致之，蒙古最熟其技。

孑孑綏綏及腹繩，駃騠未許縱驍騰。若非竿勢先馴致，那得鞭絲便奏能。罷釣任公時拂水，脱旄蘇相偶踰陵。盡驅天馬來天廄，絶技材官庶足稱。

兒版

兒生在襁褓中，令卧版上，韋束其兩臂，倚氈廬壁間。啼則摇之，徙居則懸之駝裝之後。

乳花啼笑劇堪憐，韋紉雙縧貼兩肩。不用歌詞傳醴面，豈因束縛礙吞拳。牌頭籍免添丁稅，臂上絲穿長命錢。更指熊祥牀寢地，壁間弧矢正高懸。

灰簡

木削兩簡，編韋聯之，稍刳其中，塗油而布以灰。作字畢，則拭去而更布之，有古漆簡之風。

布白編韋可代言，結繩而後此苞元。新陳遞嬗人稱便，開闔虛中道可存。春蚓秋蛇無定跡，剡藤魚子不分門。學書紙費成徒語，執簡應同傳笏論。

竹筆

蒙古産毫穎，而未得縛筆之法，削竹木漬墨作書。

如錐蘸墨便能揮，老健中書未放歸。豈假象犀稱玉笋，敢邀湯沐著紅衣。茗霅間製筆，有名大紅袍者。透來紙背方知是，認去豪端只恐非。倘得幾餘親一試，行間鸞鳳會同飛。

口琴

製如鐵鉗，貫鐵絲其中，銜牙齒間，以指撥絲成聲，宛轉頓挫，有箏琶韻。

獨絃栔自口中吹，匠氏工偏以冶爲。老眼看來真似鑷，春葱撥去恰成絲。聲迴合節箏應讓，舌囀如流鷩未知。行殿薰風傳解愠，雷門布鼓笑闕氏。

轉經

蒙古奉佛惟謹。木輪中貫鐵樞，可轉動，集梵經於輪間。大者支木架，以手推之，小者持而摇之，旋轉如風。謂一轉功德，與持誦一過等。

磨兜妙義自無文，佛力風行衆所欣。清净輪迴原自在，波羅密諦本難聞。萬緣旋轉空王國，一手扶摇大地垠。象教由來能護國，焚修莫説誦持勤。

恭和御製吉林土風雜詠十二首有序

吉林在盛京東北，我朝發祥所自，舊俗流傳，有先民遺風焉。甲戌東巡，駐蹕連日。江城山郭，廬旅語言，想見岐豳。式廓之始，咨詢土風，拈二字成語者爲題，得近體十有二首，聊紀一二云爾。

威呼

刳巨木爲舟，平舷圜底，脣鋭尾修。大者容五六人，小者二三人。剡木兩頭爲槳，一人持之，左右運棹，捷若飛行。

刳來一木自爲經，絶似蜻蜓著水輕。魚鼓雙蹵真欲逝，蛇添兩足更能行。溪間未覺伊雅響，烟際曾無欸乃聲。記得春巡江介路，槳人飛渡碧波生。

呼蘭

因木之中空者，鏤使直達，截如孤柱。樹篬前引，炕烟出之，上覆荆筐，而虚其旁竅以出烟。雨雪不能入，比室皆然。

邨邨矮竈依檐外，縷縷晨炊出孔均。幾段椏杈邊塞景，萬家煙火太平人。縱飛雨點飄難濕，偶指鞭絲數復頻。要識馳驅門外客，羡他黔突是閑身。

法喇

似車無輪，似榻無足，覆蓆如龕，引繩如御，利行冰雪中。或呼扒犁，以其底平若耕犁，蓋俗稱也。

扒犁幾點雪中過，澤腹堅時利濟多。且喜輕馱同薄笨，任他綵鷁自嵯峨。如龕小坐移真便，似榻能牽穩不蹉。但設茶鐺煨榾柮，撚髭覓句更如何。

斐闌

弧矢之利，童而習之。小兒以榆柳爲弓，曰斐闌。剡荆蒿柳條爲矢，剪雉翟雞翎爲羽，曰鈕勘。

纂組由來始一絲，童孩嬉戲莫忘之。六材徧地能攀取，三笴隨宜便改爲。此日箕裘傳國俗，他年弧矢屬家兒。聖朝利用威天下，小醜真成何所施。

賽　斐

古人食皆以匕，羹則以勺。國俗舊以木匕長四寸許，曲柄豐末，猶古制也。

功能代箸孰之爲，古制皆然今亦宜。共飯何曾勞澤手，嘗羹即此可觀頤。出筒乳滴凝雲匕，候火脂流翻雪匙。或恐須他供旰食，少陵吟罷冷淘時。

額　林

皮横版楣棟間，以貯匳、篋、缾、罍諸物，兼几案匵匵之用。

兩版居然著數廚，無多筐篋亦堪俱。取材未解用無用，貯物寧論觚不觚。鼠走夜深聲未静，塵封歲久色微烏。衰齡擬學吉林俗，便置茶經與畫圖。

施　函

斲木爲甯，因其自然虚中以受物，貯水、釀酒皆用之。視束鐵編篾、攢木片爲器者，大質爲勝。

天質真成材不材，虚中藏器用何恢。料量家具添醯甕，款洽朋儕指酒醅。自是樽櫨無棄置，不須鐵竹更周迴。瓦盆留到兒孫大，對此應知要善培。

拉　哈

土壁堵間綴麻草，下垂緣，以施圬墁。此我朝過潤、芮汭間舊俗也。

茸茸草覆制如綯，安堵家家版築勞。擣蜃無須煩赤叐，刈麻聊用取堅牢。墁施貍蠱誰能入，向塞寒風那更遭。豳館至今仍舊俗，短垣比屋及肩高。

霞　绷

蓬梗爲幹，擣穀糠和膏，傅之以爲燭，燃之青光煜煜，烟結如雲，俗呼糠燈。

以糠爲肉以膏塗，拔取麻中照夜需。豈必松蘇源明事。藜劉向事。方代蠟，真成茗酪互爲奴。結雲粲粲光微碧，照字熒熒紙不烏。東壁餘輝如可合，田家燈火本無殊。

豁　山

夏秋間，擣取苧楮絮，入水漚之，瀝蘆簾，暴匀爲紙，堅韌如革，謂之豁山。凡紙箋，皆以名之。

韌似桑根漚作箋，不須魚網用方便。信州翠篠應輸穉，逸少蘭亭尚遜堅。新樣疊番誇後勁，佳名挂漏笑前賢。簾紋揭處題天筆，灰簡文房要共傳。

羅丹

鹿蹄，腕骨也。舊俗以蹄腕骨隨手攤擲爲戲，視其偃仰橫側爲勝負。小者以麞，大者以鹿，瑩澤如玉。兒童婦女圍坐，擲以相樂，以薄圓石擊之，則曰怕格。

鹿腕磨光玉可稱，略箋小技所由興。衆中投骨聊爲樂，四色成梟快不勝。擊擲相呼施瑩石，取攜逐隊蹴堅冰。兒童便學軍中戲，未許都盧有獨能。

周斐

樺木之用，在皮厚者盈寸，取以爲室，上覆爲瓦，旁爲墻壁户牖，體輕而工省，逐獸而頻移，山中所産，不可勝用也。

樺木生來用在皮，瓦檐垣牖亦皆爲。肯同柏子惟供燭，不似楸枰但列棋。匠氏取輕隨所適，弓人用薄此猶宜。宸章足補冬官記，土物洪纖盡得知。

甲戌除夕口占却寄誠兒並促次韵時余年政七十矣

那得翻身入紫烟，太平風物寄幽偏。病餘恰愛懸車日，春早方知遇閏年。槽響珠流霜後洒，土膏脉起雪封田。此時下直瞻雲者，應羨諸兒在膝前。

香樹齋詩續集卷六

春帖子詞

三五春先遞，星輝階正平。安輿行侍奉，便省野人耕。
家家臈鼓一聲催，暖入銅瓶凍欲開。多説今年梅事早，六龍飛處帶春來。
土牛應候氣初乘，來歲辰在丑。大有書傳百穀登。若賀新春同賀歲，丙子十二月望日，立春。朝元便踏上元燈。

立春日招里中諸子集樂順堂小飲分得日字

行年六十九，遇春旬已七。但有故人杯，那更少年日。迴憶三載前，忽遘維摩疾。天子實閔之，殊典備優恤。諸子抱同患，存問亦互迭。相扶出都亭，執手各哽咽。延息等夢回，往事一電掣。何期生還後，復遂懸車乞。當時送别人，幽致略髣髴。或如僧放參，或如鳥投櫬。後先迹偶同，華黍堪比潔。今兹近局招，慚愧無所設。趣洽引談諧，時康長歲月。國恩分難酬，耿耿懷静謐。

二月十二日攜恭兒並約從孫載放舟之武原經半邏璵城皆故里也撫景言情檢得石湖詩選本有四時田園雜興三十一首余分得十一首恭載各得十首

曉枕纔聽晴雀聲，春遊有約竟能成。上船小坐蓬窗敞，一陣東風船尾生。

故里諸郎折柬催，爲言帶雨菜花開。春分節後花齊放，今喜看花人又來。

不愁少米更無柴，村店何妨小泊來。且向青帘買生酒，糟牀初壓未加灰。

摇櫓撑篙竟不勞，舟人促坐首頻搔。奚童睡起忽狂叫，笑指微紅竹外桃。

農家荷鍤事新畦，荳莢花開薤葉肥。雙槳喃喃新婦語，浴蠶時節便來歸。

船速翻嫌得句遲，柳條桑眼緑微微。陌頭社散人歸去，掠水斜過一燕飛。

天氣晴陰弄薄寒，船頭叉手怯衣單。松關竹塢皆成畫，一幅平林一范寬。

支派南錢與北錢，踏青來往憶當年。而今頭白尋初地，又是清明二月天。

桑麻到眼識艱難，餳擔簫聲隔水寒。稍稍居人下墟市，都傳今日見朝官。時載以編修得假。

春流漲後覺橋低，烏鬼銜波拍拍飛。種水人家辦官税，菱秧初下未成圍。

海鰦出網佐山菘，鄉味薰人氣最醲。上冢麗公行舉⿰衤侖，明當涓吉治春供。

附 男汝恭

昨宵枕畔聽春雷，早起欣看雨腳回。有約連船同上冢，天公又送好風來。

小桃含蘂杏生苞，鳩婦呼晴雨隔宵。二月田家農事少，春遊閒過兩三橋。

蠶豆花開滿陌香，春流屈曲遶村長。太平風景家家是，看徧秦塘與漢塘。

鹿苑鐘聲入暮稀，斜陽臨水上松扉。荆籃乞得鄰花種，渡口婆娑一衲歸。

帆飽東風水正肥，人家隔水市喧稀。白鷗解識忘機客，斜向船唇自在飛。

偶經故里問桑麻，入耳村聲舊住家。童稚也知勤力好，預修籬圃備栽瓜。

短童攜得一壺漿，墨露浮浮貯盞香。坐久更呼添半臂，船窗風急透衣涼。

又聽人聲雜犬聲，溪煙一抹掩柴扃。漁舟點點微微火，倚枕看疑是遠星。

團圞篷底覺情深，小阮何妨暫入林。節物恰當寒食候，筍抽白玉柳黃金。

海畔層層塯影高，卸帆知已近城郊。一行歸鳥隨人到，擁禁喳呀認故巢。

附 從姪孫載

花事纔過二月頭，短笻攜我上扁舟。買將燕筍隨薹菜，鄉味今春傍故邱。

吴歌半學打灰堆，春滿田園笑百回。篷腳好風吹驀直，遠山一帶武原來。

賽社祈蠶倒好嬉，兒時最憶趁船歸。連村雨似楊花落，逐隊人如燕子飛。

乍罱河泥未出鉏，桑含雀口尚如枯。兩涯白屋東西問，門掩書聲早納租。兩涯白屋，半邏村先宅後門題額。

男便耕田女織機，香粳米换木棉衣。百年白叟三家住，一笑紅塵九陌飛。

樹樹鵝黄岸岸晴，鴨桃花外夕陽凝。等閒緑徧船頭水，隔歲曾來記打冰。

風順齊言路不長，船人手裏過茶湯。與伊商略明朝事，合進龍王廟口香。

漁家螺蜆應時生，何處茅柴酒最清。背指勾膝橋一曲，鄭墳東角是璵城。

櫻桃花覆酒家門，春半看春倍惜春。多謝海雲扶月上，照人先與還鄉人。

老年情重少年情，花壓簪頭玉勝荆。小縣東風傳唱去，夜來十一首詩成。

二月朔集迴谿草堂觀張徵士庚張農部宗蒼所畫瀓湖二圖用竹垞先生題迴谿草堂聯語拔山傳諫草遵海重清門十字爲韻分得草字

春駐折而左，蜿蜒勢相抱。横山與金牛，凸若露牙爪。顧況讀書處，孤煙没西顥。瀓湖澄秋潭，元窅静且窈。劍削萬芙蓉，下束爲嶼島。有樹謝錦衣，有桑辭羽葆。從來幽士居，秘景自神造。紫雲山下，有商隱先生故居。不知名利營，反覺天地小。少日隨諸父，上冢髮初燥。攜我入鷹窩，合壁候方曉。漁罾收雨中，樵徑通木杪。別來五十年，塵鞅隔縹緲。籜石我家彦，曾此足清討。至今山樓下，春蚓猶夭矯。徽車忽接連，信脩實所紹。爾如泉出山，我學篤戀皂。何期聚首歡，一舉春會早。同席多故人，談謔各忘老。篋中出雙圖，珍比南金寶。瞥見釣遊地，嵐翠互迴繞。石磴露層層，吾足行可蹻。海門三毛人，仿彿立雲表。醉呼安期生，相從拾瑤草。

觀瀾姪重客武昌即用楞阿中丞所畫鄂渚送行扇頭詩韻送之兼懷楞阿中丞得二絕句

歸日南湖正好秋，來時江閣餞行舟。而今臘鼓聲聲急，又趁寒潮到外州。

曾駐花幢三十秋，巡農問俗泛蘭舟。寄言鄂渚張開府，舊澤輿歌遍秀州。

聞　雷

曉枕驚回夢裏身，天公行雨復行春。雲端那得車聲至，癡絶長門作賦人。

仲夏二日晴明可愛平遠樓主人招同瓜田外史雅集即事一首

樓居何事更爲園，湖面風光上酒尊。萬緑斷連濃欲定，千廛櫛比静無喧。波紋疊疊閑鷗路，雲影重重遠寺門。我醉未歸還有待，愛看晚色到黄昏。

壽存畏八兄前輩八十

八十精神尚可堪，太平風月與清甘。共瞻五色雲常在，喜見老人星自南。雲在、星南，皆存畏別字。得壽因緣惟長厚，致和問學是包含。吾衰願乞長生術，擬接瀛洲海客談。

二節母詩有序

里中節母二，徵士張庚母金氏，文學朱振咸祖母沈氏。其寒素無强近親同也，奉孀姑盡孝同也，作苦持門户同也，訓子成立，一爲名儒、一爲名諸生同也，各請予紀其傳後。金事實載通志。陳群與庚幼同業，親見節母苦行。群母先太夫人生前樂道人善，輒舉以示範焉。沈與群鄰並振咸，曾設帳予家，談及沈食貧養志，撫孤露成立，猶涔涔淚也。嗚呼！節孝之在人間，自朝廷達於委巷，未施敬焉，無勿之敬者矣。群忝舊史官，特就所見識之，各系以詩，採風者知所考焉。

戚黨有賢母，乃在清河張。盛年失所天，奉事其姑唐。唐方喪子時，慘慘哭且僵。遺孤腳不襪，頭蓬走倉皇。夜來守繐帳，黯黯燈無光。撫子以慰姑，作苦靡不并。卑陽切。遺孤就街塾，裹飯充孤腸。姑牏必親滌，姑藥必親嘗。凡姑所意指，婉娩早料量。手皸蠟淚滴，衣薄蘆花裝。兒歸伴夜課，論語八九行。歡娱日苦短，艱難時苦長。姑死兒長大，生徒立屏牆。側身賢豪間，拜母公瑾堂。詔書旌母節，甕牖來龍章。母驚跽而受，有淚溼眼眶。鄰里何嘵嘵，讚嘆在路旁。至今當塗貴，過者式其坊。右金節母

清門述壼德，吾重城南朱。城南司寇裔，母周方在嫿。娶婦同奉母，口不言勞劬。十指之所入，一家之所需。富食愈不足，貧食自有餘。非敢曰有餘，庶以安吾姑。夫亡姑亦老，襁褓存其雛。雛殤更誰依，兄子以母呼。零丁守門户，菽水相扶且。無何婦亦寡，兩孤又遺孤。句讀多母授，長也爲通儒。求師在里閈，振咸從學於庚，庚爲其祖母立傳焉。不知糠籺癯。乞傳表先節，正如反哺烏。張庚今布衣，文筆垂扶疎。反覆推物理，作傳詞不諛。節母耐寒素，一起巾幗懦。遂令尚書後，門閥猶區區。寄言故家子，慎勿求奩襦。右沈節母

題沈建偉上舍秋江濯足圖

滄浪水清濯我纓，秋江水清濯我足。祇因滄浪有濁時，清者濯我頭面服。蒹葭摇江日欲暮，楓丹露白秋江路。秋江淥浄誰能吐，盪滌垢膩不可住。撓之不濁方爲清，物垢不知何處去。當流濯足者誰子，胸中坦白本無滓。區區清濁何足量，更挹清流洗雙耳。

張貞女詩并序

《柏舟》一詩，爲後世守貞者矩則。蓋衛世子年未及冠而死，則殤也，姜之得謚曰『共』，從夫謚也。今張貞女之言曰：『聘不可再。』又曰：『趙獨子也，舅姑不可以無養。』遂歸執喪而奉事舅姑，趙氏子不死矣。其舅姑得貞女之奉，以終其天年。貞女没，而承祀有人。趙氏一綫不絶，貞女之有功於趙，不在程嬰下。聞者感焉，咸作爲詩歌以傳其事。又聞貞女之歸趙也，有媵婢素雲者甫六七歲。既長，其主欲嫁之，素雲誓死以請，願依主以老，遂終身不嫁。於乎，可不謂忠乎？素雲一媵婢耳，而篤慕貞潔，依戀不忍去，其得於天者固厚，亦其主慈惠純一，有以動之，乃至此耶？是皆可以風世者。昔田横不屈於漢，授首乘傳，島中五百餘人，同時皆以身殉，史册稱之。彼以死全義，此以生盡忠，其趣一也，其愚不可及也，素雲有焉。瓜田外史爲予述其事，而爲之序。香樹居士錢陳群題。

貞松生幽澗，百尺高無枝。下有芳谷蘭，托體抱寒姿。冰雪爲禦攘，榮悴無改期。本非同根生，臭味豈差池。主貞媵則忠，之死復奚疑。爲詠貞松篇，庶續柏舟詩。

題許青巖觀察細雨騎驢入劍門圖兼以爲贈並呈相於中任屏藩者

我友玉川子，抱孫盧君曾屬題《淩雲載酒圖》，今三十年矣。宦迹窮冥搒。高興或載酒，曾作淩雲遊。許君無諸彥，灝氣吞金牛。蠶叢昔叱馭，萬朵芙蓉秋。城郭露刻晝，往往皆神謀。孟陽不可作，傑筆誰當留。飄零有杜甫，跌蕩來陸游。後先兩詩人，於此一夷猶。許君霖雨姿，爲政抒婍偹。宦迹半天下，卅載清望收。偶讀劍南句，梁益懷名州。從來發軔地，得鹿紀所由。畫師一放手，棧閣蒼然浮。攜圖乞題句，層雲疊朋儔。詩句有證會，玉川駐邗溝。朱旛三百里，相望如鄰舟。吾衰似老段，廣陌羨驊騮。南疆財賦地，宵旰所勤求。夙夜期黽勉，仰紓南顧憂。題詩慚憲乞，敢告東諸侯。

春帖子詞

綵勝三花燦，階蓂五葉新。徽稱尊懿德，上瑞自天申。

澤沛東南沾厚賜，威加沙漠樹奇功。給求養欲非容易，多在宵衣旰食中。

普天樂奏平西曲，江國歌傳望幸詞。巡典東郊瞻聖域，風回長養恰乘時。

雪夜趙文山太守留飲

使君本是秦州客，鳥鼠秋空揖寒碧。宦遊十載太湖濱，更愛靈巖好丰格。便規隙地射堂東，凝香燕寢來清風。穿池結搆擬濠上，疊石位置疑中空。有時獨坐懷靜正，我心盡欲醫民病。用韓魏公句。有時延接鄉老談，要化囂風去疵政。孤舟我昨泊城隈，晚衙初罷園門開。爲我剪蔬試春醅，把酒對之激壯懷。酒酣徘徊未忍去，踏雪秉燭一再遊。登山已無濟勝具，縱有勝處其奚求。

趙文山太守於署中隙地築小圃乞題

小圃初成枕郡樓，君才自是稱兼州。已排玉筍堦前立，更激清泉石上流。
到手杯中落晚霞，山容宜整復宜斜。扶筇不怕狐裘溼，愛看春前六出花。
由來劇地理如絲，敏捷猶嫌擘畫遲。案上官文無滯獄，袖中詩本有新詞。
偶然種樹欲成陰，疊石無多勢便深。往事十年如昨日，平生要見故人心。

李明府屬題其尊人七十壽

隴西才子房陵後，出宰姚江清且貧。愛客愛民兼愛士，訟庭春暖草如茵。
筍輿迎養鳩扶日，子舍承歡花發時。自有鸞書寄消息，來傳三異到峨嵋。

題周芑東編修遺像

周君金堂仙，其人藝且澹。吾曾試之難，稍露無本膽。二廳方儲才，淳詣道以闇。著作攻編摩，往往承乙覽。甎影移春暉，華黍潔香糝。一棹便南征，遐睇邈窮攬。二豎忽來侵，五斗炊已奄。修文天上秩，遺像人間品。頭直如山青，肩削似鳶颭。應知奉禮儔，一笑以祛摻。

迎納軒賞牡丹得霞字

晴後方知春尚奢，杖藜一到阿戎家。好將天與昇平日，來賞人間富貴花。自有風光留靃靡，不須絃管鬭繁華。移時命撤青油幕，愛見當頭照晚霞。

七十初度自題長律四首

無能自喜遇良時，門對還鄉水半規。長水，俗稱還鄉水。郡人之仕於朝者，往往生還其鄉。前歲得假後，蒙恩賜詩寵行，有『予告遂頤和，還鄉諺如約』之句。病不廢詩成且懶，老方知過悔終遲。俗諧豈敢矜奇服，趣領何妨謝衆知。一事平生真厚幸，得依聖主作明師。

憶昨生還別玉除，臣心那忍説懸車。和音遠想依雲鶴，大兒汝誠蒙恩趨直内廷。燕樂追思在藻魚。近渚無端聊一泛，好山有約總成虚。硜硜未要親和諒，循誦當年徐勉書。

夢來栩栩雜蹄輪，濩落居然萬里身。體氣當佳翻舊帖，耆英得與是新人。宋時耆英會，七十者方與。讀書妄想從頭學，戀主欣聞舉再巡。時江浙生民望幸者，無不踴躍。老大猶時論相馬，一生雅慕九方歅。

端居静慮幾迴旋，道體常呈不舍川。澹泊惟思留本色，和平誰與話真詮。偶憐兒女如無累，私慶遭逢可許全。再造恩深何以報，自抱病後，蒙聖慈體恤備至，始得存活。淚痕時溼枕函邊。

杉青牐送壺尊姪孫北上並示誠兒

橙黄橘緑深秋候，楓白杉青遠别時。爾竟將雛行赴闕，我因憶子復題詩。文章華國方爲貴，政事從民始合宜。他日初衣終得遂，還鄉水際誓前期。

試燈日東郊口占

筍輿行處一爲望，橋跨由拳上下塘。春水船争凫鴨導，燈街人似蝶蜂忙。老逢佳節隨嬉戲，儉比常年默較量。菜把麥苗融雪後，此邦豐樂舊名鄉。

長水舟次贈尹元長使相劉繩庵司農一首

民莫寧分越與吴，哀鴻千里自相呼。中鉤忍下韓公飯，退之詩：『見飯不能下，有如魚中鉤。』入繪誰陳鄭俠圖。喉舌即今尊北斗，度支且喜並西湖。

聖朝恩澤如天大，一郡因何泣向隅。嘉禾郡素稱産米之地。今春初至今，米價騰貴，因去冬未經報出被災，窮黎行乞於道，有司查入施賑，七縣計口各數萬。

附和詩　尹繼善

一棹輕帆欲入吴，喜逢杖履走相呼。花殘小院傾醇酒，詩詠燕臺憶舊圖。見示舊稿内有《和留松裔題小樓圖詩》。有夢還應依鳳闕，閒居好在傍鴛湖。漫愁麥隴甘霖晚，麥田正在望雨。佇見春收徧海隅。

元長節相繩菴司農以鞠讞來浙公餘流覽湖山歸舟來訪作詩見投盛稱武林之勝次韻爲報

五雲一别深復深，卑陬臣居寄闤闠。乘風雙鷁鷲嶺回，履跡衣香餘䨴靆。羨君早領江山清，愧我未離塵土穢。東坡詩：『江山清空我塵土。』卅年劉井舊相於，命駕過從邀一睞。紛披各出遊山篇，百琲珠璣霏謦欬。拍手自笑蓬蒿人，顧影復入鸞鳳隊。熙時令僕存老成，别裁陰何去雕繪。每逢險韻安妥帖，如倩麻姑爬癢背。即今遊賞豁天目，自昔歌詞留地肺。强從好事入評量，鄭旦西施許相配。豈同儕輩判仙凡，要與靈物争明昧。新詩讀罷牙頰香，似向尊前呈萬態。當年扈從恰湔帬，賡和天章許編載。十六年，上幸西湖，凡所題御製各體詩篇，群與沈侍郎德潛恭和者，皆得附入新修湖志。走也猶能附豹尾，敢以頹齡辭袯襫。矢音豈獨召康公，從官蘇白應俱在。湖山面目會重新，父老咸企春巡再。

節孝弟婦任安人輓詩

三弟文學峰，年廿有九而夭，婦依先太夫人守節撫孤。余奉先太夫人至京，婦必隨侍，孝謹端静，戚鄙咸取則焉。今秋八月十九日，以疾終於寢室。前一夕，召其子汝鼎曰：『吾篋中衣一襲，嫁時物也。吾死可衣吾，見汝父也。』予哀力疾，經紀其喪。念婦節孝，且同予侍老親有年，爲製輓言一章，以示後人。

三遷同爨歷鄉城，曾侍慈闈到玉京。壹志撫孤看作弟，比肩奉母倚爲兄。衣留畫篋存初物，誓指青松証舊盟。吾老迴思當日事，難完子職涕交横。

後重九日陪石泉舅氏篁園舍人泛舟煙雨樓偶成

高樓初拾級，此致亦悠哉。水闊菱芡盡，秋深蟋蟀催。薄遊隨意得，緩步自成迴。落帽風猶在，無因問酒杯。

又九月九日同里諸子有邀予出遊者自嗟衰老漫成一律

自嗟衰老怯登高，佳節何妨又一遭。但怕飛蓬隨雪鬢，只餘殘齒嚼霜螯。年來齒僅存無力，惟左車尚堪用命。饞涎偶下新篘釀，藥跡多沾舊賜袍。最是身逢堯舜日，一生事業愧伊咎。

附和詩　　張　庚

偕尋殘菊興彌高，閏九由來不易遭。香秫豐登争釀酒，黄壚減價合持螯。扶衰況有漆藤杖，禦冷還餘絮布袍。倡和律諧觴政允，草茅事業即夔咎。

真如寺有梅花房者予未弱冠時讀書其下又五十五年過之寺僧無一相識悵然有作

舊時蘭若幾家存，犬吠方知客到門。竹外逢僧都不識，龕中揖佛更無言。寒蛩斷續傳秋韻，衰柳高低記水痕。一笑真成房次律，幾回徙倚月黄昏。

秋夜步月至彌伽居士强恕齋話舊得十六韻限夜字

不寢忽抛枕，月色況投罅。呼兒手笻枝，召厮導燈杷。仰見河鼓明，雲光净如砑。蛩語方欲稀，市聲猶未罷。踏月思訪幽，過橋仍命駕。打門應蒼頭，主人出相迓。由來意外逢，熟識翻成乍。婢醒點茶來，婦起從樓下。數錢問鄰酤，陳果當廚炙。憶子未二十，同業邇水舍。往復討陳編，無冬亦無夏。談諧每竟夕，似兒嗥不嗄。轉瞬五十年，迅逝同一跨。古人云秉燭，此義不予詐。詩成且歸去，病老正多暇。倘許數過從，街静何曾夜。

稚黼庭少宰以省親假歸錫山，昨承過訪留宿荒齋。予詣武林瞻拜先祠，便訪鄉林少師，歸舟經由拳再當暢敘，後竟不果，以詩見遺，次韻爲報

一臥鄉園歲四周，何來剝啄舊同遊。連篇德儒傳家學，七發枚乘解客愁。牀伴長檠羨被在，爐溫活火爨樽留。我緣多病君歸省，不是逢人便道休。

相業忠魂兩不磨，後賢瞻拜意如何。定過東閣艤舟穩，便訪西湖得句多。別去無言思更結，重來有約想成魔。明年擬共迎鑾日，採取歡呼入櫂歌。

附原韻

稚璜

五載都門祖道周，三年邗上憶同遊。緣深故爾多離合，道契因之忘喜愁。水急西風片帆落，月寒東閣一尊留。謂公已老光浮頰，剪燭連牀話未休。

落落心期迥不磨，共艱家食竟如何。小人有母難言別，公子皆才豈患多。久縛戒禪忘酒味，未空結習是詩魔。囊中尚有凌雲氣，贈得新書古劍歌。時取案頭手書珍之。

漫興次瓜田韻

昇平無事實康哉，送老年華歸去來。朋舊燕來還燕去，詩篇花落與花開。閑看殘帙從風轉，近泛扁舟載月迴。長夜期君共茶話，早煨榾柮煖寒灰。

病餘清課偶閑排，信口吟成署述懷。我賦初衣聊自遣，君收行腳恰相偕。折腰乞去佳山水，小米善畫山水，客求之，不與，折腰者數四，然後與之，因贈客詩有『折腰原爲米』之句。容膝安來好閣齋。出處借籌論草木，由來寒橘不踰淮。時瓜田有中州之行，予力阻之，遂不果。

題李約夫太守課耕圖

扶犁播種飭雙童，蒼牸居然晦可終。不獨訓農還訓子，要將本計紹家風。

澮洫東風百草香，春風迴抱讀書堂。朱旛畫舫巡農早，太守親來到四鄉。

兒甯往事莫忘之，經籍菑畬信在兹。他日觀耕叨侍從，更嫻三十六禾詞。

題汪松泉尚書所書大小各體孝經

聖朝孝治敷八紘，日月燦爛垂天經。仰見躔度鉤鈐明，尚書嶽降北斗精。在帝左右惟欽承，紺衣縹筆傳櫺星。筆法往往師黄庭，千八百顆驪珠呈。正書秀勁如横釘，艸書波磔皆天成。半生手使干剡藤，得者珍重比瑤瓊。指端變化惟所令，家兒攜挈開行縢，墨光熊熊寶色騰。往予校士官頭廳，曾書數本列郡黌。偶逢好事几硯并，黏滯拙俗嗤凍蠅。昭陵遺跡雲煙升，世上豈有真蘭亭？永興河南亦自名，中郎虎賁群議生。當時鼠須退復更，何事烘炙費萬燈。平原太守顏真卿，麻姑仙壇記蔡經，大小結體各極能。後來評隲公論興，得大遺小衡鑒平。今之視昔後視今，叶不律既善石既硎。願寄一語學者聽，心摹手追而躬行，廣揚聖治扇休風。閭承切叶

盧抱孫都轉屬題平山高會圖憶往紀遊得五言律十首用少陵陪鄭廣文遊何將軍山林韻

真賞豈能獨，言尋廿四橋。放懷窮遠睇，攜手上層霄。勝地如相遲，平生幸見招。歐蘇千載後，未信此風遥。

亭臺餘際會，艸木發華清。舞袖偷翻蝶，歌喉學囀鶯。分題裁剡紙，愛客戒吴羹。四美況今日，誰能尼此行。

隱隱西來意，岷山走別支。遠峰長在案，近水或通池。指顧三州得，靈奇衆鳥知。從來多管領，筆札但紛披。

早開千里目，還賞四時花。遊譙留泥爪，年華赴壑蛇。地因人更重，山帶水猶賒。獨坐囂

廛遠，何妨便當家。

五載遊歌處，十六年春，駕幸平山堂。是年，大江以南梅信獨遲，三月初猶盛。天光四面開，東皇如有意，特地勒江梅。要慰輿情望，重迎萬乘來。早聞崇樸素，但令掃莓苔。二十年秋，上有再幸江浙之論，即敕所司，凡有經過名勝，但須灑掃，毋事粉飾。

蟹眼茶初熟，教嘗第五泉。水聲時瀌瀌，鳥語自緜緜。高興無如此，清風不費錢。冶春遊易倦，布席傍晴川。

帬屐偶未至，虛堂凝妙香。石尊呼作丈，荷凈遞微涼。觀物有生意，與時無盡藏。試看松際月，長得蔭蒼蒼。

風流傳往事，緩吹落清池。不見漁洋老，曾遺白接䍦。至今紅橋外，猶唱襄陽兒。我亦秦淮客，因君意頗隨。

水邊曾識舊，檐際一停雲。今古有奇觀，江山是至文。斯遊終可續，此致許誰分。歸去莫相促，妻孥徒自紛。

猶記將歸意，迴頭喚奈何。望中青嶂合，夢裏白雲多。別後長相憶，詩成且放歌。偶然一展卷，聊以當來過。

丙子暮春得雅雨同年手劄云擬製屏風十二幅畫者皆年七十以上今得十一幅矣爲致絹一幅乞縱筆作畫不計工拙圖成並請作詩以記因走筆畫松梅應之兼奉長歌一首

我祖畫松師韋偃，九十放筆筆蜿蜿。先王父善畫松，天台古刹壁間松，乃八十七歲時所畫。見竹垞集中。先慈畫梅仿元章，濃淡得法都生香，見者下拜梅花王。至今珠林奎秘府，題識宸翰發龍光。先母陳太夫人善山水人物、花樹翎毛，各擅所長。上爲親題神品，藏内府者甚夥。記群總角弄不律，崛强屈曲抽乙乙。稍長去攻舉子業，偷侍左右遭呵叱。學松學梅無一成，家學失墜慚長卿。用太邱事。衛鑠弟子道既廣，王庾殷謝皆抗行。布衣張庚，舍弟施南司馬界，從姪元昌觀察，繼此則有從孫編修載，皆受先慈畫法，亦如四家之宗衛夫人也。玉川都轉今名宿，好事不減蘇玉局。歐陽有子不能詩，作詩嘲笑共相督，箕裘二子矗能續。昨遺尺素强索畫，吏人候門工迫促。自言五載官維揚，往來賓客皆老蒼。公餘高會平山堂，萬松松下梅事好，何不一棹來徜羊？笑余獨坐正書空，發緘循誦心忡忡。棖觸往事一追踪，聊以塞責酬詩翁。期君他時拄杖浙西東，石橋西溪或相逢。

沈椒園觀察屬題墨岑瓜田兩公山水册子

墨岑手法師雲西，酒酣潑墨何淋漓。承恩數上養心殿，中使傳寫交紛馳。拜官賜帛畫苑重，歸來病卧江之湄。瓜田外史文章伯，餘事山水傳王維。胸中萬卷足萬里，峨嵋石廩多留題。鴻詞應薦試未售，自稱江東一布衣。椒園觀察癖山水，寧親卜宅梅花里。樹峰案頭見一本，謂與故里居近似。攜歸終日當卧遊，攤書對畫共棐几。得隴偏生望蜀心，腰折瓜田外史氏。瓜田放筆弄餘技，筆下不著纖毫滓。范寬平遠迂倪淡，收拾精神到腕底。椒園得之喜欲狂，别墅又搆盈尺紙。吾衰倘許入圖中，拄杖過橋自此始。

挽馬秋玉

感舊經年白髮催，端居有淚灑莓苔。可憐陽羨籠鵝客，未得親攜鏡具來。
共許交情能鄭重，況兼詩韻極鏗鏘。生芻一束人如玉，回首重樓鎖夕陽。
榻前觸手三千卷，花下留賓一百壺。誰向山中尋驛遞，人間不獨趙凡夫。
君家兄弟聲名好，匙箸分嘗最率真。幃幔風徽應好在，題詩因便問楊津。

瓜田大兄以編摩兩宋詩集客苕上有詩見懷次韻爲報

當年共業寄孤村，衰白而今眼欲昏。卻愛新詩如會面，追尋往事一銷魂。春山未覺登臨倦，舊籍寧辭編輯繁。且讀且遊從我老，餘生似此即天恩。

題沈學子徵士脩到梅花圖

算應若箇是前身，瘦影欹斜面目真。試看羅浮明月裏，幾株修得到詩人。

學子沈君曾屬予題《修到梅花小影》，予適卧疾未有以應也。涼秋端坐懷人，得一絶句。讀之狂喜，是可以償宿逋矣。予作詩鈍而不敢輕出，一楮三年之誚，知不免矣。

香樹齋詩續集卷七

聖德遠孚準夷歸化膚功迅奏恭紀詩有序

乾隆十有八年，準噶爾諸部台吉車楞、車楞吴巴什等，以孽豎達瓦齊篡竊披猖，憑陵部衆，衆悉銜之，於是率所部數萬人來歸。上鑒其誠，受之，賜饗於熱河行宫，封爵賞賚有差，敕所司日給供贍。

上曰：『達瓦齊，一夷部奴隸耳。弑其酋長，滅倫亂常，至於此極。不加聲討，非所以彰國法，柔遠服也。』定策平之，召集廷議，維大學士忠勇公傅恒，持論實與聖心符合，餘論猶豫。上爲剴切訓諭，衆悉悦服，遂諏日行師，命臣班第等分兵以進。而台吉阿睦爾撒納等，亦率所部萬餘人繼至，納之如初禮，各請導我師以行。

十九年十月，兵甫進，即下烏梁海，又擒獲逆黨爾馬木特。嗣是捷音屢報，所至之地，如摧枯振槁，歸附者數千，獲牲畜無算。今年五月，叛臣羅卜藏丹津率其二子投帳下，俛首受縛，遂渡伊犁河。達瓦齊勢窮，莫知所措，收拾餘黨以萬計，保聚格根山足。我師薄之，隻身竄處，行就俘獲，膏斧鑕耳。賊兵大潰，降其衆七千餘，賊僅得竄。又數日，回部執之，以獻於軍，及其家屬，無免脱者，準噶爾部落悉平。大捷奏聞，上嘉悦焉，布告天下，天下臣民咸額手稱慶。

伏思立邊功，討攜貳，誅暴已亂，史册所陳，指難悉數，未有一舉而備萬善如今日者也。良由我皇上以仁智兼盡之德，成祖宗未竟之緒，審時揆勢，獨斷宸衷，廟謨所指，悉中機宜，未及逾時，殲此衆逆，不遺一矢。萬里蕩平，且使億萬生靈，知亂臣賊子雖僻處絶域，猶爲斧鉞所必加，而抒誠效順者，雖托身荒服，終爲華衮所必及。懲勸昭而人心正，臣所謂一舉而備萬善者，此也。堂哉，丕哉，休哉，夐乎尚已。臣陳群謹拜手稽首，而獻詩曰：

皇帝御宇，閏甫逾七。《書傳》：『十有九年七閏。』今乾隆二十年，實甫逾七也。仁孝所漸，無遠弗訖。雨暘以時，百神咸秩。泰階既平，海内寧謐。德車樂御，四方無拂。納款獻琛，無雷日出。東盡使狗，西奠禿髮。金川爲唐之禿髮種也。維朔暨南，悉臣悉屬。叶乃達瓦齊，準夷奴孽。篡弑自冒，貪若貙貏。憑陵其黨，分離乖裂。其黨患之，急請自别。十八年冬，闕吏奏曰。此某某等，彼之台吉。舉其伍伯，抒誠望闕。攜孥儋勝，有驪有驖。有明者駝，其鳴則圞。延頸來歸，接踵而至。叶維時集議，持論未决。

皇帝曰嗟，是維予恤。維彼之先，臣僕元室。畜牧是孳，宅彼坱圠。我朝百年，稽顙奉臬。彼性貪殘，間肆草竊。我祖治之，以安遠闑。憲皇在位，萬方同轍。彼荷覆幬，畏威率戛。偶騷鄰部，逞彼豖突，遣將行師，以申天罰。厥後數年，籌邊衆悦。予在潛邸，實主是説。憲皇可之，大兵用撤。二十年來，羈縻勿絶。以彼革毛，易我荈茁。番藏所經，惟謹惟劼。貿遷化居，界定外内。叶歲時來庭，無敢隕越。今茲小醜，蠢彼狂譎。賊其酋長，以速罪戾。我實共主，其可勿遏。時哉時哉，是不可失。乾綱獨運，受此衆謁。饗於離宫，寵以好爵。叶我皇恢恢，重門洞達。叶鑒其悃忱，召對親切。恩重義形，命與謀密。遂定師期，彼誠亦竭。

簡將統之，侊侊仡仡。將受成命，練徒撥雪。彼叩關者，相繼傾穴。來如歸市，姻婭相挈。舍逆效順，肘又誰掣。我載受之，俾扔壅閼。來有後先，行賞則埒。其户數萬，其心則一。請先貔貅，用導我撻。兩路分馳，士飽馬秣，呼吸可通，其何隔閡。迎我師者，且喜且慄。攜漿而進，毋使我渴。炙羊而來，跪獻請割。道旁牧者，業而勿輟。導我師者，行搗其窟。昔聞魏顆，酬恩矢日。願以身後，遇草而結。今茲歸者，敵愾同壁。生致逆黨，剺面流血。旋獲逆偵，彳亍股栗。革心倒戈，何事於訐。彼亡非戰，負慝斯忽。我皇廟算，雷迅鑑徹。變化如神，而出以律。將實稟之，臨事而發。其應如響，其吹如吷。我鏃不遺，我甲不蝨。即風即雨，誰沐誰櫛。何待朝饔，而始此滅。逆窮無歸，一步一跌。雖悔莫追，知不可活。匹馬竄伏，魄喪膽奪。鄰部聞者，稱萬萬歲。叶昔也麇奔，今也鼠竄。昔也深阻，今也木拔。昔也防邊，今也置馹。彼來非招，我誠是設。語云無敵，若合符節。史册所書，連篇累札。今日之舉，實罕倫匹。惟天眷德，樹此奇烈。惟聖法祖，仁義是率。於志則繼，於事則述。

捷音是聞，清明轇轕。上清之氣曰『轇轕』。皇帝曰嘻，非予之伐。天祖在上，下民是隮。乃升明堂，閶闔閜豁。告於陵廟，斯馨斯飶。歸美慈闈，徽稱是佶。策勳頒賚，我心如揭。戒爾有位，其毋玩愒。申命新附，敬哉毋跋。永承嘉休，以光韡韍。惟天好生，不遺蠓蠛。我皇體之，文武宣哲。行所無事，風清戎索。叶由鹿得鹿，因物付物。顯承覲揚，咸正罔缺。著績銘鐘，豐碑是碣。小臣里居，踴躍手頞。弇陋無文，笥餘珥筆。作詩紀之，用賡六月。

是詩作於二十年秋，恭繕進呈御覽，後稿遂失去。兒子汝誠從方略館抄寄，則第六卷已付梓矣。今補入第七卷，他日有重刊予集者，可依次校定，列在第六卷第十一頁春帖子前。予坐懶，好吟咏，不自收拾，又苦貧，無力覓抄胥，往往遺失者多。今雖編次，前後未符，得存此詩，幸矣。乾隆戊寅十一月二日，陳群識。

月正三日平望道中用謝宣城和何議曹郊游二首韻同子厚姪作時以迎鑾北上

船唇嚙新岸，帆影移平林。陽烏射晨旭，春鳥遺好音。小步寄閒賞，遠游謝幽尋。眷兹一晌豫，仍懷千里心。聊以外家累，豈曰匪自今。

道有賀正人，客是迎鑾者。初程十日先，遥企五雲下。聞駕諏十一日發軔，群於月正二日，即登舟北指迎鑾。霽雪應候融，春冰激流瀉。結念復朝天，行志非消假。閒計巡典成，迴舟恰維夏。

二月二十七日隨駕至杭州輿從乏便薄暮始到聞上於明日幸湖上行宮遂先趨湖上恭竢時體氣稍憊乘小舠泛湖榜人問將何之則曰但棹入湖心興適當返耳因成一首

湖上春陰陰不成，便攜輕槳擊空明。欲收暝色歸襟袖，敢與名區作鑒衡。躁釋方知於此得，神怡始覺更何營。晚妝翠黛如相約，擬待明朝悦聖情。

皇上再舉南巡紀恩頌德詩謹序

乾隆十六年春，皇上恭奉慈闈，舉南巡盛典。禮成，沛澤行慶，無不欣悦。上深鑒輿情，許依《虞書》五載一巡之期，下慰父老。

越四年乙亥春，江浙兩省大吏，以萬姓望幸心切，公疏代達，上俯允焉。是年秋九月，禾將實，以風潮蒸溼，蟊螣嚙禾根，毗連數郡，秋少登，民力絀。上惻然憫之，論所在急施賑恤，勿滲勿濫，視《周禮》荒政十二有溢焉。先後截江浙漕粟百數十萬。又損帑金數百萬，運楚、蜀、豫章米數十萬以濟，民得全活。明年，江浙兩省大熟，民氣恢復，而楚、豫章、閩、廣先後俱報有秋。良由我皇上子惠元元，仁周九有，視天下爲一家，中國如一身。用是感召，天和轉歉爲豐，普天之下，年穀順成。江浙生靈，人人感激歡忭，跂足延頸，願再見聖天子爲幸。大吏以聞，上爲諏日，敬奉皇太后舉再巡典禮。又年來洪流屢報衝激，上軫念河渠爲運道，民生攸繫，非峻加疏塞，曷奏平治？自啟塗，由畿輔，歷齊魯，浹旬將屆河壖，籌畫南北兩河水維出入，隄岸高下，道源節流，數千里情形，燎如指掌。慎簡河臣，指授方略。渡河之日，風恬波靖，父老及百執事咸稱萬歲。江浙洎鄰近諸省文武、僚佐、縉紳，各以職來迎。士以藝獻，父老攜幼挈壺漿進蔬菓者，三千餘里，計程百有餘日。是役也，法祖德，周民隱，奠河渠，察吏治，恩澤汪濊，視初禮有加，古之言巡狩者，於今爲極則矣。然臣仰窺聖德，若恐有不逮者。其見於歌詩，時存警惕，復周咨下詢，惟日不足。噫，盛矣。臣生際昇平，耳聞目見，敬製五言古詩五章，章十有二韻，記實書事，庶幾追步雅頌之末。凡子之換聲，水調竹枝，音節清麗，足以補民間謡諺者，容採而成章，續呈睿覽，兹不綴入云。謹拜手稽首以獻。

明哲戒逸豫，時邁盛方行。皇王無殊軌，載籍炳餘榮。登咸誕我后，經德秉厥中。叶究澤必普氾，用保乂民萌。法祖在祇遹，百度靡不承。南邦賦財地，國用實所經。河流與原隰，屢省觀乃成。紀歲在協洽，十六年，辰在未。茂典慰輿情。化本徵孝治，愉愉奉慈寧。庶類既錫祉，百神亦延慶。叶涣汗書内史，歡喜孚萬靈。聖舉蹈虞迹，永言會繩繩。其一

闔茂序當秋，再幸渡遼水。十九年，辰在戌，上再幸盛京。爲踐十載期，上陵肅典禮。巽命旋復申，重光曜南紀。時方遠夷歸，窮酋納筐篚。繼聞江介間，時潦傷南畝。叶天子惻然念，醫疾

如醫痏。發帑復捐租，楚蜀運儲偫。其有未達者，恩詔同一視。金粟數百萬，要令災黎起。𨇠遲七萃臨，仍命侯明旨。上蒼鑒皇仁，雨暘各以時。叶大有陳司農，康哉樂豐美。其二

感極衆志結，歲稔民氣和。安輿侍聖母，流覽所曾過。無疆徵民悦，夾路來歡歌。帝曰予覵風，噢咻及癢痾。民患有未去，吏績有或差。周巡爾所守，目擊乃定議。叶矧兹淮海境，昏墊頻衝波。排淪苟未豫，厥患其如何。水維驗蒼檢，神機契羲圖。叶所司秉指授，爲利亦孔多。進告兩河伯，循軌安厥家。俾予億萬姓，各各荷庥嘉。其三

先事飭所司，供億去繁縟。要於澹泊遭，省兹真風俗。湖山有本性，仁知默相屬。勝迹證前題，天聲一爲續。養志娱慈顔，延禧臻諸福。舉賢而遴才，憲老恤孤獨。起滯蠲瑕疵，肆眚許湔濯。秩祀發幽潛，忠孝激勵勖。岳牧寄屏藩，求章凛祇肅。覵武課韜鈐，騰歡振山谷。物候呈昭蘇，花柳何馥郁。昇平日月長，宸遊賞清淑。其四

清淑自相遞，眷兹景物新。皇仁同萼發，到地皆陽春。普物必因物，橐籥周洪鈞。明庶洞覵火，理賾如擘紛。每當眺聽餘，益勵宵旰勤。既綜八埏務，仍擴萬里壥。體信符大順，油油山出雲。令聞去聲日顯懿，滲漉何氤氲。履盛益乾惕，封巒陋云亝。載筆臣舊職，攄德芟卮言。里閈采謡諺，質樸慚無文。懷曝獻蒼輅，丕哉紀皇巡。其五

時巡歌四十章有序

臣陳群既恭撰五言古詩，用紀巡典。恭迎鑾輅，蒙恩召見行殿，憐臣夙疾初愈，命先至浙江恭竢。歸途千有餘里，採輦路輿人之諺，田間婦子之謡，播之聲詩，得七言絶句四十章。前後固未詮次，詿漏亦所不免，而事必徵實，詞不溢美，庶幾風人之致云爾。謹拜手稽首以獻其詩曰：

億萬年中第二回，六年前見聖人來。今朝喜復瞻天表，八彩眉如初日開。士女跪迎，仰見皇上儀表，咸謂比前益加腴潤，真天下臣民之福。其一

已躋蒼赤春臺上，便卜巡行化日中。親奉慈寧承色笑，香塵紫陌試燈風。正月十一日啟塗。其二

特申嚴禁犯秋毫，羽衛從來戒驛騷。千里平江移警蹕，不傷岸艸與溪毛。其三

行殿萬幾披五夜，璇宫一日侍三朝。躬先孝治移風俗，炳曜鉤鈐麗慶霄。其四

畿南婦子跪康莊，齊魯歡聲溢道傍。皐繹龜蒙雲靉靆，聖人四至聖人鄉。上自十三年東巡，十六年南巡，臣俱叨列扈從。昨歲親詣闕里，今年再舉南巡，臣子臣汝誠亦得隨從豹尾之末，十年中凡四至云。其五

近歲洪流激悍湍，洩宣宜豫便無難。早聞十日傳三命，運道，民生、河防所關甚鉅，必資人督理。上將入山東境，即命白鍾山、嵇璜治南河，張師載治北河。祇爲民生計奠安。其六

宣房東楗豈良謀，妙契神機得上籌。天子今來親相度，効靈川后自懷柔。其七

財賦東南是沃區，百年休息樂涵濡。偶逢秋潦皇心軫，撥濟停催更賜租。其八

災去還思力作難，一夫不獲已飢寒。長流滚滚江淮水，未比皇恩浩蕩寬。其九

境接符離沮洳鄉，青青麥隴亦生香。未經輦路多賙恤，一一餔人沾天庾糧。淮、徐諸郡未經輦路之州邑有乏食者，頒旨添賑，民心歡躍。其十

武林以北宿留南，鳳艑經過澤更覃。早敕市司平米價，歡呼處處野人談。其十一

感召庥和天睨垂，昨秋遍奏雨暘時。二十一年，各省俱報有秋。試看負曝將芹者，繪出豳風七月詩。其十二

民隱詳求守土臣，尋常召對亦咨詢。田間疾苦誰能壅，蹕路觀風見更真。其十三

山川佳麗足登臨，無事繁華有玉音。但得清空時一會，要從本色恰宸襟。其十四

崇儉由來法祖堯，康衢擊壤入風謠。何曾絲粒煩供億，巽命頒來日月昭。其十五

風傳明庶颸晴明，一夜馮夷馭轡輕。節届寒食，河干風色稍力。上於初五日渡黄河，波恬浪靖，風日晴佳，如過平湖淺溪，兩岸迎鑾衆庶，無不喜躍。自是萬靈齊擁護，洪濤特爲聖人平。其十六

昨傳七萃駐邗隄，吴會先沾雨一犁。不獨灑塗花柳潤，春畦行見麥苗齊。上駐蹕維揚、蘇、杭等郡，甘雨如膏，春花望雨，人稱爲天賜雨。其十七

北府貔貅庶且蕃，江干森列樹朱旛。水犀陣合鯨波掣，似練風清鎮八門。其十八

錢刀贏絀睿情中，子母權衡自不窮。豫飭外臺添鼓鑄，南邦泉府盡流通。鑾輿經過所在，舟車輻輳，錢價易昂，先期令行省酌添鼓鑄。其十九

眷舊深仁惠孔多，迎鑾先後沐恩波。心同駑馬惟依戀，猶荷天家賜玉禾。奉恩旨，三四舊臣許在家食俸，臣亦與焉。其二十

求章大吏肅屏營，節鎮元戎負弩行。錫馬康侯承寵渥，要將蕃庶豢民萌。古氓字，《漢書》作萌。其二十一

近光遐邇後先來，聖世何曾有棄才。量敕選人司上注，許從湔濯啟涓埃。巡幸所在，臣工有罣吏議落職者，皆稽首跪迎，上酌量録用，以責後效。其廿二

孫山外豈少名髦，勢欲飛騰孰解絛。唐人《詠架上鷹》詩：『萬里碧霄終一到，不知誰是解絛人。』

壽考作人天子聖，親標題目賜銀袍。其二十三

耆老齊民敕賜牌，弁兵恩賚爲公差。酬庸不獨榮車服，更予官員進一階。其二十四

金閶鐵甕聖湖邊，鱸鱠蓴羹味正鮮。方物隨時供玉食，一人親自奉瑚筵。其二十五

景物南邦春正遲，江山明秀望中隨。蠶孃織女香花祝，六載重瞻聖母慈。其二十六

先朝盛事紀頻仍，明聖湖頭六度曾。再見文孫瞻祖像，在天靈爽萬年憑。其二十七

鶴林鹿苑盡名山，鷲嶺棲霞翠可攀。到處金堂千佛面，多生歡喜護慈顔。其二十八

計日行籌到石頭，浙人攀擁近龍舟。愚民不識皇程速，願爲湖光十日留。其二十九

鍾山南指翠華臨，勝國王陵此重尋。玉鴈金鳧應好在，松楸雨露澤何深。其三十

度水便看安碓法，登山恰值焙茶天。民依事事關宵旰，不是言尋花柳妍。其三十一

百神爾主卷阿咏，好懿吾皇況遍稽。英魄忠魂同受祀，大江南北浙東西。其三十二

山川勝處駐行帷，温飭宣明奉聖慈。天子自懷卑室志，雲窗松牖覆茅茨。其三十三

即事留題詩格清，天聲戛玉振韶韺。東坡居士香山老，千載猶邀睿藻賡。其三十四

節鉞山林盡被榮，拜來華衮勖平生。頒賜諸大臣詩，各致訓勵。托身幸際唐虞日，更篤君臣遇合情。其三十五

行幄承恩錫讌時，笙歌沸處愛臨池。縱饒秘笈鍾王墨，那比龍飛鳳舞姿。其三十六

巡典初周諸福滋，雨階干羽舞江湄。九重廟算如雷迅，萬里窮酋授首時。其三十七

童叟歡呼舞巷衢，踏翻春草當氍毹。一時萬種邀恩者，多說天心是意珠。其三十八

一遊一豫化靡争，皓首龐眉祝更誠。天子萬年慈萬壽，吾儕孫子亦長生。其三十九

自慚弇陋譜時巡，聊托風謡字字真。臣是螭坳舊供奉，太平人唱太平春。其四十

正月十一日薄暮渡江中流恭讀十六年法駕駐蹕金山諸詩又取東坡詩及陳群恭和之作讀之迴思抱痾歸里彈指五年復放迎鑾之棹時風日清酣仍用御製自金山放舟至焦山用東坡韻即詩證遊神恬景適殊得江山之貺子厚姪詩先成予從窘澀中得之脱稿後頗見興會致不俗也

江山有癖眼已眈，迴憶扈從來巡南。封章裁決日理萬，詞臣宣召晝接三。自從養痾歸浙水，高卧未起如眠蠶。平生頗得江山助，厚意未報中懷慚。要將清空傳筆底，短綆那激百丈潭。又放扁舟渡江水，輕風嫩日何清酣。狂歌欲醒裴焦夢，邈睇一拂孫劉談。當年行幄聳霄漢，周廬列衛環僧龕。至今朗唫卷阿什，春風華屋沁齒甘。御製以謝安方金山，以羲之比焦山，實爲千古品題鍼案。蘇髯結習老猶在，於此自分真饞貪。江山至今不改色，坐令衰白其何堪。五年踪迹一敲石，再叩寶覺雲中菴。

奉敕恭和再幸南邦御製元韻

恭奉皇太后南巡啟蹕京師疊辛未舊作韻

令歲纔過祀上辛，安輿躬奉敘彝倫。五官早敕課初吉，南國同聲望再巡。俯順衆情因歲稔，喜乘陽氣自天申。前徽有成效承志，聖舉無非事爲民。皇上行政，事事法祖勤民，而於巡方問俗，尤繼美加隆。蹕路蒭蕘還下問，提封岳牧許明陳。令嚴諄復惟先戒，澤普沾濡重首春。即景詩篇依韻舊，怡情雲物與時新。萬幾萬里勞親裁，行殿依然問夜頻。

駐蹕良鄉行宫作

太平風物擬華胥，遠徼新圖德撫諸。澤國方行展義始，神皐蹕駐紀程初。憂勤是處銘無逸，斷制如神静有餘。爲惜寸陰披鳳藻，題詩閑愛署郊居。

良鄉行宫疊舊作韻

意中徧及皆新澤，望裏前横有大江。又是首塗來駐此，依然春月恰當窗。
田家從此問勤勞，小憇何妨寄以遨。遥企睿情添藻思，江山到處續前豪。
沾濡厚澤徧愚甿，蒼赤從來有至情。夏諺早符今日舉，好將休豫答皇誠。
恩膏早遍大江南，天酒天漿飫更酣。父老家家延頸望，近畿此日正清探。

漢昭烈廟

武擔章武統唐堯，炎德餘光寸熖昭。蔓艸長松存月旦，正名尊號應謳謡。失關樊口終嫌遜，得亮軍中倚作蕭。泥馬桓侯猶翼戴，時通肸蠁路非遥。張桓侯廟在保陽境内，曾於風雨夜，寺僧聞馬鈴鳴，及晨神像及泥馬猶霑雨濕也。事見《邑志》及宋華金《張桓侯廟詩》。

涿鹿行再疊舊韻

乘陽七萃臨春城，天章重題涿鹿行。有熊立制誅不順，合符通道稱嚴明。南江東海經亦飽，營衛八門陣法好。涿鹿河中獻馘俘，蚩尤那復施其巧。遠夷梟獍今效尤，聖朝撫遠恩意稠。討逆舍服揭皦日，窮酋何事猶稽留。捷書萬里來織絡，雪夜早報蓬婆收。吾皇廟算邁軒帝，況復兩階勤文修。

趙北口行宫三首

平橋虹影直，春水鴨頭青。自有生機會，曾無一息停。養心幾偶暇，觀化政之經。燈夕民偕樂，歡聲静入聽。

環幾襟帶水，三淀自依憑。柳眼青初放，蘆芽緑未凝。鳥啼閑欲下，魚躍意相矜。即事同民樂，風輕一試燈。

行殿規周道，春巡樂事俱。牧歌瀛鄚路，漁舍輞川圖。静蹕齊瞻杳，那居興在蒲。樵夫行且笑，談説盡唐虞。

上元前一夕趙北口行宫侍皇太后觀燈火即席得句

蟾影將圓衆象收，慈闈慶賞誼逾稠。近畿恰值傳燈節，隔水先營得月樓。飛箭直如飛霓急，紫烟凝共紫雲留。遥知睿照威神遠，萬里寧邊自運籌。

上元節賜隨營諸臣食

清塗令節此停鑾，宴錫傳柑敕大官。乍可流霞依帳殿，不須暈碧佐春盤。今宵對月十分滿，前夕聯吟七字安。前一夕，召扈從儒臣聯句，成七言排律。小勒東風堪計日，蜀岡鄧尉後先看。

上元燈詞八首

小住欣逢佳節佳，微風不動月光排。試看今夕同民樂，到處能如此地皆。

銅街不禁元宵節，行殿何妨一賞之。小隊秧歌翻水調，太平有象治無爲。

玉葉雲中垂五色，金波月裏現雙輪。化工直助人工巧，萬紫千紅一瞥新。

何曾殿最課官供，節候聊將驗土風。睿照真如明月朗，千枝紅縵萬方回。

老馬識途曾扈從，當年賡和賞今宵。魚龍變化光騰處，細馬人歸上板橋。臣屢忝扈從，曾以節夕應制聯句。

瑞氣絪緼暖玉田，如珠脱蚌夜光圓。三台照徹成前歲，八座輝聯是當去聲年。辛未春巡駐此，奉敕聯句，御製有『三學士』之目，蓋謂臣與梁詩正、汪由敦也。今年此夕亦有聯句之命，御製有『文昌輝八座』句，時奉敕聯句者，臣蔣溥、臣汪由敦、臣秦蕙田、臣劉綸、臣介福、臣夢麟、臣錢維城、臣錢汝誠，凡八人。

吐熖騎垂紅騕褭，踏歌人唱白銅鞮。農家東作方營始，且趁觀燈互挈攜。

不夜城中湧月華，碧凝紅掣盡成霞。倩誰譜出昇平景，宫禁閭閻是一家。

日日

日日瞻雲畿内民，南邦抃舞更甡甡。勞來有術惟三物，疆界無分是五倫。心普萬方長保泰，化成久道自還淳。生逢壽考雍熙世，宣哲維人又作人。

瀛洲南樓再和沈佺期韻

詩人題郡譙，往躅飛雲霄。徒令弔古者，獨立感沉寥。我皇握大雅，鈞天振吟飇。幾回春巡過，好鳥鳴河橋。言尋高唱地，未覺清風遥。篇稠溢餘興，蹕静洗浮囂。珠璣方昔仕，鼎彝珍新謡。

香樹齋詩續集卷八

紅杏園再疊前韻

又是方行日，春郊駐華輦。園標紅杏名，芳意仍嘉館。即事紀前勳，天策褒誅顯。鑒轍罰既申，追亡幟重展。賢王夙效順，深入應候遣。執訊自有期，剿撫後須善。

過景州

風物畿東地，群黎樂愿柔。明朝又今夕，七萃過三州。落日翻鴉背，春光上陌頭。觀風子以度，得句一爲酬。昔過存耆舊，今來感去留。元韻有『一老渰無留』，蓋念故尚書魏廷珍也。睿情真作達，佺羨自爲儔。

劉知社

父母資循良，尚德不尚知。此社所由昉，去後思嘉吏。吏來實怙我，一至復再至。一至田不莠，再至儲農器。田地易得耳，難得者兄弟。惻然感其誠，流行速郵置。行在長民身，唐李習之《高愍女碑》：『天下之爲女子者，莫不欲妹妹之行在其身也。』庶以襄聖治。

德州行宫示山東大小吏

德棣新營爽塏居，皇衷警惕曰惟予。從知黄屋制非創，未愜堯心語不虛。敬奉慈雲忱少展，略修子舍義何如。一人況示拳拳切，守土群工敬勉諸。

徒駭河

河從大陸敷作九，自北而南首徒駭。爾雅曾云訓立名，諸家考据多未解。當時人未滿其土，合九爲一徒駭在。曰三曰六總向迎，禹功遂使納渤海。後來南徙勢更溢，如物勝權衡易殆。以書爲御不盡馬，白英金鏡誰索解。導河積石源流正，決排防濬帝嘉乃。

雪三首

臘信占三白，春寒忽又加。馬沾隨策下，旆濕受風斜。素積煙中樹，光凝渡口沙。遥知青草色，融處露萌芽。

綏綏新柳外，古堠又漫漫。蹕路塵先净，從官帳恐單。空中凝舞鶴，望裏有迴鸞。遠岫芙蓉碧，瓊瑶總入看。

飄揚同柳絮，所積亦無多。玉女司春令，瓊華感太和。茅簷欣得潤，好雨本同科。江北江南路，同雲更若何。

再和皇祖南巡過濟南韻

未了青來浸百城，百年休養此群生。文謨武烈傳家法，皓首厖眉共太平。玉食虔供惟養志，一人乾惕爲持盈。此邦本是虞巡首，表海山川瑞氣横。

駐蹕方山

一匣峰頭署玉符，翠華初步足春娱。到來山脉開生面，始信天孫衍奥區。赴闕他年期過此，杖藜或者在斯乎。卧遊屬和非容易，乞得清時吉甫圖。臣少客山左，通籍後屢忝扈從，從未識此勝地。信紙數四，總不能成，知爲撫臣愛必達所闗，遣人詣吴中乞圖，遂按圖屬和，頗深管窺之恧，然終思一遊于此，故後幅云云。

靈巖寺

靈巖千里同名字，爲信江山各藴靈。石上應題招鶴詠，峰腰宜署聽松亭。寺門高下丹霞映，磴道琮琤玉乳渟。廡下縱無人負鉢，吴下靈巖寺事。鐵袈裟豈是空形。

靈巖寺西入石路用唐劉長卿韻二首

星旌移石路，翠罕踏蒼苔。有約尋初地，經行第一回。騎邊流水去，峰外寒鐘來。松似天台見，雲疑石廩開。風傳鈴鐸語，雪趁藥苗栽。笑指袈裟蹟，當年此渡杯。

參天惟古檜，抱樹盡深苔。靉靆望何極，盤旋睇欲回。更無俗士駕，時有野僧來。雪竇迎橋激，禪關傍石開。他年還此駐，隄柳紀初栽。劉李吟詩處，閑情寄酒杯。

過泰山再依皇祖詩韻

瞻望岱雲方對面，低徊祖澤正當頭。晴開匹練三吴近，曉漾層巒萬玉浮。靈景長開綿聖祚，天孫列鎮曜神州。東皇小勒春光住，衆皺遥看雪尚留。

金泥永秘垂空際，玉輅晨過最上頭。長養風中春信遞，蔚藍天際日華浮。襟開幼海連千里，目極登封睇九州。豹尾昔叨賡和列，至今清句禁中留。十三年東巡，十六年南巡，兩次臣群俱在扈從恭和之列。

至林泉二首疊舊作韻

春巡再駐昔遊處，水木清華眼倍明。天藻重題賡舊句，綺疏初上愜新晴。川流不舍成今古，鳥語隨時自送迎。絶似田盤山卜路，課農問俗識輿情。宸遊一再傳家法，遵典寧因非事來。温飭壽安時問省，茅茨卑室便趨陪。功能繼志何隆也，德可承堯亦大哉。寄語軍中趙充國，及時建樹莫徘徊。

過蒙山

維魯乃東服，齊實處魯東。其間列屏障，蒙也爲附庸。祝其連蓺作，顓臾守提封。山北承岱雲，古木多蒨葱。當時奉朝請，秉璧謁閟宫。巡方方取道，春氣何融融。扶犁牛背上，問俗餳簫中。迎鑾來織絡，歡抃萬口同。

二月朔日入江南境六韻

山勢多趨岱，河流半入徐。今朝親問俗，黔首喜迎輿。地瘠邀天賜，恩稠拜詔書。民歌來活我，帝曰實惟予。舊潦秋田涸，新犁春雨餘。寄言司牧者，善體敢忘諸。

再依皇祖示江南大小諸吏韻

記云大順朝，麟鳳在郊棷。和氣可召祥，此理亦易剖。雨施物以孳，布德貴長久。藉兹股肱良，喜起歌元首。疚痛在群黎，扶持倚父母。巡典兹再舉，玉趾親履晦。備豫在事先，責效期善後。食哉務敦本，咨爾牧與守。三事重厚生，三物先孝友。遵訓在法祖，人壽即世壽。牖迪振天聲，散之祈勿負。

霧八韻

已看迷水曲，又見隱山椒。風雨無連夜，陰晴定幾朝。彌漫煙欲起，淡沲筆難描。曉路遮殘月，春林失遠條。估帆疑轉岸，僧杖礙過橋。韎韐微沾罽，襜褕稍濕貂。仰天行自見，到地便能消。睿藻題詩罷，輕程路不遥。

麥苗

漸覺微微緑，心知冉冉香。俯鞍探馬策，到地試伊長。莫笑猶單弱，行看指蓋藏。迴鑾時正秀，餅餌倚新糧。

度永濟橋作歌

昔乘使馬走南迤，吕梁洪下看奔水。長虹綿亘東十里，駿馬直注飛電起。今讀聖製永濟歌，金隄防險同一視。地形卑下衆壑滙，禾黍早落洪濤裏。棄地成橋孔千百，水穿橋孔建瓴爾。石柱欹斜無整完，瀿流噴石盡漸毁。重修有旨飭河帥，即日鳩工復舊理。橋成永賴民安枕，决排施力亦可恃。吕梁既建永濟成，詩以落之識所以。吕梁洪新橋，亘十里，在徐州柳前舖鷄鳴山下，乾隆九年建，永貽安瀾之利，斯橋之要與吕梁直相埒云。

復降旨加賑江南被災州縣詩以示總督尹繼善及地方大小諸吏

皇恩如雨露，東西朔南暨。其間有先後，而亦須次第。堯舜不遍愛，無如所目擊。叶翠華浹旬來，軫念首斯地。斯地實濱河，屢歉難布置。一再形篇章，誕告司牧輩。聖人治天下，運掌立可致。恩賚速拯捄，萬里僅一騎。賙賑既頒惠，晨發夕可至。百爾其善體，毋使有未逮。玉趾一親臨，災黎皆拜賜。鴻雁續新謡，百有三十字。食禄者共凛，豈止南疆吏。

草色

遥看苒苒近還添，要領閑情一去襜。麥秀風前偏共拂，秧針水面却同尖。染疑柳汁知春夢，謂京師應春闈者。踏污香泥爲酒帘。最是斜陽紅杏外，輕翻蛺蝶意俱恬。

柳三首

大河堤外戍樓邊，裊裊垂垂颺薄煙。何處王孫金彈過，輕條風動盡摇鞭。

疎疎密密記官程，間竹偎桃分外精。最是春池閑弄影，曉星殘月一枝横。

一色鵝黄映緑蕪，依依金縷憶皇都。節當寒食迎門插，冀北江南總不殊。

閲中河

轉漕惠偏長，全資爲敵黄。肇勳真裕後，接武永貽慶。澤溥膏腴利，雲飛天庾糧。從來歌帝力，原不事稱張。

渡黄河

感格蒼穹靈應昭，蝘蜓馴軌送蘭橈。桃花浪暖如三月，明庶風和第五朝。春分後，爲明庶風。二月朔春分。

助豫遊休同夏諺，阜財解愠續虞招。中流相度全河勢，奠定神功法祖堯。

惠濟祠

閟殿森嚴廟貌峨，垂旒拱衛鎮全河。書傳底績金泥檢，樂奏安瀾簫鼓歌。職列殷宗虞典重，禮隆秩祀聖朝多。濟人通漕資神貺，迄用明昭永護呵。

恭依皇祖閲河堤詩韻

皇王同一揆，未敢處深宫。旱潦資溝洫，閭閻憫困窮。金堤環岸鞏，竹箭東流通。祖澤重瞻處，歌詩敘九功。

洪澤湖恭依皇祖詩韻

湛澄如鏡浸空虛，遠滙諸湖疾且徐。此是助淮真砥柱，沺民餘利及鰕魚。

清江浦

本名黄浦亦名清，淮旺方寧遂改更。都會繁雖資幹濟，市廛輻湊樂豐亨。千艘及早揚春帆，去聲十萃從今記水程。笑指小山叢桂在，迎鑾簫鼓入風輕。

過淮安城

輕移鳳舸擬天驤，繂引鰕須百丈强。永固新堤趨寶應，常豐舊堰指山陽。邑治，唐常豐堰也。重來澤國恩方霈，屢活災黎德豈忘。春水一篙春雨足，歡呼夾路萬人慶。

閲淮安石隄詩以紀事

河經南徙後，取徑直趨海。逆河道既湮，厥勢奚啻倍。淮南古名郡，井邑未可改。黄河挾泥來，淤塞千百載。聖祖親指授，鐵犁兼木橇。至今行水司，方略紀原委。我皇舉南巡，要政先每每。既覽形勢全，復師謨烈楷。塞啼信云謬，拒敵疎必殆。宕山刱石隄，經歲工始罷。今來復親視，郡民歌樂愷。棄地前人云，此事聞者駭。

車邏壩

衆水勢趨江，由江方入海。築隄護邗城，車埠議勿改。籌畫苟未豫，臨事得勿殆。分黄以助淮，厥功自可倍。五壩有故道，開濬成法在。事不計萬全，安能免中罷。熟議必兼顧，毋行其所悔。祖澤慮誠周，至今歌樂愷。吾皇迪前光，告誡慎勿懈。癸酉秋漲盛，湧溢如癰潰。賑恤甫就緒，又決於乙亥。三年兩被患，患已心猶駭。大吏凛嚴命，胼胝及今宰。春巡指邗溝，廣陵河水浼。因時善利導，審定尚有待。爲語安堵民，補助然後乃。

疊舊作韻賜沈德潛

一舸迎鑾趁早春，天章頒錫溢情親。早傳煙雨林棲老，臣陳群於山左道中跪迎，即蒙召見，存問優渥。旋召耆英首座人。臣德潛於直隸廠行宫召見，晉秩尚書。詩派三唐宗李杜，星輝百里接荀陳。用德星聚事。履聲聽趨行幄，野鶴丰姿竹箭筠。

天寧寺

香界尋詩曾到處，松篁深翠引迦陵。沾衣雨散花千點，渡海經藏閣幾層。屐齒遺聲傳晉相，幡風弄影證南能。蕪城二月繁華地，一晌宸遊入眺憑。

天寧寺行宫作

行宫依福地，二月正韶華。亭館净而韻，軒窗朴且嘉。罏霏開幔篆，鏡引隔簾花。宸藻新題富，頻呼試畫叉。

雨中遊平山堂

古有良宵秉燭者，春巡未罷雨中遊。岡連劍閣因名蜀，堂闢盧陵遂姓歐。紀勝詩篇催月上，入空絃管過江浮。暮春天氣迴鑾候，雲仗輕移此重搜。

高旻寺

昔年遊豫處，江寺署高旻。慈福瞻躬祝，香煙篆壽文。疎鐘雲際上，清梵空中聞。蘭若光宸藻，千秋仰郁芬。

塔灣行宫恭依皇祖詩韻

枕郭居民迎鼓吹，近江沙户閉桑麻。風光重此開行殿，龍象當年護帝家。曲宴開軒陳樂府，閑情繞砌賞名花。惟餘不翦茅茨舊，祖法相承務抑奢。

聞京師二月初七日得雨誌喜

南行雨易多，視爲適然爾。北地麥資潤，望雨如膏矣。斟酌多少間，脉脉宸衷揣。天心實鑒之，亦曰時而已。雨師會屏翳，同日皆似此。南沾連夕陰，北溉四寸美。南北復東西，所祈盡如是。從兹東作興，民力勤耕耜。麥薌到處聞，四海同一喜。

自瓜州放舟至金山

春巡計日歷名邦，正正和風送御艭。船穩似軒乘駿馬，波恬如縠度春江。中流列仗蛟龍伏，應節名榔金鼓摐。仰望慈航登岸近，蘂宫面面敞雲窗。

金山寺恭依皇祖詩韻

江山如畫正春和，家法熙朝盛事多。不獨勤民能接武，奉慈養志樂如何。

登金山塔頂疊舊作韻

風吹天際覺微尖，遐矚層霄四望兼。千里湖山呈𩇕靆，萬家景物識嬉恬。浮圖本自空中現，睿照應於高處添。五色雲從襟袖得，詩成珠玉散清拈。

金山疊舊作韻

江色雲容一樣青，盤陀空際結真形。峙流於此全標異，仁知天然自藴靈。聖主萬年長眺覽，坡仙千載是居停。從官環衛豈無得，若箇能諳至理冥。山根浮玉真離地，塔勢淩空欲上天。每見摩松盤野鶴，有時出水戲群仙。俗僧留客兩三夜，坡老題詩八百年。脚下芙蓉通到頂，民居蘭若互鈎連。

遊金山再疊蘇東坡韻

江流出蜀不忍别，邀得鄉人送歸海。入寺真宜玉局詩，對詩便有金山在。重來登頓尋坡陀，水石相激微生波，望中春色江南多。摐金伐鼓初安楫，風恬況復春晴日。波紋醮柳一色青，霞光照江千里赤。玉梅幾樹留清魄，急呼眼黄與肩黑。用東坡硯銘語。天聲題處萬象明，驪珠迸落驪龍驚。從來超俗俗不識，有神呵護爲靈物。試看金焦兩點山，烏㕙仙石非癡頑。南薰奏罷韻未已，更續高山與流水。

自金山放船至焦山再疊蘇東坡韻

古來逐鹿目虎眈，欲據天塹混北南。本朝江山十萬里，誰敢貳二誰參三。前年遠夷曾過此，膜拜膽落如僵蠶。辛未南巡，駕臨吴郡。準噶爾遣使入朝，命携至行在。其渡江時，見水勢澎湃，伏舟中移時，入京口始敢仰視。尚書那延泰云。波濤萬斛終古沸，忠信在握中無慚。今朝風細波亦静，清可數髮窮深潭。東坡到此不忍去，一唱三嘆留清酣。懷古頻邀聖主賞，揚風更續騷人譚。倘以蜀僧附香火，何異許杜同一龕。臣嘗使秦，經牛頭寺，有少陵祠，祠中主二，一少陵，一里中便家，曾捐百金重葺，遂設主以祔。因與守土者言之，宜撤出另設耳房。又後經濟寧之南池，見許主簿與少陵同龕並坐，復笑舉牛頭寺故事謂監司史奕昂曰：『許主簿原與少陵同時，非牛頭寺富民可比。但移置旁坐可耳。』六年曾賡卷阿句，至今牙頰猶餘甘。今衰奉敕仍學步，夸父隨日徒成貪。比方人物有定論，羲之安石皆可堪。繹十六年御製遊焦山歌意。晨興放櫂便東指，吟懷又動焦先菴。

甘露寺北軒用杜牧韻

小憩偏宜緩步行，北軒風景寄餘情。松間已渡南鄰磬，竹外時聞北里笙。拂袖清風回海氣，切雲高唱發天聲。幾翻寶墨亭前望，真隱何曾著姓名。華陽真隱《瘞鶴銘》，或云王逸少，或云顧況，或云顏真卿，迄無定論。

登城霞閣二首董其昌題，俗名三義閣。

高閣雲陽驛，城霞榜路衢。登臨懷古跡，諏度問民劬。簡瀆分唐邑，曲阿入漢圖。川原猶帶潤，指顧得全吴。耕犢群相引，時禽名自呼。一犁春雨足，景物愛昭蘇。

三義遺風在，居民説巷衢。山川增氣色，肝膽想勤劬。坐石籌良策，攻樊失壯圖。行將窺魏鄴，且復結孫吴。據險臨長塹，乘危奮一呼。即今太平日，柔櫓下姑蘇。

過常州府城八韻

南指毘陵路，康莊引玉駒。觀光來老幼，問俗進扶趨。高岸猶連潤，繁花已入吴。恩膏閭井浹，巡政里端臚。士獻譽髦秀，農安山澤腴。即今存樸魯，緬古想唐虞。時泰千家樂，春融萬象蘇。誰傳擊壤事，珥筆譜真圖。

跋馬過常州至艤舟亭進舟遂成是首

緩策任龍駒，輕楫放蘭艇。毘陵稍迤南，新亭闢佳境。云昔蘇髯遊，於兹寄幽静。自遷瘴海南，早別承華省。扁舟隨所之，聊適遲暮景。居民慕其風，乘志傳爲幸。聖人有微契，停驂一首肯。即亭遇斯人，砭鄙示深警。既録汲黯戇，遠採寬饒猛。好風襟自澄，閑情味偏永。晴波漾芳洲，花柳移帆影。

射

表正漸仁試射堋，河湄薙草記蘭陵。威弧仍習時平候，絶藝真由天縱能。觀德中和惟審固，傳家神武在欽承。豈無三日手生者，莞爾何妨示小懲。

遊寄暢園題句

檣烏南指儼飛鴻，園是曾游路可通。百雉春深新柳外，九龍晴落碧波中。軒窻只爲藏書舊，巖壑非因疊石工。迎輦厖眉多抃舞，願將老屋當去聲帷宫。是日，尚書秦蕙田率族人跪迎園門外，上加恩有差。

惠山寺

放船重訪曾遊寺，一瞥春風又六年。泉味山容餘澹足，松聲鶴迹自翛然。坐移竹裏蓮花漏，笑問雲林玉版禪。小甜餘情聊睇望，南峰貞秀自孤圓。

聽松菴竹爐煎茶疊舊作韻

雪芽初試挹新泉，活火無須石鼎煎。詩卷牛腰存自昔，竹爐蟹眼沸如前。欽吾聖主勤周度，笑彼盧仝傲晝眠。元韻有『室飽家温究遜前』句。盧仝《謝寄茶》詩：『日高丈五睡正濃，軍將打門驚周公。』枉費詩篇投諫議，九重斟酌計安全。『便爲諫議問蒼生，到頭還得蘇息否。』亦仝《謝寄茶》句。石罅珠璣自迸泉，都籃茶具試重煎。舊題手蹟雲煙在，新貢頭綱穀雨前。僧定晝長聞燕語，漁喧水響起鷗眠。禪從黄篋參來得，薝蔔香中色味全。

汲惠泉烹竹爐歌疊舊作韻

竹罏古式輦下聞，新舊異製中微分。密編細擘肌理湊，往往超出都籃群。珠還合浦有夙分，香泉一洗京華塵。當年蘭若曾小憩，題載御筆光奎文。重來復訪尋韻事，取罏烹茗傅餘芬。微生蟹眼候火候，長廊松徑紆勾陳。我皇眷舊寄高致，即此已見古處敦。軼足老驥伏峻坂，清材孤桐炊勞薪。乾坤淑氣半齒寄，肉眼不識徒紛紛。風流顯晦有時命，安知不異古所云。扶輪大雅示激勸，輕重隨手方稱權。叶從來名刹多嚴器，孰者散去孰者存。此罏幸遇今日賞，泉流山翠同鮮新。石鼓有時舂作臼，雲物擁護爲國珍。歌成點頭有餘羨，羨彼當年殿卷題詩人。吴謂寬、王紱諸人。

駐蹕蘇州

時巡到此日南巡，花柳依然媚水濱。夾岸謳吟相接應，近船父老更情親。既沾恩澤仍沾幸，前歲以南邦歲歉，暫停巡典。昨年大熟，始有諏日南巡之旨，吴民望幸之心，與望歲之心並殷矣。愛説盈寧不説貧。泰伯當年遺德在，勤勞要與俗還淳。

觀蘇州閶閻之盛不減昔年既以慰懷兼成是什

周循廛市課民功，城是金閶鄉樂豐。鑿井耕田忘帝力，飲和食德慰皇衷。士風枕葄稱江左，估客帆檣下海東。蘭櫂省方通一水，由來吴會略相同。

支硎山

入山隨意可聽泉，殘碣元嘉斷手年。鶴性馴時曾侍錫，馬胎墮後便安禪。用法秀事。支遁愛調馬，故云。重尋啜茗題詩處，多在青山紫邏邊。香界空中惟噴雪，睿懷於此寄悠然。

寒山别墅

支硎以僧名，其麓多别支。蜿蜒申右臂，曲曲自繞之。形勢枕别墅，遂往一探奇。靈跡呈邃景，睿藻餘清思。時禽弄新音，寒梅發疏枝。取徑挹他勝，所得恒如斯。

飛魚峽

琮琤疑朗谷，噴薄一滃然。魚本潛之躍，飛寧可上天。偶於仇池穴，一遇琹高仙。比作彈琹峽，真堪署兩賢。過水處與彈琹峽相似。

戲題空谷

問塗最愛寒山近，空谷便宜二月遊。騷雅當年曾樹幟，翠華今日復鳴騶。移情琴筑空中落，招隱詩篇石上留。笑問老梅爲點首，宧光居士見來不。

寒山千尺雪疊舊作韻

支硎别麓名寒山，乳竇潨注垂寒泉。宧光居士有泉癖，搜剔一一窮其源。縈林絡石上峰頂，海眼倒掛非言詮。雪霜千尺吹不斷，飛雹射石無依緣。鼉鼍卷波魚仰沫，十里五里爲深淵。山中驛地有書至，招邀往復馳層巒。宧光好客，人贈以詩，有『城裏歇家王百穀，山中驛地趙凡夫』之句。漆林膏腴不易致，安得竟置半頃田。珍珠萬幢潤萬卉，初過寒食山花然。他年巡方繼此至，擬隨驛路晴崖間。

聽雪閣疊前韻

何來千年雪，隨風落檐底。肯將琹筑音，入彼筆笛耳。至人有真賞，襟滌一暢美。眷兹空谷佳，幽閣復來止。山花與巖梅，娟静各歡喜。勝地若相期，清聽非今始。吟罷紆步間，迸灑猶未已。

香樹齋詩續集卷九

遊華山

支硎迤西折，蒼翠插相暎。華山本天池，峭拔闢幽徑。嶺石如蓮花，跏趺具佛性。鬱然秀目深，屏障自綿亘。澗以桃花名，泉從虎跑迸。小平可策馬，遂屏遊山乘。絶頂旋拾級，石室一閒凭。雲水各呈異，愛此心不競。昔遊紀祖澤，於焉寄遐興。至今霽日暉，照曜諸峰磴。上方鐘磬清，雲際芙蓉净。父老歡然迎，再覩文孫聖。容與澹足歸，穆然自生敬。

復聞京師得雨誌喜二月十四日

南疆得雨易，時雨時夜聞。不謂畿輔地，甘霔澤亦均。二月上中浣，鳳舸正南巡。郵傳自北來，報雨及芳辰。二麥既霑足，慰此畿内民。因之念齊鄭，仰荷蒼昊仁。所冀各守土，奏達來頻頻。十千歌大田，自我取其陳。

拈花寺

穹窿雙嶺趨，下有空王宇。赤鬚既拔宅，赤松在何許。至今講法堂，毒龍護鉢雨。清泉磴上流，躍路花間取。行漏答鐘聲，怡情會竹所。空際茶煙浮，簾外香篆吐。連延崗峨峨，碟砢石魯魯。春雲澹渰移，鏄處時一補。如如與皇皇，紗要括天語。光福十里遥，玉策輕風舉。

鄧尉山恭瞻皇祖題額松風水月四字各得八句以題爲韻稱鄧尉者以梅而睿藻全不涉焉然言不涉而意已賅此所謂得梅之神韻者乎觸目會心摛辭衍義亦情之不能已也

松

三友寒方定，孤清第一松。翠濤生謖謖，香霧隱重重。倚石誰疏密，循檐就澹濃。遥知題額意，早會至人胸。

風

正是韶華候，初傳長養風。既吹香雪白，還上暈潮紅。乍拂何曾落，輕梳想更融。飄飄仙仗外，疑欲訪崆峒。

水

來探鄧尉海，還賞具區水。映玉一壺冰，淩波萬仙子。低横淺瀨邊，高入中流裏。空色欲無言，清吟傳玅旨。

月

瘦影動黄昏，光摇出海月。衆芳同一照，國色自超越。仰對明如鏡，賞兹寒徹骨。遥情感即事，大雅未銷歇。

鄧尉香雪海歌疊舊作韻

香耶雪耶皆故吾，爲憶未立三字初。若非香雪盡如海，商邱題署失則誣。風摇萬樹雪半落，寒入瘦骨香仍舒。孤高自與幽人侣，澹蕩要兒達士模。錦峰之南光福里，環村絡磴相縈紆。蜿蜒屈曲便登陟，天然自闢清蹕途。山根野墅有静寄，亦如衆流望海同奔趨。東西兩灣稱海窟，石帆朝元皆其餘。重來香雪襲襟袖，晚梅競秀標清娱。屏開漁洋沼太湖，《郡志》：鄧尉山以漁洋爲屏，太湖爲沼。青巒碧巘景各殊。或藏而韞，或散而輸，造化陶鑄誰當需。一攬者領習者失，要以離即分親疏。南指西湖三百里，比肩未覺孤山孤。湖山靈奥各區别，閑評莫誇杭與吴。閑評莫誇杭與吴，此外豈無如是夫。

遊天平山十六韻

突兀天下峙，群峰拱揖朝。卧龍盤遠勢，卓筆插青霄。卧龍、卓筆，皆峰名。巖際松如蓋，雲中鶴可招。全湖收石鏡，絶頂矚春潮。灑面飛泉冷，含芳野卉饒。曉煙縈小塢，孤磬發疏寮。浥露楊枝潤，輕颸竹影摇。陰崖排萬笏，斷澗架雙橋。幽景邀宸顧，澄懷憶道標。平生徵定論，朱子論本朝人物，以文正爲第一。風雨避清寥。高義曾邀賞，山有范氏園。辛未，御題『高義』二字賜之。遺徽尚未遥。移情留水曲，緩策度山椒。邐迤坡陀接，丰茸林木喬。偶然寄遐賞，還用訪塗謡。北望支硎並，西瞻竺嶺要。蜿蜒多秀色，敻絶勝金焦。

再游寒山别墅

支硎多别峰，其右爲寒山。山人趙宧光，肥遯耕雲煙。攬勝曾一至，幽偏證從前。紆迴駐春蹕，愜性聊遊盤。别墅枕山半，爰命再至焉。得石自依磴，搆閣全因巒。飛瀑所噴激，往往多迴湍。窺牕來好鳥，繞砌鳴新泉。山花既爛熳，荏苒碧與丹。遐情一幽寄，徙倚何冲然。人世有此境，豈必皆神仙。清磬出空谷，散落蒼崖間。

法螺寺

松濤吼迴岡，翠罥紆仄徑。稍平得寺門，金碧自掩映。偶訪化人居，一寫閑雲性。滌泉俯漣漪，危峰仰遼敻。池光静不波，可挹還可鏡。吴山勝地多，選勝兹爲勝。倘紀韜光遊，於焉孰季孟。

初遊石湖作

湖上風光趁嫩晴，春遊畢罥有餘清。試聽水調漁歌裏，都是康衢擊壤情。煙外峰巒時隱見，波中鷗鷺自將迎。空明擊處飛蘭楫，千頃真如鏡面平。

觀打魚歌

地方大吏備觀打魚，因事已成，略觀輒罷之，而作是歌。

山樵水漁各安業，大吏陳魚漁不怯。今日遊遊湖色好，遐收近取靡勿悦。魚船網户來周遭，千魚萬魚波中跳。浪花踏踏窮遠目，三里五里十里遥。昔聞獵較曾一即，不綱不宿存愛惜。于南宜魚北宜鹿，嘉魚歌南騶虞北。仁民愛物盡如斯，敬爾在位其知之。不陳而還魚樂矣，魚之樂矣皇之僖。

虎邱山寺再和東坡韻

春旂指雲巖，香輿躋晴嶺。迤邐採吴風，綿延俯煙井。石路走欹斜，原出浮清耿。新雨落深池，生意矜蛙黽。魚腸躍金精，苔紋篆古礦。惟餘明月夜，一掣踞虎猛。清遠可笑人，孤詣獨陵騁。至今讀其詩，泉聲助嗚哽。東坡坐東軒，悔不置二頃。攬石但歎嗟，客懷寄淒冷。宸遊一再過，風恬晝初永。所欣周道諏，豈衹娯清景。松逕復徘徊，斜暉移塔影。硎石紀重來，寧俟大吏請。

山塘策馬

晴郊遊徧薄言歸，緩策山塘一指揮。麂眼新籬紅半掩，島頭春水緑添肥。殷勤士女親提命，活潑詩篇繪化機。舞榭歌臺前日事，紅橋跋馬記依稀。上以『吴民從令，不事粉飾』劇爲嘉予。

降旨迴鑾時取道徐州視河工詩以紀事

我皇勵宵旰，事事皆勤民。民居與民食，所貴計久安。治河需善策，厎定簡重臣。萬全宜博採，剴切期披陳。要處必躬履，及時當周巡。彭城受衝地，漲溢嚙其濱。下流工既固，水陸途可臻。河湖亦循軌，受澤敷土匀。是經相度後，萬姓感皇仁。辛未南巡，指授治河方略，淮壖民庶得享安瀾之福。宿虹易積潦，汎濫時苦屯。曹郡濱河地，行水有未均。治河在審勢，營衛如一身。漫衍不受制，周防慎堤垣。奈何淤故道，衝奪近報頻。徐境當四會，利導力頗艱。要貽永安慶，詎惜指授親。芻蕘尚可詢，先民亦有言。輦路略修治，德行速於傳。申命各專責，其惠我元元。

聞河南得雨

穹蒼布澤沛甘霖，豫驛馳來接好音。春麥後先多得潤，天心深契聖人心。

曉發蘇州

巡春五日駐吴城，晨發今爲浙右行。望幸方欣應迅至，時浙人望幸，已數日矣。攀留還說莫兼程。祇緣相度心逾切，前一日降旨回鑾時取道徐州，親視河工。那計山塘花正明。爲語環遮諸父老，算當十日便回旌。

入浙江境

聞道蘭舟過葑門，平江天氣正晴温。落帆亭外謳迎路，扶杖人來遠近村。水帶霅苕春漲合，民安朴魯儉風存。六時行漏將程報，百五真堪作快論。是日從蘇起程，計行百五十里。

題煙雨樓

曉攬滮湖駐鳳舟，釣鰲磯外得清遊。重覘景物憑高閣，爲訪民風過秀州。雨露新恩均灑遍，雲煙寶墨重題留。移時錦帆去聲看西指，判得湖光付野鷗。

至杭州行宫駐蹕八韻

遄移禦水楫，旋駐武林舟。但覺咨詢切，寧云道里修。山光真可挹，民莫必誠求。要裕盈寧計，時深宵旰愁。前期如甲證，重莅若神謀。前次于暮春之初至杭州，今歲計程亦應於是日抵杭，上因回鑾時欲親至徐州視河，遂兼程二日，其實前後恰符合也。爲慰群瞻忭，先教静蹕騶。敬抒一寸縷，願獻萬年籌。上巳風光近，輿情誦豫遊。

題黄龍洞

陟峰訪幽栖，俯磴憩潭洞。珠琲霏靈根，煙雪吐石孔。方池似鏡空，朗月若輪湧。滌襟鑒湛澄，豁目眄峪嵸。花氣催温馨，樹色連翳蓊。詩拈鳳藻披，風裊雞翹動。初躋邃更平，稍轉廓復攏。巖腳泉脈交，分注溢青澒。名僧邈千秋，一畝溯靈種。翻笑山居人，日月徒倥偬。

詣聖因寺皇祖神御殿行禮

六載初巡日，曾爲十日留。前徽重展敬，祖澤永貽謀。幸際承平候，仍爲休助遊。紹庭方陟降，奕祺俯春流。

瑞石洞

吴山捍江江控海，中有奇石獅象駭。坎位列鎮高嵯峨，山腰孕結兹爲最。叶補天曾傳皇古初，逃出烹煉真人都。吾皇探奇復濟勝，丁仙髣髴迎乘輿。紺乳襲衣袂，雲英上門限。白鶴翩躚時往還，夜光神芝會應産。

飛來石

石飛來兮不復去，萬斛巨鐘懸在此。彼爲有脚此無根，誰轉一語發玅理。

恭和皇祖靈隱寺詩韻

招提瞻祖澤，鷲嶺賞嵯峨。佛照慈光大，詩留勝跡多。松門深古洞，石壁上新蘿。仿佛田盤意，曾承恩命過。一七年，扈從盤山行宫，蒙恩召見，諭及盤山勝處，有類靈鷲諸峰者，是日詔許往遊。

净慈寺瞻禮

我皇瞻禮慈雲處，霽色嵐光四面開。鸞擁天書澄法界，鹿銜芝草上香臺。維摩偈裏栖真穩，多唄聲中選佛來。衆願欲伸頂禮意，南山獻壽樂康哉。

上天竺

上竺層霄上，瓏瓏玉琢成。本來無一語，不是爲忘情。桂樹雲中見，藥苗雨後生。重遊香界寺，風轉六旃輕。

湖心亭

曉放輕舟趁嫩晴，居然景物近仙瀛。亭上一望，水色湛澄，如在瀛州太液池也。六條橋影如圜帶，四面嵐光可坐迎。即事偶通春水意，題詩一寫聖人情。臨流擘理歸澄澈，閑凭闌干悟至精。

表忠觀

兩拜天章錫，如綸爲作忠。閑來評十國，孰可許英雄。秉笏猶尊北，觀在行宫之南，祖孫秉笏，若望闕者然。迎潮永障東。欽哉承聖訓，勉令守家風。

題漪園

名亭多依山，深閣多流水。濚流激錦石，略可西園疑。雜樹相糾盤，幽致任討取。叶一自天筆題，遂數河邊美。臣慚老侍從，雙屐未到此。

韜光菴

重遊法駕此相羊，始信幽棲無盡藏。俗士攔迴有靈隱，遊韜光者必取徑于靈隱，靈隱實爲韜光門限。夻人引勝上韜光。禽聲簡訥如安拙，花氣氤氳自毓芳。放睇危峰窮遠目，三山海外影蒼蒼。

北高峰

北鎖諸岡第一峰，問塗舊識幾株松。閑從香徑尋香國，笑指阿彌見阿儂。雲裏傳聲時香靄，雨餘出沐日丰茸。若教束炬通天目，縱使孤僧亦恐慵。

雲栖寺

四面芙蓉自削青，心無可洗强名亭。晴飛鉢雨空中散，陸擁潮音静裏聽。曲屈松根惟鶴跡，浄便香路有雲停。儒通佛理聲聞寂，六字真詮藴性靈。

水樂洞

洞裏宫懸作，誰教典太常。游魚聽出穴，翔鳥去當場。聖契惟闗角，臣心自叶商。審音流水外，玅悟得陰陽。

理安寺

密可千松合，疎宜萬竹攢。翠微最深處，禪悦自生歡。經邃步初仄，中虚勢復寛。誰能參玅理，真諦問雲安。

琹　臺

偶步琹臺上，春山挂夕陽。米顛不可作，此意許誰償。

題西湖十景疊舊作韻

蘇堤春曉

春韶三月正昭蘇，罨畫林塘帶竹廬。花柳猶傳通守政，至今名姓占西湖。

柳浪聞鶯

何人敢挾一丸金，穩坐啼春陰正深。兩度蘭舟艤楫處，侍臣鵠立竢芳林。宋臣錢鏐表忠觀在左近，兩次駕臨，臣率族人恭竢。

花港觀魚

望山橋下圍清港，戢戢魚跳唼晚花。會得濠梁真面目，强分物我笑南華。

曲院風荷

四望軒窻納晚風，水花宜白復宜紅。頻年太液池頭立，色相參來本是同。

雙峰插雲

兩兩蒼龍碧落垂，入雲鱗甲正紛披。試登絶頂揞笻望，會見山腰膚寸時。

雷峰西照

天門愛看東升候，此地偏傳西照名。暮色半隨鴉背去，空餘墖影倚雲横。

三潭印月

水作千波月一輪，百東坡豈是前身。月明潭碧都無着，留證人間清浄因。

平湖秋月

鏡面春波緑似油，輕撵星艇槳牙柔。不須坐待銀河迴，一様蟾光俯碧流。

南屏晚鐘

隱約匡廬九曲屏，暮煙深處起鐘聲。蒲牢不似蝦蟆沸，長伴山城長短更。

斷橋殘雪

斷虹遠亘雪飛餘，界畫樓臺畫不如。仿佛輞川初霽後，幅巾爲蓋笋爲輿。唐王摩詰有《輞川雪霽圖》。

題林逋詩帖真蹟用卷中蘇軾書和靖林處士詩後韻

結廬自占孤山曲，況有湖光潑新渌。空山無人鶴未歸，獨坐莓苔伴寒玉。横釘愛作瘦硬書，姿媚猶覺羲之俗。墨蹟至今寶笈珍，兩絶真同夜光燭。我皇好古復鑒古，一再披吟猶未足。卷尾灑落東坡題，側鋒仙骨能撑肉。『骨撑肉』，前人跋蘇書語。象犀珠貝走不脛，空谷誰曾一省録。平生屈伏有幾人，遺音自勝人間曲。『歸來寫遺音，猶勝人間曲』，東坡句也。發揚潛德沛新恩，桂酒椒漿薦松竹。浣花溪上杜陵老，淚落秋山對叢菊。

吟香别業

開府當年此小留，閒情雅慕白杭州。董材肯搆寧云創，因地成園不待求。於見道時皆吏治，到怡情處即民憂。拔幽舉癈類如是，政事何難出輩儔。

清漣寺觀魚疊舊作韻

蘭若開香墳，漣漪致有餘。恩波常似水，民樂即知魚。生意瀹成趣，春風輕襲裾。怡情觀自得，乘興見真如。偶拾金光草，閒翻緑字書。重來應有約，幾暇賦歸歟。

飛來峰歌

從來怪石落世界，不下喧卑下幽窅。靈山之陰北澗陽，巖壑互鏁若迴抱。一峰飛來不記年，胡僧相識便相笑。叶洞壁佛像如削成，飾以重英垂曲瑵。蹲獅駭象誰能馴，異木丹葩種難考。中空時見紺乳滴，深入不知天地曉。白猿偶坐酌春泉，野衲時來譯法寶。倚磴高松根拔地，雷烘霜虐經亦飽。雲罕重訪一徘徊，飄然若悟崆峒道。對之作歌嗣前音，詞源直令三峽倒。十六年南巡，御製有《飛來峰歌》。

自蘇堤跋馬至聖因寺行宫

春進攬勝意仍餘，幾務紛披便舍諸。馬上題詩紀游陟，行縢魚子自行書。

行漏初傳卓午時，馬蹄過處繞芳蕤。柔桑秀麥添深緑，盡是閭閻衣食資。

鹿頭艇子傍湖横，橋上鞭絲自在行。一鏡新楷光十里，綵斿裊裊鏡中明。

罷漁

吾皇釣弋情，往往觀即罷。廿年侍從臣，親見隨所在。西湖春水魚，不用一錢買。不網而施罟，於觀似無礙。先期命罷之，於焉示群宷。昨聞石湖上，執事伺丞宰。添入湖中物，實同民間採。厥利自民入，厥事可勿罪。初陳輒中止，網已三面解。今茲湖水清，春流何浼浼。湖澄魚自躍，此其所以乃。魚潛適本性，其樂奚啻倍。

戲題虎跑泉

甘谷今成聚族居，三峻猶溯出泉初。枕流或可忘歸也，卓錫何妨一飲於。幾點投林棲鳥下，數聲隔水曉鐘疏。試將比並酈山菊，能使人皆百歲餘。

觀採茶作歌

采茶寒女家家喜，曉起粧流照水理。傳聞皇帝親來觀，一鎗一旗皆天然。移時雲罩轉山路，跋馬經行採茶處。山前山後多種茶，種茶採茶樂且劬。叶採得盈筐還細挑，焙茶騎火趁時朝。年年採茶皆似此，今年幸得覩鳴鑣。今日雨前真不僞，皇心早寓勤民意。富家烹法試花甆，尚嫌石本少滋味。

閱海塘作

鞏固金堤捍海塘，前徽慎簡股肱良。雍正間，世宗憲皇帝特命大臣鴻工。工竣後，潮頭折行南岸，海寧一帶沙漲數十里，迄今永慶安瀾。漁船隱隱來收網，沙户家家正採桑。廟食重脩新典禮，上親顧海塘，命增建神祠。民生被澤永貽慶。禦災捍患惟神祐，益罄皇誠敬未遑。

觀江潮作歌

江山船子樺兩傍，漁人趁潮身手忙。觀湖要於潮盛候，上巳節氣正相當。望潮樓前綵旂駐，候潮未至宜徜徉。歷未而申潮信緩，雨雲轉霽垂晴江。曾開直到嚴灘歇，觀潮往事稱錢唐。今獨何爲波不疊，黄頭迎潮節遠腔。但見鷺下飛振振，不聞濤湧聲鏜鏜。須臾夾岸擁微溜，礧石不動何硠硠。陽侯空中自呵護，弭轡未敢神飛揚。鮫人遁藏江妃静，山娟娟兮天蒼蒼。百神受職員種伏，江雲浛浛江水長。傳稱强弩猶射落，萬乘所至能勿降。方今河清海宴日，江潮諒減昔日强。江堤鞏固民安枕，近江户户皆農桑。

岳武穆祠

可知天意亦何常，臣職當全不易方。十道信牌權已去，三言疑獄史猶光。投簪空遂蘄王志，中餌難醫時相腸。身後餘榮華袞在，盛朝俎豆薦芬芳。

再至雲林寺

要以神僧方古寺，寬眉脩頞輔顴高。晝長竹節流清澗，夜静松聲和遠濤。孤鶩嶙峋如卓筆，衆寮擁護似分曹。兩山門裏參禪者，孰見真如孰啜糟。

過靈隱至韜光

相識韜光寺，龍駒認曲盤。遥峰通暗水，空際隱明玕。俗豈終能遠，禪宜此地安。豈無蕭散士，澗底自垂竿。

坐金蓮池上用白樂天寄韜光禪師韻

可愛韜光衲，無家自有家。至今碧水沼，時見金蓮花。眼界留空色，心根自發芽。幾餘閒徙倚，不問趙州茶。

用韜光禪師答白樂天詩韻

當年卓錫便飛泉，鷗鷺忘機沙際眠。北嶺茗蕘窺北澗，金魚遊戲出金蓮。不知惠遠諧彭澤，試看韜光遇樂天。欲叩禪關參一指，特標石筍在牕前。

登六和塔作

玉隄捍江流，堅固若安堵。浮圖實鎮之，建豎得方所。七成傳至今，九級溯前古。江風吹層霄，清梵流鈴語。舍利光射江，夜静瞻商旅。月輪湧峰巒，鐘聲浮浦漵。香界霏千花，螺閣銷一炷。萬法會旨標，衆理任討取。三乘歸總持，文字自分部。造極遺聲聞，空中滴珠雨。大地足攬收，化城一仰俯。益深宵旰憂，應濟民生苦。皇心種福田，夫豈曰小補。

杭州啟蹕迴鑾之作

三千里外遍親諏，兩月風光此豫遊。萬姓耕桑安世業，一人早夜㢞先憂。攀輿遮道情猶切，湖面山容春正稠。祇爲視河飛鳳舸，五年巡典莫稽留。

聽雪閣作

後來巖壑勝，往往相接連。遂有山栖者，於此一投閑。梳剔略位置，要使全其天。宸矚屢登陟，時復寄悠然。迴鑾蹕路便，取徑再至焉。緬想肥遯侶，掩扉自高眠。誰知百年後，人境兩共傳。穆然會深致，遂復留斯篇。

遊獅子林

人言邱壑幽，中可着居士。苟非真隱者，深谷同喧市。十笏獅子林，以倪迂傳矣。詩僧有維則，奇石多聚此。倪高士元鎮與維則友善，常留宿其中，愛其蕭爽，爲之繪圖。徐賁復圖爲十二景，高季迪、姚廣孝諸人相繼題詠，倪迂圖早登内府。由來淡宕人，本不事粉飾。叶青邱與幼文，賁字偶來雙屐齒。分圖十二段，不隔尺與咫。晨起汲井華，手添養魚水。古梅發新晴，簷際一相倚。何期五百年，天仗來遊止。禪窩款松關，雲竇漱石髓。按圖徵名字，强半已多毁。惟餘古狻猊，猙獰踞遺址。春來花發時，寂寞自紅紫。山因仙始靈，於此會深旨。至今甫里間，猶説天隨子。

詣文廟行禮

范相規模遠，于斯未闢園。崇文公所尚，吾道始爲尊。要以興黌序，終能庇子孫。吴中傳盛事，七萃焕星門。

過紫陽書院疊舊作韻

堂壇規爽塏，濟濟儲髦俊。不遠庶復初，無悔在行慎。務實惟執顔，採華僅慕藺。善教如善歌，音繼德乃振。安定主蘇湖，條約無殊訓。往往薰其風，中自去鄙吝。黽勉而信脩，澹泊以安分。要知山岳崇，所積一簣礨。矧茲絃誦餘，宫牆仰萬仞。敬義與明誠，偕立必兩進。『日明誠其兩進，抑敬義其偕立。』朱子《白鹿洞賦》，真希聖希賢要旨。學成際良時，少翊休明運。

蘇州啟蹕作

又作金閶三日留，徐州親閲皂傳郵。争攀父老輸誠悃，迴睇靈巖入遠眸。江國輿情終一慰，邊陲萬里尚須籌。五年巡典徵虞紀，展義還應事再遊。

題漪瀾堂

鏡影常澄自在新，東風裊裊漾漣淪。出巢乳雀辭初鷇，解籜春篁噴嫩筠。碧蘚細縈如小篆，玉泉遠掛似垂紳。睿情甦甦催行騎，笑彼耕煙誕散人。

香樹齋詩續集卷十

若冰洞

石門滙諸澗，泉脈噴清泚。其冷欲冰去聲人，名洞或本此。卓午亟添衣，寒粟侵肌髓。宸遊小憇間，緩步登龍尾。石壁陡難上，巖松翠可倚。于山既悟兼，于水亦鑒止。河源人不到，天一生所始。河源出崑崙，寒不可邇，凡遇秩祀，祇遥望焉。推理方若冰，斯洞實些子。

復聞京師得雨志喜

皇衷感穹蒼，誠敬持方寸。寰海咸衣被，曾何隔際分。京師首善地，兩見甘雨潤。雲行而雨施，先俊歸大信。今日一慰懷，馳報封章進。麥秀方及時，夏令司將近。穰穰祈自今，惕惕益謙遜。屢豐或可歌，厥兆占大順。斂福在用敷，群黎實所願。恭繹喜雨篇，一再情繾綣。

駐蹕金山

輕帆京口渡飛舯，羅列晴江遠近峰。一品中泠還試瀹，頭陀居士又相逢。憑闌眺閣娱偏淡，勝地豪吟興每重。佇望西南開蹕路，白門春色正添濃。

惠居寺八韻

八字垂飛白，康熙四十六年，聖祖南巡過此，御書『蓮界靈香，精持梵戒』八字賜額。宸遊此亦曾。雲依香共淡，因與興俱乘。曲徑紆清陟，層崖歷遠登。曠情馳象外，静慮鑒潭澄。貝葉翻銅殿，山名記寶僧。偶然參衆義，不是問三能。繩武遊仍豫，瞻題感倍增，重來成小憩，高唱谷神應。

遊栖霞山

冠冕瑯琊是攝山，南齊捨宅總持前。點頭頑石多成佛，出竇寒漿盡號泉。拾草長生真大藥，躡雲輕舉定高賢。睿情初愜登臨地，香界尋詩本自然。

春雨山房

春雨既宜聽，春泉還可酌。豈惟百草滋，愛此衆峰濯。竹静列如屏，松陰張似幕。東皐犁可扶，西塞漁堪樂。皇情如春雲，玩景無倚著。

駐蹕栖霞行宫作

巄然畫石西，深洞有霞栖。繖罩三峰亞，趺連千佛齊。清吟欣得句，勝地況留題。一望江城遠，天光净晚霙。

雲霞供眺覽，秀色豈能藏。花落飛千琲，泉鳴應八琅。老松眠磴穩，新竹矗霄强。春雨連朝足，巡農候正當。

遊攝山栖霞寺用尹繼善沈德潛倡和韻

一峰聳孤盤，鬱鬱丹霞冠。扶持倚神明，來往接佺羨。禀精應牛女，拔峷切天漢。衆峰皆仰視，肩隨露角丱。江令留荒碑，僧紹存公按。地幽景物邃，宜爲静者戀。往往茹芝人，延爽青豆院。虚空灑静便，素業澄鼻觀。慚愧林栖人，行纏猶未辦。巡方翠罜來，豁達啟蘿逕。臨霞行殿開，托基大居正。秉珪方岳虔，執事百工敬。嵐光耀朝日，蘭薄悦真性。浥草露飛甘，出岫雲舒慶。牛首與落星，誰能匹佳勝。由來靈異姿，藴秀呈明聖。幾餘樂眺賞，紫閣試閑凭。松濤落笙竽，謖謖入靖聽。

鬱鬱萬松枝，插向峳嶒石。古幹挺青蒼，削壁立岝崿。比似龍門桐，高者近百尺。滋流珀欲凝，中空皮半坼。童童垂清陰，恍如張翠帟。架壑築山房，蒼髯護四壁。栽插始何年，化作百千億。松間來雲鶴，松下滯幽客。誰參黃梅禪，團蒲聊憩息。五祖道場，有引路松萬株。更愛泉娟娟，繞樹逗真脈。

嶺卓碧雲織，泉跑雪色鹿。藥草供拇生，丰容滋滲漉。乳竇滴融融，屈曲注深谷。琮琤石罅間，蓮花水倒洑。驚流忽迸瀉，布水添新瀑。花洞何幽深，偃仰仙者僕。地肺相鉤連，平分福地福。山中石穴名花洞，相傳與句容華陽洞通。宴坐石盤陀，清音響琹筑。

巖洞呀天開，試躡飛梯上。仙葩吐紅芳，弄色佐清賞。山腰時洩雲，蓬勃何瀁漭。般若闢講室，坦步得曠蕩。誰歟契真詮，高僧躅已往。繙經展金繩，猶聞梵唄響。千佛鑿巖石，盡作跏趺象。笑彼蕭齊人，未斷往來想。溯昔古哲王，遊豫無非事。

聖人登覽間，民莫不少置。譬若作室家，勤墉復塗塈。歷奧尚周咨，緩策遊山騎。山民業樵蘇，澤農足菱芰。衰謝珥筆臣，優游逢盛際。未隨屬車塵，一訪畫石異。時巡繼此來，願與從官儷。絕頂仰奎章，中天日月麗。

萬松山房

田盤勝處著山房，萬顆蒼松翠有光。一樣離宮延賞眺，各將本色送清涼。望中縹緲三山落，閣外星辰五緯芒。明月秦淮行駐蹕，山田宜雨亦宜暘。

登最高峰望江放歌

江衮衮若龍游，山巉巉如獅鬭。圖大者以四海爲家，望極者以八荒爲囿。山川悠遠惟其勞也，蓬萊玄圃不借高也。聖人遐覽，萬象畢苞。觀具區澤，觀廣陵潮。上下億萬年，眄睇百千里。矧兹六代蹟，考据多興圮。誰家戰争，何處歌舞，付東流去矣。既登閬風，愜襟滌胸。赤岸激逸，硿硿鼞鼞。揚鰭掉尾，虎蛟螭龍。明庶物之紛賾，乃成位乎其中。靈和静保元氣固，南邦永奠安耕農。

駐蹕江寧作

重脩巡典莅南區，蹕路寧辭里道紆。膏澤沾濡應徧地，江山明麗屬雄都。上游節制南連贛，右臂迴環東控蘇。再仰在顔春正好，群黎喜與感相俱。

汎舟後湖攬古

大興築堤圍北湖，徑四十里豐茭蒲。黑龍躍出湖水湧，樂游上苑群嬉娱。蕭齊沿晉習水戰，組練照耀浮飛艫。别有三山立縹緲，位置不與昆明殊。十字河開册庫建，湖流小滙難按圖。時平蝦蟹富涵育，宸遊樂與宴鎬俱。綵斿駐岸花映日，櫂謳唱答喧鷖鳧。

秦淮歌

長壠既鑿消龍氣，淮流東折通南埭。從此秦淮遂得名，考乘猶傳祖龍世。二源齊注皆會淮，經三百里歸江隈。江流東去勢趨海，緣淮塘栅防秋災。臨春結綺空陳跡，一抹寒煙江令宅。烏衣巷口新柳緑，桃葉渡頭春水碧。山迴水抱古秣陵，寒潮猶撼石頭城。高樓水榭來燕語，澹煙曉閣聞鶯聲。可惜歡娱莫浪擲，畫船簫鼓紛如織。青溪溪畔春正濃，雨雨風風作寒食。

皇政肅穆斥俳倡，時和萌動審燠涼。兒童抃舞士女喜，右史秉筆紀巡方。

賦得鴻漸于陸得時字，五言八韻，江寧試士子題。

飛鴻垂易象，漸進協爻辭。得路軒霄漢，翔空駿羽儀。喜騰千里志，正際五雲時。野荻寒難傍，春陽暖易隨。吉光誠燦若，豐翮亦鶯其。踏雪曾相印，搏風任所施。鴐行趨並見，鷺序望先知。翹首天逵盛，還應托遠思。

閱　兵

金陵北府兩將軍，防禦維嚴各勵厘。重寄專城非耀武，端居垂拱自修文。牙開鶴列三重陣，堋護魚鬚五色雲。六載時巡躬訓練，精良無事待騰聞。

題雞鳴山

江城四十里，盤鬱流與峙。秦淮、後湖二水，覆舟、清涼、雞鳴，俱在城内，金陵之勝，他郡罕有同者。鷄鳴臨培𡉏，塘名，一作栖𡉏。開館次宗始。得名援物象，牛首馬鞍似。何山鷄不鳴，名埭亦虚揣。山因埭得名，名易實本此。花宫臨東麓，梵唄宣禪旨。亦有横經生，梢涉四部理。山光翠如螺，倒影澄湖底。春雨飾靚粧，媠嫿静如洗。

石城歌

虎踞龍蟠真地利，竊據稱王與稱帝。危巒岩峉蠶江流，龍虎拏攫峰棱出。仲謀設險防必争，叔子綏帶來襄荆。横江鐵索付一炬，洛陽青蓋偷餘生。春雲漠漠飛朝巘，昇平都會民安善。波濤江面作鼉鳴，埤堄城頭數雉眼。大小長千望中宛，寬政興朝津税免。六朝津税俱設石頭。嫩晴攬勝綵斿歸，鴉背斜陽猶未晚。

江寧迴蹕駐栖霞作

旋蹕名山又駐旌，山容依戀比民情。茆茨卑室恢新搆，紺宇靈宫是昔營。静業已延三宿願，長江行課一帆程。北徐河道方親視，節届清和應候晴。

玉冠峰

舊名紗帽峰，嫌其近俚，適和沈德潛詩得句，云：『久聞攝山名，秀如玉而冠。』即以易之。

吾皇南幸初莅此，對山得句秀無比。山靈抃舞聞天聲，品題丰格中名理。從官屈伏爲折腰，芙蓉五朵青非遥。須臾吉甫督臣尹繼善。承敕旨，雙手欲向山靈招。千姿萬態峰稜嶒，玉冠永錫嘉名稱。琢琊作龃瓊作綴，飄然霞舉如勿勝。章甫他年偹覲禮，臣忝小相非曰能。

汎舟長江夕景

長江如練天無風，碧落四啟澄虚空。船牕疑對明鏡裏，塔影半落晴波中。滌煩愜襟其庶可，近臣三四命列坐。暮山蒼蒼呈靉靆，夕川融融何淡沲。移時艤舟篙不舂，晚霞射江江面紅。登樓延矚望煙景，京口瓜步將無同。簾捲攤書風自轉，幾餘此際興不淺。樂山樂水性所涵，仁知一源誰與辨。

渡江駐蹕天寧寺

晨移瓜步片帆輕，雲仗江干策馬行。別館重來宜遠眺，花宮小憩愜新晴。閱河紆道明朝進，啟蹕還京一月程。衢巷攀扶須記取，安民即是聖人情。

恭和聖駕駐蹕北口行宫觀燈同扈蹕儒臣聯句七言排律五十韻

首春巡路駐行帷，恭奉慈寧怡四宜。澤沛普天先玉甸，樂陳廣陌譜咸池。蘆芽寒凝去聲呈新坼，水面晴浮散遠炊。漢轉春星多煥彩，月臨霽雪似含滋。霏霏睡鴨迴香篆，肅肅征鴻振漸遠。紫殿風微傳晚漏，紅橋淀激聽流澌。上元協慶當行慶，聖化無爲大有爲。在鎬君臣方共樂，卷阿豈弟擬賡詩。輯圭虞牧爰周度，擊壤堯民亦許窺。齊起須臾千幻發，紗栽頃刻萬枝垂。由來乘令應如是，況爲祈年正視斯。片片飛空金翡翠，行行挂定碧琉璃。因含微覺雲容淡，蕚吐翻嫌梅信遲。開合諸名歸祕製，包羅萬象孕全規。忽排豁閬神仙府，又現平鋪白玉墀。陸地能教騰水兕，風瀾或可露文螭。偃師變換真同巧，赤壁煙灰未足奇。但得囊探收遠勢，何堪膽落縛窮夷。鬚眉豈肯終包裹，肝腎何妨盡瀝披。祝嘏洞天多會集，朝真香界識威儀。直看霞舉臨曾漢，旋見風吹到近陂。紅豆抛翻飄點點，碧蕁吐出綴絲絲。工參造化春風剪，動合機宜上將麾。勁後氣舒同晚蕚，争先神運似圍棋。綿延川嶽千重疊，榮落春秋一瞥移。撤荔排場宜奏曲，頌椒才思合行卮。翱翔自在疑無際，橐籥通靈豈定期。間作八音皆入聽，卻合四季可同時。比綿朵朵飛晴絮，如顆熒熒迸夜芝。爛熳乘春垂妥帖，光華復旦慶乎而。近畿水暖禽魚樂，福地年登婦子嬉。萬姓尊親皆似此，一人胞與實同之。蟬聯櫛比天然叶，伴奐優游自徧施。領袖班頭推内相，步趨棼尾到家兒。臣子臣錢汝誠亦與賡颺之例。從容信紙搜清句，更替濡毫扛紗詞。宵旰早廑歌父母，文章示則感君師。辰嘉恰值徵燈會，政善由來淡樂辭。用周子《易通》意。秧馬漏深聞踏踏，玉蟲熖落復離離。盈前倡和遊休諺，彪外森羅仁義旗。元夕太平原有象，天家樂事本無私。安全生計行將及，奠定民居信在兹。負曝迎鑾辭浙右，泊舟覓騎滯江湄。臣於月正二日自浙起程，恭迎法駕，元宵始抵邗上。仰瞻雲物心千里，快覩春韶花萬枝。時樂飛鳴多睍睆，《異物志》：有鳥名時樂，其鳴云太平，天下有道則見。信天毛羽自茈虒。《水經注》：瀛鄚之間有鳥，名信天。十分明月懷同照，一寸丹忱夙所持。北地秧歌喧麥隴，南鄉社鼓賽蠶祠。六年前憶屬車後，七字聯教珥筆隨。十六年春，臣忝扈從，元夕奉敕聯句，亦用七言排律體。行近天顏瞻霽意，擬先輦路仰温其。同風會見淳初返，一道須從正始追。爲語颺言拜手者，日襄聖德在孜孜。

上再幸南邦，駐趙北口行宫觀燈，同扈蹕儒臣聯句。廷臣各二成，每人八句，共六十四句。上天藻迅發，凡九成，得三十六句。字字天然，無義不該，廣大悉備。臣以荒陋才質，勉成五十韻，計七百言，前人七排未有長似此者，因存之。

臣於石門鎮行在直次得讀御製煙雨樓觀錢陳群書趙孟頫耕織圖詩屏題句元韻仰見聖主念切民依巡方問俗一紆步之頃眺覽之餘見有言民事婦功者即爲獎賞不置真大雅所云不聞亦式不諫亦入蔡傳謂聖與天合者也恭和一首仰祈訓示

再幸南邦此暫停，豳風無逸早書屏。農桑重本家傳法，盤劍褆躬自作銘。到處湖山供眺賞，隨時補助感生靈。吾皇手握千秋鏡，臣愧唐賢張九齡。

里人陳叟作漁父攜竿釣于柳泍候駕經過見而哂之爲紀二絶句

釣嘉何事築偏低，鳳舫朝來過柳堤。吕望若逢堯舜日，巢由結伴老磻溪。

漁父詞翻望幸詞，緑蓑青箬獨綸垂。須知魚樂同民樂，博得君王一朵頤。

恭跋御製五百尊羅漢堂記後

我皇種福天人師，金田布金利八陲。能以正見持衆見，遂使衆知成正知。轉輪聲中獅子吼，應真具足光明時。五千十六校多少，俗眼拘蹋終癡迷。巡方祝釐奉聖母，爲瞻雲林及净慈。堂顔羅漢各五百，世儒好事一記之。廣廷列坐指可數，色相黏滯即與離。何如先後示權變，卓錫萬年常住之。階基雲興水拂龍象伏，正者非正奇非奇。岧嶤官殿山澗複，世尊招手來皈依。神通各自抱靈異，尚用安立名字爲。落成位置分十部，信筆所指香花飛。詞嚴義密整以暇，珊瑚碧樹枝紛披。五燈四果有印證，就班按律無參差。雲林浄慈同供養，受記會入三菩提。小臣盥手誦萬遍，敢以線縫窺天衣。東坡少游墮禪習，對之咋舌頭應低。經天日月長朗照，國土世界歌雍熙。

雨牕恭録十六年春法駕南巡駐靈巖宴準噶爾夷使元韻竝録是日恭和拙詩越今五六年中諸台吉先後歸順捷音屢奏準噶爾部落悉入版圖聖德遠孚功隆繼述復賡元韻因以志喜時乾隆丙子四月朔也

當年扈從正巡方，萬里西戎此近光。歸德夷情終自獻，持危聖化建非常。放牛沙磧依雲表，飲馬伊犁紀水陽。榮有衮衣國有典，秉心納款是賢王。

題留餘山莊

在南高峰北麓，從荒煙蔓草中爬剔出之地，不過尋丈。有瀑布滙注于石間，潨然有聲，可補西湖之缺。石壁峭拔，其怪處不可狀。其處諸名勝中，如飽珍錯時，忽進懶殘半芋，意味自別也。

仄徑蒙茸略可攀，撥開塵土出孱顔。聽泉未厭絲絃沸，到此應憎猿鶴閑。但具靈根終見性，豈令仙石竟成頑。當年蘇白搜奇勝，留得留餘一段山。

舅氏山翁八十初度

群幼多疢疾，便倚節母慈。外王母錢太恭人實嫗煦之。舅氏角方總，群也乳則離。餺飥及梨棗，育我必讓推。稍長越門限，踉蹌行相追。既群歸所生，書館臨河湄。舅氏亦來學，群父實師資。節母忽辭世，如失怙恃悲。學車錢盡出，後事略可治。孤露依貧戚，婚嫁遂致遲。讀書臺畔路，晚步同尋詩。連牀白苧子，布衣張庚賦格多搜奇。我旋遠游涉，通籍羈京師。兩奉母氏養，舅氏相趨隨。低迷五十載，白髮雙垂垂。行年六十七，遘病窮扁醫。再造荷明聖，賜藥許歸栖。南鄉霉雨淫，浣蘭竟同時。舅氏以四月廿九誕辰，余以五月廿九誕辰，少舅氏八歲。每逢初度日，倒著白接羅。翁今開八十，際會當雍熙。迎鑾見天子，鳳舫顧而嘻。太平多壽民，德化承福禔。群忝耆英末，一捧百歲巵。

副都御史雷君貫一秉節視學江浙前後凡七年清介和平明經飭行南疆多士咸被其化今年夏差滿當更替以太夫人春秋高乞假歸養旋奉旨即從浙江歸寧化陳群卧疾家居作歌送行即次暮春辱贈原韻三言詩前人未有和韻者循誦來章愛不能已遂以此志美斯愛斯傳亦風人之致也

我移疾，歸舊廬。君奉母，依巖居。母曼壽，神清癯。導旌斾，出桐於。何所將，幾束書。夙所嗜，供爬梳。青油舫，當安車。承色笑，樂事俱。我延佇，目縈紆。平生志，占連茹。喈喈鳳，萋萋梧。如從酪，得醍醐。相彼鳥，鳴相呼。加餐飯，保三餘。諸生送，酒既湑。傳孝治，入畫圖。

附原詩　雷鋐

嘉禾試竣，訂張觀旂孝廉、溥三鴻博，會香樹齋中。

香樹齋，緊誰廬。錢司寇，致政居。有二張，老而癯。性踽踽，肯相於。一孝廉，研易書。析紗理，櫛以梳。一布衣，博五車。寫山水，能事俱。我三載，日縈紆。曷致之，饑莫茹。惟香樹，如岡梧。我往就，吸醍醐。座四人，以齒呼。年二百，八旬餘。孝廉七十八，布衣七十二，司寇七十一，余年六十。卜此會，酒再湑。倩布衣，繪厥圖。

題劉祝三手把芙蓉啚

列仙窟宅芙蓉城，重樓絳宫連三清。驂鸞駕鶴飄霓旌，來往呼噏馳雲軒。偶然一念落巔崖，風雨遂隔難飛騰。下界蒼生要蘇息，匣中半卷黄庭經。抱珠懷玉擁至靈，七孔自守通神明。壺中大藥不終祕，活人度世惟所能。橘泉流水即門前，杏花成林門不扃。有時結想舊城郭，科頭獨步寒江汀。汀中夫容似相識，採之爲佩留芳馨。我所思兮在遠者，願以遺之皆長生。

盛貢園明府撫松采菊啚

石屏峰外鄙山下，幾處人思朱邑來。不謂先生歸去日，山童正把菊花開。

孤松謖謖有清音，徙倚科頭自在吟。我是陶家三徑客，有年共厲歲寒心。

奉敕恭和御製賦得涉江採芙蓉得江字元韻注：于昆明湖上作。

規壑連蓬島，通泉擬曲江。陸離芳自集，綽約此無雙。曾奉騷人服，還依仙子幢。偶思供小摘，便命轉輕艭。出水神偏遠，遺賢心則降。《九歌》：『搴汀洲兮杜若，將以遺兮遠者。』王逸注：

『遠，謂高賢也。』扶疎承夏簟，容與傍秋牕。題就鴻裁古，秋徵下里腔。龍文論百斛，弱步豈能扛。

贈諸宫贊襄七

宫贊年十五，與予同應童子試，後同官翰林。既予養痾旋里，宫贊亦引年歸。

四方相逐比雲龍，一笑芝田有鶴蹤。來往即今存老輩，盤桓依舊撫高松。君充百福坊中長，我學千金圩上農。帝許蕭閑天許健，著書歲月正從容。

附和詩　諸錦

車如流水馬如龍，自分蓬門卻掃蹤。忽逗珠光天上宿，來摩物表磵邊松。直廬休沐瞻前輩，露冕春游問老農。好爲蒼生煩一起，時巡扈從許從容。

松泉尚書次子承霈出其尊甫手書册子索題示一絶句

野鶩家雞論亦偏，袖中出簡爾真賢。父書今日親承法，省卻他年數萬錢。用歐陽通事。

九月四日同年盧雅雨都轉喜予赴登高之約乃放艇真州邀同年戴通乾來會是日即飲於雅雨官舍期以九日遊平山堂通乾得詩二首即次其韻

獨立遲秋月，清光恰二分。故人來舊雨，健筆發高文。望極還山鳥，心空出岫雲。登臨好攜手，何處著塵氛。

力疾遊仍遠，重尋三過堂。淮流添酒緑，秋露滏橙黄。但得千場會，寧辭兩鬢蒼。蜀岡松外路，山色辨微茫。

余返棹歸長水通乾有詩言別次韻爲答

海内存年輩，吾衰行共誰。那堪相見日，又是暮秋時。瓜步半輪月，真州一卷詩。雙魚憑問訊，强飯慰相思。

雅雨都轉同年以平山堂詩見遺適予疾作未得奉和後數日雅雨復劄示云若眠食既安中秋重陽間可來一遊知予里居岑寂惠書以當枚乘七發也九月五日始得如約即用原韻奉酬

自昔招邀屢放舟，笙歌隊裏略勾留。憑誰編載無雙譜，此是繁華第一州。眺聽有緣終一到，詩篇非儷也應酬。重來通守堂邊立，天藻昭回最上頭。

不到紅橋又四年，故人顔色好如前。水流曲曲雙條帶，謂保障、迎恩二湖。松結層層百尺巔。赴約會中鶯脰客，攜來湖上鹿頭船。閑看池畔鷗眠處，沙印經秋箇箇圓。

鈎引來遊又一通，情懷如水必之東。貧囊未辦纏腰貫，病骨猶堪落帽風。一自宸遊春皥皥，恰添煙景雨濛濛。今年二月，上駐蹕揚州，有御製雨中遊平山堂詩。太平日月真無價，莫送繁絃緩吹中。

江上芙蓉照眼明，家家亭館動秋聲。傲霜草木花難老，薦爽尊罍氣倍清。細馬人來浸涼月，賓鴻酒半落高城。添衣尚擬松間坐，整備歸船聽六更。

奉和玉笥翁丁丑九月八十初度出游南山信宿陶莊恭瞻御題留餘山居額依四字爲韻四首

卅年僑寓便叙留，早讓林泉出一頭。不是荒涼抛鏡曲，翁從會稽徙居武林。由來情性愛杭州。黄華爛熳開三徑，白社招邀恰九秋。棐几門生方卧疾，未能攜屐作同遊。

吟多自喜意仍餘，奉詔編摩勝拜除。涉世因緣同塞馬，食仙願力比書魚。幽人已赴韶光約，詩老猶尋庾信居。歸愚自吴往視。曾記攀躋最高處，有時回首顧蟾蜍。陪游山路，群蹩躠峰下，若蟾蜍也。

一莊霧豹隱南山，今日靈奇昨日頑。竹閣要留名士飲，雲書況拜聖人顏。上曾幸此，顏之曰「留餘山居」。爬搜枉費白蘇輩，來往應居佺羨間。早約尋春梅放候，一枝笻杖款仙關。

無須卜築傲山居，小仕何妨當結廬。雀舌滌膻謀野衲，蠅頭防老覓抄胥。石梁崛强雲初撥，瀑響琮琤筑不如。福地即今邀睿賞，可知造物善留餘。山腰有石橋横跨兩峰，石壁有瀑如簾垂注，皆新闢也。

宫怡雲方伯七柏啚小影

兩株行立皆干霄，迸石直上曲且喬。風煙盤薄何飄蕭。倚磴兩株掖之左，陰森崛强亦頗頗。接連三株不可蹤，奔逸跌蕩傳虛空。主人愛樹兼愛石，自署山人學衣白。石間秋草不須除，物外閑身聊自適。蒼然鬢眉如古松，松茂柏悦成遭逢。題君啚，送君歸。歸塗定出泰山下，漢家老物猶存者。黄精欲苗雪壓深，木柄長鑱任君寫。

答祝茂才

鍾期既遁跡，索居守空林。伯牙未遇日，自賞高山音。生世苟相失，奚啻隔萬尋。我老寡所契，區區抱此心。仙石偶一瞥，願言慰自今。

轍跡問誰合，終屬閉門者。全神混巧力，正鵠赴指下。石罅海眼穿，泉脈琮琤瀉。既盈當復絀，鑒兹去滿假。冬夜刻漏遲，討論勝長夏。

重陽後五日予以遣病薄遊平山堂將歸適恂齋觀察從黔中歸訪予於舟次明日訂同歸里未一月而恂齋已登道園詩以志挽

病不廢遊遊易倦，秋風歸櫂泊江濆。遠穆水面飛鄉語，扶杖船頭揖故人。近局得君從此老，夜臺先我返其真。誰知一會翻成訣，回首平生跡已陳。

香樹齋詩續集卷十一

恭和御製賜和田園雜興十首元韻有序

臣於去夏曾録近稾進呈，内有《武原舟次即事偶用范成大田園雜興十首韻》。詞臣里居，奏箋封達，稍展依戀，仰求訓示，用開茅塞。乃於月正元日，臣黎明詣郡城天寧寺，望闕賀正。二日，即登舟北指，恭迎聖駕行至蘭陵，四子汝隨齎到初一日接臣子汝誠信，内有十二月十一日頒出御製賜和詩稾十首。跪讀之下，驚喜惶悚，感激涕零。復用御製詩韻，敬步十首嗚謝。奎章下賁，方深飫德之衷。暄曝抒忱，初譜迎鑾之曲。又聞是日，上命内廷諸臣恭和，臣子汝誠與焉。俟御書發下，廷臣各録和詩，彙爲一卷頒賜，爲臣家傳重寶，殊榮異數，實亘古罕遇云。

履端瑞靄下天聲，三百驪珠光混成。眷舊恩深語親切，淚流喜頰感平生。其一

萬翎朝鳳自相催，倦鳥褷褷翅欲開。不謂丹山方振翼，暉光先到小巢來。其二

白版雙扉日拄柴，閑行閑詠偶然來。洪爐一入甄陶裏，便有餘温活冷灰。其三

方傳醫手昔徒勞，偶動鄉思首重搔。大藥拜歸天上賜，壬申夏秋間抱痾，蒙恩遣醫調治。陛辭

日，賜詩寵行，又拜人參之賜。功逾酈菊與綏桃。其四

病餘隨分理新畦，芋要陽坡菜要肥。春水春山二三子，薄遊興盡便來歸。其五

嗸嗸鴻雁集來遲，女絍男耕氣力微。聖主勤民同一視，楚江輸輓百艘飛。前歲，浙西秋成歉收，民食頗艱，上屢須恩旨賑恤，並命撥楚米以濟。其六

九重求莫軫饑寒，曾飭司饔減食單。大有今年拜天貺，歡呼蹕路睿情寬。其七

家居猶拜水衡錢，靡禄從今又幾年。養老何須還乞郡，聖朝存舊德同天。御製詩：『鄉俸從今志可寬。』蓋蒙恩許臣在家食俸也。其八

北指迎鑾帆影低，臣舟從漕艘中行，挂帆殊未便也。詞臣躍馬正南飛。臣子汝誠適扈從南來。倘邀三日還家假，情話春宵簇一圍。其九

家家人日共挑菘，新釀如淮氣味醲。曾在豳風啚裡見，道傍介壽獻春供。其十

題樓蘭坡紀夢詩後

長短歌傳孝子詞，寒牕酸鼻一吟之。登高幾度惟瞻望，入夢聊憑慰所思。啼笑猶仍萊子服，劬勞堪續蓼莪詩。人間多少遠遊者，讀未終篇泪已垂。

瓜田兄病起許予同遊惠寄二絶句次韻爲答

丸蘗焙茶添冷課，尋鷗訪鶴續幽盟。兩枝笻竹一壺酒，便試新裁布裌輕。
倦來攜手上船去，柔槳沿溪曲曲深。莫怕枯腸無好句，春風春水會催吟。

題朱副總家慶圖

三世同堂笑語真，石闌干外草如茵。松皆五粒竹千个，此是朱陳村裏人。
勇略韜鈐本將門，龍城交桂豎朱幡。一經課子登賢俊，要以循良報國恩。
園林風物正恢台，房李綏桃佐壽杯。紀載全啚詩筆富，定推齊沈兩容臺。

翟滋圃明府小影

十載多循績，遷除始自今。時量移奉常。聽泉寄遠意，信紙動高吟。暫輟鳴琴治，仍懷近日心。披啚挹風致，如對碧山岑。

盛孝廉餉柚賦謝

盛孝廉百二省親於粵東官舍，啖柚而甘，取其子，歸而降之，十數年成樹，高丈餘。今

好，往往柔翰供清娛。錦贉繡褫列五嶽，品題甲乙珍石渠。有時隨意一摹仿，出藍風格神明

廿年趨走直禁廬，班隨枚馬曾侍書。落紙生動挾風雨，補戈拙劣慚褚虞。耆情澹泊百不

丁丑嘉平廿有五日奉到恩賜御臨米帖恭紀

究。吾欲測之向誰扣？詩耶說耶其爾授，願爾流傳爲世壽。

右，旋走八九俯而嗅。沁齒欲嚌已隨漱，入言遷地味勿又。何此不改如哺鷇，其理黯深不可

秀。好事傳觀爭欲購，主人微笑不售。一柚先歸連天宿，圖成墨本真足副。一乃惠我供座

柚。十年成樹根本茂，涼秋露白鴻雁候。黃金團團結雙柚，其圓如柑倍好月，色潤肌理溫而

其族大繁於粵閩，其核多遺而不收。責則以錫包且覆，未聞移鄉猶存舊，盛于食之攜歸

柚有焉。孝廉其封殖此樹，以無忘角弓，並記以詩。

易其體，果木中君子也。詩曰：『君子有穀，貽孫子。』又曰：『惟其有之，是以似之。』斯

曰：『樹柚者，取其甘也，香也。大如斗，則少味。』此柚托根於粵，播種于浙，不變其性，不

適展張所畱者於淨几，諦視三日，信紙摹之，蓋兩柚大小本相同也。按志乘所載，韓非子

一遺瓜田外史張庚。明日，張爲畱所遺者，作詩識之，且爲之說，復攜以示予。予不能畫，

淮而爲枳，柚遷地而橙，獨此柚越五千里不移本性，見者異之。孝廉以其一餉予，又以其

年結柚二，大可受升二，體圓，色黃白而潤，徑二圍有奇，視粵產有加焉。柚，橘類也，橘逾

扶。指端靈氣有天授，八法自合節與符。每當曲宴啟行幄，喧闐樂部醴則湑。御案揮灑試游藝，墨香浮浮霏綺疏。從官岳牧佴讚歎，鶺鴒飛白總不如。今春迎鑾數召見，拜賜長卷恩遇殊。今年恭迎聖駕，蒙頒賜《和田園雜興詩十首》御書長卷。晶瑩欲比秋星燦，妥帖直似春雲敷。手拭几席静以對，寶光奕奕無時無。從來鑒古重尺牘，流衍代不乏名儒。鐘王以下體各具，能事枚舉稱官奴。唐宋至今閱千載，顔柳歐蔡黄米蘇。要以跌宕寫興會，人懷盈尺奉楷模。瓣香後勁數松雪，外此曹鄶同抄胥。我皇寓意不留意，咀獵衆美包其餘。時惟歲宴諸政舉，瑞雪霑足嘉平初。司農告成報大有，百禮既洽萬彙舒。隰平流清奏底定，蒼生黎獻光海隅。戎兵克詰遠徼順，屬國王會方呈圖。慈寧悦豫介多社，萬幾餘暇安宸居。便撿寶笈發奇秘，更敕中使規林筬。襄陽已往墨猶在，縱筆所至神與俱。是乃天府增重寶，近臣竊羨羨且徒。何期鴻賜及衰白，五雲飛下蓬蒿閭。整冠設仗跪驛使，迎春青蓋方填塗。立春日頒到祇領，時適守土官陳儀騈集街市迎春。開椷敬覼展鏡面，照耀九十驪龍珠。波礫自赴渾節角，姿態益發華不腴。南宮習氣盡擺脱，得其神髓遺其膚。聲光所播衆傾仰，願得見者來士夫。臣幼腕弱輒費紙，藝林騰口嘲墨豬。拜辱教誨慰依向，恭承矩矱砭頑愚。以上六句用帖中語。閑翻秘帖每神往，法書第一推君謨。蔡襄有謝賜御書七古，蘇軾稱爲趙宋法書第一。以臣孤賤遭異數，平生志向應不虚。昔聞折腰曾爲米，米友仁畫山水既成，客求之不得，數叩頭請，乃與之。友仁作詩戲之，有『折腰原爲米』之句，蓋以米姓借淵明折腰故實也。臣今稽首其歌歟。歌成感悚何以報，丹悃一寸惟區區。子孫世世守永永，西清佳話傳皇都。雪牕蘸筆梅萼放，豐年有兆歌維魚。昨冬得雪，新正三日又得雪，同雲應候兆豐登也。

題江氏園亭黄芍藥

鵝肪裁出浄無暇，正色應魁貢父家。我老葵心托同調，愛他也似向陽花。

端孫録首春雪夜與豫堂摴石喬梓同賦之作郵寄呈覽喜而示之亦用新字爲韻

雪夜春盤會，書堂聚席珍。偶添燈火課，同詠歲華新。請益來耆老，相於在率真。吾行揩眼望，見爾作詩人。

曉行長水舟中感春

送老年華在，偶於所遇欣。天邊春到地，水面月穿雲。身世桑麻約，心情魚鳥群。太平誰繪得，氣味澹如熏。

正月廿二日同人邀遊東湖黄氏南莊歸飲於張氏十杉亭用昌黎酬盧給事雲大韻

雪晴煙樹春姿净，風恬波面開明鏡。名園結束如美人，自守婠嫿静以正。便攜童冠各五六，登高四望窮遠目。我老逢春舞婆娑，林間曲逕遊人多。十杉亭子紅橋外，時有遠帆來笙歌。水門迴抱不數里，九曲滙赴東湖裏。珠樓前度我曾來，當年此地數銜盃。同遊故人各雲散，惟有春風得得使我懷一開。倘能買屋數楹、水一曲，誓將日與樵夫、漁父相追陪。

恭閲印抄上以耕藉時所司設綳懸綵非躬親民事本意自今年始命除綵綳之設著爲令仰見聖天子念切民依重農精意非祇若露臺之罷專崇儉德也恭紀一首

青壇臨吉亥，玉藉重親耕。邇陌馴蒼牸，和風上綵綳。新綸崇節儉，舊制罷經營。自有祥雲護，欣聞布穀鳴。禾詞歌宛轉，象管譜韶韺。簑笠同沾雨，山龍便課晴。豈惟敦本務，實以感精誠。惜彼中人産，光兹萬國程。四推家法永，九從月卿清。德化如風動，寰瀛見太平。

乾隆二十三年二月二十五日閲邸抄恭讀上諭及辦理俄羅斯邊界事務喀爾喀親王桑塞多爾濟等奏到俄羅斯移文知阿睦爾撒納逃至伊境被溺撈起後拘禁狼狽隨出痘死自逆賊背負天恩逃竄搆釁大兵追捕游魂飄泊計窮力盡遂伏冥誅今者身死絶徼所司驗看既實普天率土益服我皇上廟謨獨斷遠振神威至是平定準噶爾大功告竣覲光揚烈天祖爲昭服化畏神遐邇其慶臣雖衰病林栖然心注西事將三年矣額手稱賀喜而作詩恭紀其乙亥之夏平定伊犂我師深入賊境數千里攜羊酒跪迎不遺一矢用集奇勳臣於捷音奏聞日敬製聖德遠孚準夷歸化四言詩一百二十韻以進兹不復綴云

憶昨收沙漠，功成五月期。事機天默畀，決斷聖全持。用地非恢地，先是，都爾伯特台吉車楞等，先後各率數萬人來歸，上以爲歸者當撫，若不即其地處之，恐經過之喀爾喀被其騷擾，遂定議進師，非利其土地也。因夷可定夷。昔稱幽阻路，近見蕩平時。渠虜方歸命，乙亥五月，遣阿玉錫等斫賊營，賊兵大潰，蹂躪死者無數，降者七千餘人。尋回人阿奇穆、霍集斯伯克生得達瓦齊，詣軍門獻，準噶爾平。三軍既整師。飛鴞訌内潰，竄鼠自生疑。事本無關重，動何有或虧。盈廷仍密議，頗主莫窮追。帝曰予臨下，輿情實共之。革心終可録，達瓦齊悔罪効順，加封王爵。背德必嚴治。毋使孤游孽，行令煽惑滋。捕亡嚴告戒，用力或差池。犄角中微隔，貪狼間逞私。國威無少衄，臣節豈能隳。謂死事一二大臣。倡勇朝章茂，飛芻軍實資。執言馳絶塞，効命備邊籬。古有未通譯，今無自大陲。哈薩克自古未通中國，至是稱臣納款，遂約我師同追逆賊阿睦爾撒納。同仇堪指日，先導請隨麾。大食俄羅國，王域傳洛陴。從來和好部，夙昔著明規。俄羅斯部與天朝和好，久申誓約，彼此不得容留逃人。何物么魔者，致干約法爲。矰禽寧擇止，驚獸此焉羈。地網難遮蔽，天誅正在斯。腦温江上鬼，泥濮處中屍。俄羅斯近邊之地曰泥濮處。投虎何曾食，鞭牛詎足支。濁塵歸衆棄，國憲自平施。䫉王齊巴克、雅蘭品爾等詳認死骸奏聞。上以既無可疑，解送與否，不必深論，傳諭中外知之。善後方煩慮，籌安在集思。重華稱大智，文德必周咨。舜之大智，不棄邇言，用中之妙，仍歸獨斷。我皇上神機迅發，貫徹終始，盈廷集議，仍許各陳所見，殆有同揆者矣。威遠神爲助，拓疆事更奇。勤勞三載績，奠定萬年基。

太子太師尚書松泉汪公挽詩有序

公與陳群交，垂五十年如一日，驚聞溘逝，爲位哭之。出公平生餉遺諸物，及各種辱贈詩篇，羅列棐几間。當年得公筆墨最富，殊不甚愛惜，至是兒輩亦知寶貴矣。灑淚臨風，敘情述德，情見乎辭。昔少陵與曲江諸公交契未深，《八哀詩》所述皆諸公事蹟、官職及行誼、出處，間有補唐史所未備者。今公與群，幸生聖明之代，先後同入翰林，趨走禁近，愈久愈敬，有令人不能忘者。至公品詣詩文，醇而無疵，早蒙主上深鑒。撤琴之日，聖心軫悼，親臨奠醊。凡飾終厚典，逾格隆恩，史官書之，家乘傳之，不詮次焉。

束髮求友生，揖此房杜侶。相賞在文章，何事煩縞紵。洎乎心迹諧，有無通取與。群方官二廳，公適遊上序。孝評析秋毫，裁斷同利斧。竪義括本根，豈敢分門户。同觀索靖碑，共拊太學鼓。金石夙契深，心追指畫肚。曾荷母氏知，曰後貴公輔。公常拜群母於後堂。公出，母曰：『器度雅飭，非凡才也。』後群母每出所畫潤筆，爲公飲饌。留賓嗟髮空，輒鬻所畫楮。無何登玉堂，撰述運機杼。同典石渠文，音律中鍾呂。公移眷屬來，衕衕卜鄰處。群每奉於役，存問罄覼縷。謂當逐雲龍，非曰托蛩駏。置身堯舜朝，稷契其期許。期許復黽勉，山川方出雲。我皇聖繼聖，簡在皆舊臣。公才益復擴，群亦守斤斤。晨夕趨禁籞，相勖惟慎勤。巡方以次舉，扈從時駪駪。令辰賜曲宴，賡歌揚清芬。昭回耀五緯，色正芒亦寒。同職爽鳩氏，明允期平反。公尋典鈞軸，密勿承絲綸。群老識且短，一紀守一官。壬申春正月，下直公稍閒。索飲故人酒，要續少壯歡。家兒悉命坐，名餉以詩篇。十七年正月八日，公率諸子過群家索飲，明日餉群以五言古詩二篇，示群長子、次子各一篇，篇皆三百言，公貴後所未有也。公亦攜諸子，一室如荀陳。荀陳感星辰，躔舍有離合。二月隨從回，田盤賜遊屧。並騎尋幽偏，春泉值而歃。奉敕賡和餘，紀行詩滿篋。

公筆縱所如，惠群數十帖。公猶歉焉謂，厚意久未答。既群遘沈痾，聖慈荷重疊。公每見而慰，退或淚盈靨。承恩數召見，進粥日一啑。十七年五月，群得反穀症，蒙恩體恤備至。每詣宫門，輒蒙召見，日賜粥一甌，咽之甘美融潤，自後食少進。公留宿賜園，衾裯必同榻。伺群偃息微，以手摩且搭。苟非道誼隆，何至若斯浹。芻蕘臨別陳，公感開誠拾。群將出都，公乞惠言，群答以持重練達，皆公所優，惟度量須益恢擴，詩文須益醇粹，服食起居，固宜儉節，亦無過自損抑，致失養生之道。蓋公孤，之貴，窮乏鄙戚能無少冀佽助耶。公斂容受之。賢豪聚無常，況此兩衰頰。群疾日以退，問訊通牋札。彈指六歲中，況示各心愜。心愜復執手，翠華行再臨。迎鑾群北指，公隨屬車南。浹旬平江道，並楫談更深。念群食指累，餉以所賜金。公過嘉禾郡，遣公子承沆賫百金，曰是節所賜金也，爲兄嫂壽，群婦率諸婦拜而受之。邀群到公舫，手進尚食甘。尋公乞恩假，一省珂里岑。假滿赴行在，群適返舊林。公旋示眠食，一再慰我心。公扈從還京後，曾兩次寄信存問。春仲聞公疾，犬子達家函。云昨問疾去，執手淚涔涔。訓言三四語，親切皆官箴。群驚氣爲阻，鎮夕如懶蠶。蠶將眠，飼桑不食，爲懶蠶。最後問忽至，履聲已就淹。天子親賜奠，祏祀光新龕。哀榮既備至，餘澤晉宫銜。公没歸列宿，公生實爲霖。臣規明如鏡，云何不可瞻。天末有老友，嗚咽誰能堪。所知日陵替，黯焉立茅檐。

題季弟曉村桐陰把卷圖

正月廿有五日，武昌信至，驚聞曉村訃音，遺言以予第六子汝弼謹愿，請以爲後，擇日告家廟，易服。擬遣四兒汝隨入楚扶櫬，哀慘難狀。瓜田大兄與予兄弟自幼同學，予舊居南樓下，有老梧高六七丈，寬二十圍許。予與瓜田讀書其下，弟峰、弟界皆肩隨焉，今五十餘年矣，兩弟先後歸道山，瓜田見予痛不能釋，爲曉村作像，執卷坐桐陰石上，志初衣也。灑泪題之，録於幀首。

三峽猿聲斷，衡陽雁影離。叔敖終有後，伯道竟無兒。割愛承廉蹟，圖真見令儀。當年讀書處，長此寄相思。

左車將落近得舍弟楚中訃。

六紀依予輔，況當失序時。亦知不自守，豈忍竟相離。痛楚吾甘受，飄零爾共誰。太剛原易折，便悔恐嫌遲。

題彭芝庭少宰蕉陰課孫圖次沈歸愚尚書韻

清時經術重韋門，曾直蓬瀛與細論。要向君家乞衣鉢，得來方法課諸孫。

雲根新緑倚蕉林，堅固須將密義尋。問佛參堅固於義云何，指芭焦曰：『是堅固種。』指點膝前諸玉樹，讀書便見古人心。

析理秋毫辨似緗，傳來貫弗發芸香。石家子弟遵家法，不學城東戴隱囊。

家祥國瑞毓芝蘭，有子門才侍禁鑾。令子供職翰林。更羨南陔多樂事，孫行隨侍奉慈歡。

題張寶南太守遊天台圖次梁薌林相公韻

台嶺運自然，牛宿曜靈越。岝崿護煙霞，丹碧鑠城闕。歷遊寡所之，神秀指一髮。其有深入者，冥奥非言説。張侯滄海彦，忽冒通仙窟。蒼赤霖已膏，暮夜金早絶。華蓋來山中，犖确止臺役。既隘境復寬，空闊呈豁達。石橋橋畔松，夭矯自能拔。所判飽术芝，何況遺簪笏。春谷噴扶蘇，芳藹毓生發。稍溼紺乳滋，仍踐莓苔滑。遠瀑珠隨風，衣袖散餘沫。時禽不知名，交耳令人悦。雙扉玉犬司，危磴白猿跡。要憑七尺笻，直上捫蘿葛。扶持倚神明，瑶草行可掇。靈運躅已遐，高懷未消歇。我慚賀監歸，懶著遊山屐。白嶽與赤城，清夢夙所結。借圖當卧遊，風致遂少別。訃將侶佺羨，昇平遺歲月。題詩尋息壤，此理悟甌脱。居然興公後，姓氏於焉揭。

寄懷尹望山宫保三首

同氣求友生，我懷尹吉甫。橐筆來柯亭，蒼老聞低語。謂是博大姿，他日期公輔。一笑握手深，披示到肺腑。翰林儲才地，先帝此焉取。東南財賦邦，命公作霖雨。最後群受知，翺翔於藝圃。存問憑雙魚，加餐力須努。

先公政府日，先相國遇群最厚。編摩多咨詢。鑒公與群善，延接禮數敦。高東軒陳榕門劉松裔顧用方輩，相於致殷勤。今皇重毘倚，權屬望益尊。舊游皆膠漆，宫中奏雲門。『宫中聖人奏雲門，天下朋友皆膠漆。』此杜少陵句也。養痾予白屋，鞠獻公朱幡。迴舟勞一訪，得展笑語温。坐問見諸子，各示以訓言。

再幸舉虞巡，袵席安赤子。狂瀾地中行，羸瘠溝中起。萬乘臨軍門，上駐驆江寧，曾幸公官署。一德家人禮。名山邀宸顧，公夙先佇竢。卷阿多矢音，翻水動盈紙。詩名惭沈錢，上每曲宴，稱沈尚書及群名，自是有『沈錢』之目。道也終卑技。公或奉敕賡，餘事發清徵。穆然披惠風，大雅扶正始。

附和詩

尹繼善

耆碩贊熙朝，譽望推山甫。合簪憶昔時，禁闥挑燈語。翰墨互討論，道義期相輔。金蘭氣味投，片言傾肺腑。共詠含青樓，湖山頻記取。聚散等浮雲，關心惟舊雨。鬢髮已藍鬖，逍遥入林圃。六橋煙月中，健步應能努。

聞公歸田後，天語每致詢。年高遂頤養，德備品尤敦。寄情淡且遠，篤學老彌勤。泉石引唫哦，時時達至尊。九重飛雲箋，麗藻燦衡門。昨歲幸江皋，扶杖迎龍幡。春懷香案吏，霽顔如春温。江湖猶戀闕，拜手數颺言。

廿載任封疆，無才佐天子。同輩已寥寥，猶望東山起。何日共聯牀，重敘故人禮。把酒聽高歌，萬言倚馬竢。郵筒寄我詩，雲煙飛滿紙。咳唾盡珠璣，嘆賞神乎技。直追大雅音，含商而嚼徵。讀罷發長思，交情矢終始。香樹每約來遊栖霞，未果，詩中及之。

積雨初晴漫漲漸退田苗有懷新意招二三子汎舟登煙雨樓觀荷隨放櫂莊柴圩即古白苧村看稻用東坡汎舟城南人皆苦炎四字韻時憂潦稍釋心猶悸也情見乎詞坡詩中亦有相同處想當日城南之遊在久雨後也

剡紙裁成抵寸鱗，相邀放櫂弄汀蘋。採風引證繙閑史，載酒江湖擬散人。岸柳蘸波摇不定，水鷗出浴狎還馴。生衣磅礴篷牕坐，一試君謨鳳餅春。

喜爲時晴到處皆，老夫一月已空齋。風生最愛苗初擺，雲上還疑雨復霾。客是伏中遊濮上，船如汛後過徐淮。人家臨水添清課，穩守魚罾但坐階。問雨占晴老吾土，年年憂喜誰曾數。感穹惟有九重深，時上以京師望雨，虔禱深宫。墮崖早識蒼生苦。矗岸應消平野漲，登盤忍飽迎刀縷。鄰舟法曲奏雲和，坎坎又擊酬神鼓。斜日將歸興未厭，偶逢田父語茆檐。蟬移忽定依晴樹，燕去還來認故簾。菱葉水深偏引蔓，荷花香净正當炎。侍郎饒有韓公癖，徒手能醫翁媪痁。予於十餘載前，於役豫章，奉旨便道省墓，曾登煙雨樓賦詩。時守僧某病瘧，甚狼狽，讀予詩愛之，乞予手録稾，置枕邊，寒熱作，輒朗吟數過。越五日瘧已，詣予謝，並刊予詩於壁間。今日近鄉父老亦有病瘧者，因復作此以示。

若濟還蜀詩以志别並序

國家制科之設，所以遴選人才。師古者數奏言揚之遺意，逮乎流弊，爲奔競，爲標榜，盡己之長以命中者，什得四五焉，返已以自信，未能不遽求聞達者，什不得一焉。若濟未弱冠舉於鄉，來京師。余與若濟父中安侍御爲同年友，寓居接衡宇。若濟日夕詣予論説，因得窺若濟所學極有根柢，方之鄉先進。殆尹道真、譙天授之流亞歟。比侍御入禮闈爲考官，若濟例應迴避，適有旨，凡父兄入闈者，子弟許與試。皇上念士子跋涉之勞，不欲以公廢私，自宋紹興中舉行以來，四百年間未有之曠典也。若濟入闈，搆七藝出。次日，同榜輩約若濟應表判試，則若濟披衣起，徒步出城詣予，曰：『文之美惡，吾自知之。昔瞿昆湖公申訪荆川於途，荆川謂其文不能作元，促昆湖命舟歸里門，即日閉門，歲餘乃得。荆川之言，此不能自知而借鑒於人者也。昨所爲文，豈直不可元也，故未竣事耳。皇上方右文，重經濟才，吾於刑名錢穀，皆未之豫，不聞以仕學也。且吾父荷皇恩，甫一歲中歷遷三署，午限例未得請假回籍。願急歸，爲吾父奉侍吾祖，使老人無鱣饘處，是亦拙者之爲政也，是則志焉耳。』予聞而偉之，取酒飲之，曰：『文不輕試，彊學也。仕不求速，恐政之不修以罔上，忠之屬也。請於父而侍其祖，孝之屬也。吾子有三，焉可以歸矣。』詩以送之，且志勖云。嗚呼，可以風矣。

厥初生民，風恬以嬉。組綬爲累，視彼中犧。以安作息，鄉井是依。設官分職，俗用以漓。凡厥正人，好爵是縻。曰綱羅士，三代因之。僻彼魚復，越渝之湄。山水襟帶，自爲藩籬。懸車束馬，聲教曷施。冰開陸海，文黨以治。遂漸齊魯，方軌而馳。雲淵繼出，才軼而奇。後之杰者，布列如碁。爾生雖晚，幸際良時。覽舉譽並，陽河望隨。鶴鳴子和，實爾之期。言念邱園，筆不綴詞。處素以默，妙機其微。一龍一蛇，維朔之規。息兹六月，可用爲儀。爾之行矣，翳我之思。

是詩作於雍正二年，詩成，稾遂失去。又三十年，有蜀人李生調元，隨父化楠官吾郡之秀水，頗著廉幹，生勤學好問，數過予問字，篋中藏此稾。問之，曰：『蜀人多能讀先生文者。今得見先生，幸矣。』若濟爲予同年樓山大中丞王諱恕之長子，年十八，善屬文，博學有孝行，名汝舟，甲辰舉於其鄉，赴公車入都。時父官給諫，爲同考官，迴避還安居，居祖父喪過毁，遂不起。樓山由庶吉士官至福建巡撫，所至有善政，至今祀於閩。閩人思慕者，遇旱潦疾病，相率禱於其祠，立應。適予續刊《香樹齋詩集》，是詩失而復得，因補入第十一卷，並識數語以傳之。

曹母陸太君輓詞有序

余官京師，素知太安人治家訓子有賢聲。家居數載，戚鄙閒論里中賢媛，咸推重焉。昨長君庭棟寄述母德詩二十九章，遂賦挽詩一首志惋。

清門有賢母，義方如嚴君。女宗夙著範，姆教承名門。相夫復訓子，鉅細肩此身。里端稱淑孝，衆口同一論。寬嚴酌中道，秋肅兼春温。兩子成名儒，荼苦嘗艱辛。遺孫相繼立，咸依王母存。家傳燈煙帳，三代相逸諄。即今譽髦起，後進多能文。制行動淳謹，不肯失笑嚬。陶孟風已往，賢明屬伊人。夜披述德篇，吾衰感平生。

施方屏大令屬題張南華詹事山水

故人張詹事，能詩善山水。木石秀而疎，往往絶塵滓。有時應召至，詩成未移晷。復命作繪事，頃刻盡數紙。天上温語褒，激賞拜文綺。此幅仿孟端，生氣略相似。畫樹樹如隸，畫石石不死。平生善施侯，遺此南金比。施侯實珍之，官篋付包匭。謂予玉局仙，曾領文同旨。題詩證前因，龔隗無二理。

秋日再哭曉村弟

終負歸田約，家貧官吏貧。池塘違謝客，幃幔失楊津。那有胡威絹，惟餘范甑塵。因風吹楚些，灑汨仰秋旻。

香樹齋詩續集卷十二

望山宫保會同劉延清太宰裘漫士司農彭城閲視河工公餘倡和有疊東坡雲龍山韻望山寄詩以示因用原韻爲答

群公鳳翥鳴高岡，衰翁作書但换羊。用東坡事。坐扔亂帙堆滿牀，考評道藝窮微茫。雲間懷人道阻長，兵農禮樂各相望。上鄭重河防，命白公玉峰、稽公輔廷總其事，夢公午塘董之。容予且學點爾狂。

聞彭城工竣河不爲患復用前韻

吐納循軌如緣岡，綢繆未雨寧亡羊。衆流分注如糟牀，『蓬窻高枕雨如澠，恰似糟牀壓酒聲。』東坡句也。直溯天一窮微茫。早聞睿算計久長，老夫凝睇西北望。銜盃作歌喜欲狂。

恭兒信至言每以公事進見宫保必訓誨諄復無倦容殊可感激余批示云宫保久任督帥深知任事需人凡可造就者因才而篤非私於汝也其敬承之他日汝從政有成效斯無負今日之訓矣汝當從此益自勵焉我有子而宫保教之是可感也若汝不努力我益增慚矣

何感爲復用前韻示之

不見頑石堆滿岡，仙人鞭下多成羊。公餘訓吏或據牀，引端竟委尋迷茫。要使益智効寸長，古民有疾不可望，我寧録狷而舍狂。

題駕飛三弟小影

書卷何紛葩，世喧復聽瑩。撫膝聊自怡，遂覺衆感屏。惠風若相遭，泊然會深領。縱附三公榮，未换片時静。惟許遠瀑聲，琮琤答微磬。

于午晴編修挽詩三首

覯居感陵替，老泪灑朝昏。跡斷尚書履，仲春之杪，聞汪松泉尚書訃，爲位哭之。星沉太史垣。交游存李郭，經紀愧韓樊。鏡具扁舟在，支笻哭寢門。

四紀金華客，三朝掌故身。晉昌門舘舊，履道往來頻。比屋通鹽豉，衡文接軺輪。己酉之役，午晴主粵西試，群主楚南試。發榜後聞予病，乃星馳至長沙，同塗還朝。至今諸子貴，退食一家春。午晴與群鄰並三十餘年，今令嗣敏中、小兒汝誠，猶各居舊第。

四海得佳士，聲名每共成。幾人承玉尺，聯步上蓬瀛。繐帳啼嬌女，單門感後生。一時秋會上，掩淚罷尊羹。

庭中盆梅八月開花恬崖賦詩即次其韻

衰齡那敢説鹽梅，老樹迎秋孕玉胎。晚節要耽和靖隱，高秋一試廣平才。鷲香金粟爲先導，酈菊丹砂作後陪。嶺上萬株齊仰面，讓他骨格衆中魁。

題瓜田外史秋山策杖畫箑

鎮日閑遊傍翠微，晚涼秋露已沾衣。小奚猶在雲深處，便返茅檐莫掩扉。

次答子厚姪

十年記室且家居，話到飛騰已躍如。早見門才終得路，偶資彊記當翻書。詩篇格擬齊梁後，來往人應顧陸餘。京第清齋懸榻待，兒子汝誠信云：『聞子厚弟北來，已於廳事東偏懸榻以待矣。』

公卿倒屣定無虛。

附原韻　　姪世培

歸來履道十年居，矍鑠精神龍馬如。最愛弛張韓吏部，公閒居，乘暇不廢博奕。有阻公者，每舉昌黎答張文昌語謝之。儘容圖畫白尚書。談經不用莊言解，公博通六籍，不作經生詮釋語，時於燕笑間罕譬曲喻，奥旨豁如，使人真見義理活潑潑地。見道偏從笑語餘。好士雅懷誰得似，佳流友接日無虛。

秋日訪歸愚尚書留飲清齋題盆中素心蘭即用素心字爲韻以贈

幽蘭如端人，抱質自成趣。何期空谷姿，相對共清寤。嘉彼尤之尤，兒我素中素。緑玉浄蠲瑕，寒冰塵絶污。鴨鑪薄篆霏，蟬翼輕羅護。煩慮早浣滌，真率方披露。主賓欲忘言，臭味感一遇。移時握手違，别去餘深慕。

吴興振大雅，平生懷古音。晚遇文思主，同受恩澤深。引年與養疴，先後歸邱林。往復命輕楫，談諧愜幽襟。香粳作秋會，高致聯微吟。昇平有至樂，眷焉匪斯今。名花若爲期，一折遺素心。相思各强飯，遥瞻碧山岑。

附同作　　沈德潛

秋蘭清絶塵，頗愜逸人趣。況此太初質，含芳抱幽素。小齋正敷花，雪膚超衆嫭。哲匠適遠來，會合抒情愫。挹香湘簾通，玩質紗裯護。謂是物之尤，意外偶相遇。忘言浹有神，欲語難輕吐。因兹矢同心，賓主有餘慕。人生重晚節，願比松桂林。先生引疾歸，夙望朝野欽。予耄先引年，安居鮮水潯。九重頒清俸，同受君恩深。相見每相勖，贈言等銘箴。潔白答主眷，時凛微埃侵。此日念同臭，對花發長吟。去文返質素，堅兹歲寒心。

玉笢師屬題南山采菊圖

何處幽人晝掩關，無心倦鳥亦知還。但教會得悠然旨，不問南山與北山。

昨日耆英作會時，香粳飯佐碧蓴絲。西湖不用一錢買，有菊花處即東籬。九月望前，薄遊武林，師訂至湖上，並招次風、堇圃諸先生同遊竟日。

扶笻偶度溪橋去，蓮社招邀寄性情。影入湖中風裊裊，行人笑指百淵明。

仄徑危坡入翠微，秋英向夕色偏肥。採來短髩都教插，更畫先生踏月歸。

谿父梁丈挽詞四首

劬勞原裕後，勤苦爲窮經。萬口傳詩句，歷衣拜紫青。德符耆舊傳，光掩老人星。後死將安仿，吾憂失典型。

江國覘名閥，人文聚一家。滄洲承玉陛，白屋湧朱霞。剛介蘇明允，神仙陳省華。紫芝曾識面，遺墨尚籠紗。十載前，曾止予宿清齋，辱贈和詩，至今什襲笥篋。

一門承雨露，人羨子孫賢。謝樹聯朝右，萊衣舞膝前。白華娱晚節，緣字授真詮。羲馭誰能挽，駒馳六七年。

佳城看鬱鬱，踣地得孤山。野鶴勞相遲，高雲孰與攀。親知懷舊澤，杖履想蒼顏。處士堪同調，梅花自往還。

奉和楊奉峨大中丞登北高峰原韻二首

鷲嶺盤盤鳥道賒，遥聞驄馬蹋晴沙。翠微深處油幢引，黄葉林中酒旆斜。極目江山歸一掌，隨車膏雨足千家。曲高自古稱難和，紅縵雲開見日華。御製登北高峰詩，有『曲高和者寡』之句。

天目飛來紫氣賒，盪胸雲海隔風沙。湖開鏡面千層碧，公奉命重開西湖。隄展裙腰一道斜。新築柳洲隄。絶頂翠珉瞻聖藻，頂上有御碑亭。半身白塔認吾家。塔本吴越錢氏建。只今開府傳新句，牛斗光中占物華。

附原倡　　　楊廷璋

北上高峰百級賒，不争嶽麓説長沙。纔從湖南莅任，故云。穿雲霧惹衣襟重，出岫雲移雁影斜。眺望湖山低萬壑，憑臨煙火渺千家。武林何處桃源徑，漫道蓬萊蕚緑華。玉削青蒼石磴賒，仰看北斗映金沙。龍來南鎮千山合，水浙錢江一綫斜。呼吸風雲通帝座，嵷巃谽洞覓仙家。峰高靈鷲應陪護，佇望朝門麗日華。

題董愚亭太守桃源問津圖

山容淰淰水鱗鱗，玉犬金雞洞口春。可笑南陽劉子驥，一生秖作問津人。處處紅霞面面開，幾番迴顧亦悠哉。仙家祕密無人記，那許先生載筆來。

次韻尹望山節相和袁簡齋大令遊攝山詩四首

幽寄近依平野水，余自去秋托跡水村者數月。閑情遥企過江山。六朝第宅多興廢，吾輩詩篇亦往還。蒼壁結螺皆現相，丹霞流液自成斑。餘生倘効涓埃報，一笠何妨著此間。

情知登頓一藤勝，示疾維摩類病僧。千佛同參無漏義，一人先上最高層。廿二年南巡駐此，御製有《登晨高峰放歌》之作。盧鴻雅雨都轉沈約歸愚尚書都曾到，吉甫望山宫保袁安簡齋大令各擅能。玉冠嘉名班列岳，兩峰前後比凝丞。玉冠峰，上賜名也。雲路重重望不窮，翠微深處露花宫。空中似有鈞韶下，半壁遥看海日東。尋藥長鑱申後約，催詩急足已先通。三月十日，雅雨遣役齎長卷索和，凡信宿詩成乃得去。一春雙屐何曾蠟，辜負桃花帶雨紅。

江山如畫入平章，一畝秋臯自在嘗。最愛當塗尋散誕，可知化日正舒長。卧遊經歲難成夢，息壤平生未敢忘。説與故人須遲我，秋深扶杖踏斜陽。

十一月二十日從兒子汝誠家信内附寄方問亭宫保中秋節署舉子信至方侍讌熱河行在欣感成詩並屬予次韻即和四首致賀

閣棫飛玉塞，兒子汝誠以閣學同在山莊錫讌。使節附官郵。行草麞從誤，光輝兔孕秋。爲言欣有子，此事勝封侯。跨竈他年卜，憑渠出一頭。

六十生兒晚，龍蛇大澤深。豈惟占祖德，於以見天心。小影題徵夢，十載前，問亭以貯蘭小影索題，此其徵也。猗蘭韻叶琴。韓苻看長大，短檠在牆陰。

百六詩成後，寒牎有報書。麒麟親抱送，高大羨門閭。冀北嵩呼候，江南華祝餘。兩家沾國瑞，耳耳獨慚予。問亭以八月十二日得子，爲萬壽前一日。予昨年得女，以八月十四日，爲萬壽後一日，今年中秋，舉晬日湯餅小會。

於菟光繡褓，綴飾自繽紛。家事詩堪付，耆英名早聞。是時問亭敬瞻御書賜吴宜菴提闔八十壽『節鎮耆英』四字，因名之曰『耆』。魚鬚傳笏遠，鷄舌佩囊薰。更有盧仝癖，添丁訓學耘。原唱有『先疇吾所重，健犢勖耕耘』句。

春帖子詞

壽字呈香篆，璇宫叶應同。進來人日菜，葉葉受春風。人日立春，用蘇軾詩意。

樂翩塞外平邊曲，圭錫河渠底績書。祈報豐年傳禹甸，太人占得兆維魚。

按候常開是筆花，敷天文治有光華。奉旨天下取士，兼命題賦詩。詞臣盥手焚香處，定有卿雲護絳紗。御製二集將次編就，命詞臣恭録。

除夕口號

自憐老去益疏慵，赴壑年華孰可蹤。散帙日憑遮兩眼，敝裘聊自禦三冬。菁葱早細先春菜，霢霂全舒隔歲農。幾陣鄰家鳴臈鼓，聲聲特爲起龍鍾。

己卯元旦

七年叩賀謁靈宫，白獸金開萬國同。瑞氣遠浮辰拱北，晴光輕漾日華東。指揮天赫無遮蔽，修省皇誠有感通。近閲邸抄，上以日月相繼薄蝕，詔命廷臣直言。春帖附馳人日菜，寸芹慚愧達臣衷。歲暮進春帖子，有『進來人日菜，葉葉受春風』句，以立春在月正七日也。

霍麓方伯以吏議落職將歸時爲其母太夫人渡南海上普陀酬願詩以志勉

玉停金止晤前因，暫謝屏藩歸漢津。清白一官還聖主，净便寸炷答慈親。須知宦蹟真如海，要使空花不染身。我老尚慚臣子職，期君珍重保青春。

御製石舫記恭跋

匪蘭匪松，亦雀亦龍。悠悠煙際，汎汎湖中。疊石象形，取無漏義。不纜而艤，不檝而濟。楊柳春時，芙蓉秋日。幾暇怡情，左圖右帙。恍如平江，晴日和風。連疇夏諺，夾岸農功。至人寓意，載舟是警。磐石之安，作記垂永。

四月杪薄遊維揚同年盧雅雨都轉飲予於官舍見瓶中並頭芍藥云是奉宸苑卿江君穎長圃中所得即席次韻

惜春生怕此花開，門鬭家家婪尾杯。幾欲欄遮留不住，卻於開後客重來。

拍手兒童笑醉遊，逢場且復一勾留。比紅唱罷雙攜到，纖手擎來是並頭。

一種温馨最可人，由來邢尹悟前身。徐熙粉本添花譜，淺白深紅一樣新。

雙鬟偷樣藥闌東，穩步當筵便不同。人面花容皆絶調，一時多到管弦中。

天中節前一日江君鶴亭招遊園林看晚芍葯即席賦謝

將離花發春已晚，將離花落春去緩。揚州花事甲江南，就中獨數水南館。主人愛客兼愛花，得花萬有三千本。引筒拂水吐華滋，高架障日排帷幰。我從開後渡江來，皓態狂香就偃蹇。主人特地招我遊，園丁昨夜點花籌。遲開要自殿花事，繭栗綻出成重樓。履綦到門忘賓主，三五握手皆名流。王洢輪侍讀、金處士壽門、陳山人授衣兄弟。平鋪錦段規五稜，去聲細數玉色猶千頭。江鮒入饌尊罍古，花外宛轉聞歌喉。酒半徙倚步花徑，和風斜日花光定。蛾眉澹掃白天然，飛燕晚粧孰爭孟。稽名豈止三十種，劉家花譜供閑評。春衫偶脱掛闌干，緩吹繁絃入耳静。花於開後呈餘姿，客爲來遲動幽興。停杯獨自感將離，競渡聲中客又歸。雙跗已落玉川手，十日前開並蒂一枝，主人持贈都轉盧公。公昨宴予官舍，觀新翻旗亭畫壁樂府，伶人雙鬟當筵，瓶中適供此花，座客各有詩記之。樂府新譜旗亭詩。名花國色恰對面，最愛江郎絶玅詞。鶴亭和並頭芍葯詩，一座有壓倒元白之目。明年更約花前醉，不問千枝與萬枝。

以俸米白小魚餉瓜田兄

鶩脰湖邊白小魚，白小魚，出鶩脰湖者爲最。土人撈取比園蔬。作羹佐飯大官米，滑趁蓴絲雪不如。

附和詩　張庚

飯抄白粲復羹魚，多恐鶩將腹内蔬。一是天恩一方物，殷勤分餉意何如。

附　朱雲爔

白米飯香爛煮魚，兼餚還得剪園蔬。寶簪珠履王門客，冷汁殘羹如不如。

秋山極天净

出沐山容净，天青景自超。澹如雙髻露，宛似十眉描。插漢芙蓉削，排空碧玉雕。峰邊過塞鴈，雲外落霜鵰。野闊望何處，風高葉亂飄。蓐收初入令，煩溽已全消。采菊尋幽磵，觀泉度石橋。秋聲晚更急，蘆荻意蕭蕭。

尋源居士善畫馬工山水將遊京師以畫餉予並識以詩次韻爲答

權奇骨骼盡超塵，一匹千金自不貧。寄語燕昭臺畔客，九方歅已作閑人。

題逸亭長老結趺圖

參寥得智果，遂使仁風扇。會者十六人，都到吾家院。《圖經》：智果院在石佛山，吴越王錢氏建。吾師瀟灑賢，軟語通忍璨。雙屐辭故山，踏遍餘杭郡。偶然信一指，小甜鴛湖畔。朱紫等銖塵，文字徒慧辨。樓高切雲霞，渚複披葭薍。千年別墅荒，是亦先人建。倚師作居停，行纏更何辦。結趺腳不露，卓錫身常艮。座下碧苔生，自有丹霞伴。石頭法嗣口丹霞。

題張篁園舍人若南山水圖

山重重，泉涓涓。雙流如帶各奔赴，衆皺坼處爲平川。縈林絡石滙若雷，雲護幽宅封寒煙。舍人孝友古張仲，芒鞵踏遍尋牛眠。就中十笏俗所捐，卜之曰吉識其阡。若堂若斧皆手築，秋霜春露上冢便。從來得地大爲緣，豪貪巧奪皆徒然。誰爲斯圖遺子孫，白苧桑者張瓜田。

鶴去雲間摩遠勢，鶴歸松際自閑行。主人伴鶴添餘課，流水高山三兩聲。
小隱山中歲月賒，石湖風日正晴佳。穉登已去凡夫老，遊屐憑誰做歇家。

題徐上舍來鶴軒

穀原比部於都下賃數椽以居朝回無事讀書其中屬長洲黄增爲丁辛老屋圖時同志各爲詩題之予用丁辛二字爲韻得二絶句穀原近以養親里居所居室苦湫庳搆新居數楹殊費拮据次章嘲及使才彦讀之知貧士雖通籍謀一巢之難而富室營治園圃稍不如志即更爲之不少自足又使穀原子孫讀之知老輩如香樹者爲能道穀原始有之難無忘滹沱麥飯意也即日新居成以是詩落之張老善頌後又存一格調何如

長安居自大非易，燕子營巢極苦辛。少米無柴多不管，科頭且作撚髭人。
子舍如窩傍後聽，西偏架木可爲亭。笑他巧婦能炊飯，絶似蠶叢運五丁。

題司寇馮伯陽圖照十二首

伯陽與余爲忘年交，年五十，選人促上注，遂不赴南宫試，作《渡江赴選圖》。

記年五十上華簪，火急官文勸左驂。未肯揚帆飛北去，只因情重别汀南。

策馬蒲坂，行將渡河入關，伯陽初任長安時也。

吏局清時借上才，淩晨叱馭亦雄哉。關中父老扶犁望，境内兒童跨竹來。此日一麾違北闕，他時行省擢西臺。與君先後同官職，四十年前餞席陪。予後先生十年，亦居秋官左職。記乙未之春，同人餞君於宛平相國園亭，予亦與焉。

伯陽以長安令率部民轉餉，貯莊浪，爲《督運圖》。

令才督運實邊軍，輸輓仍勞撫字勤。使節會過隴西郡，途人猶説大馮君。予官坊局時，曾奉使宣諭河西諸郡，父老猶稱君善。

伯陽自長安令量移膠州牧，將出關一遊華山，爲《躋華圖》。

何處攀轅拜鄧攸，青柯坪上且夷猶。此間定有騎驢客，曾約先生一局不。用衛博希夷事。伯陽嗜奕，故云。

伯陽治膠州，每當政餘，南行將百里，縱觀大洋，爲《觀海圖》。

歲晚曾爲海上游，一勞隱見望中收。不須更上蓬萊閣，或一信眉見蜃樓。

擢廬州守，下車數日，即勸農於郊。浹月遷去，愛此邦民風淳謹，爲《勸農圖》。

歐老守滁日，築亭飲其中。東坡在彭城，醉上黃茆峰。政成官亦閒，百年兩詩翁。廬江股肱郡，俗淳將毋同。伯陽出守此，勸耕問田功。鈎輈啼柳外，耆闍浮城東。晴郊露冕來，衣袂餘春風。小憇依白石，幽致斥朱幢。良苗春雨足，父老攜村童。不知太守貴，但祝年歲豐。方期作郡久，一躡歐蘇蹤。參藩旋拜命，捨此何匆匆。

參藩公廨去虞山將百步，主人因公循行郡邑，偶一登樓，山容況示，爲《春山對面圖》。

宦蹟南沙近，公餘偶一尋。梅花迎客笑，山色捲簾深。緑水自來去，白雲無古今。高風弔虞仲，閑凭一沉吟。

江寧藩署有園，公次子鈐讀書其中，公餘偶一至焉，孫浩甫七八歲，隨侍棐几。此三十年前事，今公子鈐巡撫楚南，孫浩由編修擢御史，爲《藩署涉園圖》。

題君圖，爲君喜。君家世德二百年，行省相去二千里。伯陽高祖原泉公，萬曆間爲楚方伯，距伯陽官方伯時將二百年，有《觀我圖》四十幅，伯陽仿遺意焉。有孫能藏觀我圖，維臣之範家之櫄。全圖分署四十幅，採入循吏傳名儒。伯陽晚遇凡五遷，金陵官閣開晴園。上承祖澤下啟後，早卜高大于公門。足不窺園君仲子，今日封疆都御史。折花而劇膝前者，珥筆螭坳乘驄馬。我老忝竊四世交，茂才應榴侍御，子君曾孫也，年未二十，善屬文，時詣予問字。兩家童稚皆雲霄。君自膠州至京，寓予邸第。予子汝誠方總角，今佐中樞，與侍御同館。題詩不獨示兒曹，留與雲仍作佩刀。

附 和詩　　　　馮 浩

誦公詩，愴以喜，交情詩格兩相高，拔地千雲幾萬里。先公宦蹟十二圖，高曾之矩同形橅。深藏篋笥戒弗褻，題詠未敢煩諸儒。先祖《歷仕圖》十二幅，實仿七世祖《觀我圖》，浩每欲徵人題句，兢兢未敢。童年風景俄推遷，軺車白下重遊園。高低步步踏陳跡，别時雙淚彈園門。上江藩署内有瞻園，浩幼侍先祖遊憩。丙子秋，奉命典試江南，撤棘後，得至之，言念祖澤，中心愴然。得公名篇示孫子，祖德流傳徵信史。公真吾祖知心者，慣向蹲賓駐車馬。先祖挈浩居蹲賓橋右，公時時惠顧。只今莫歎稀故交，身如孤月懸秋霄。赤松黄石皆朋曹，翱翔長佩鳴鴻刀。

登清凉山望江。時伯陽以方伯擢副都御史，將北上矣，爲《藉草望江圖》。

清凉一片石，高與雞鳴對。眺覽别去時，此致真吾輩。

自膠州牧，七歲四遷至刑部侍郎，來京陳謝，爲《楓宸奏謝圖》。

雞唱徹，日曈曨，淩晨奏謝明光宫。沾衣霏霏露初白，照人黯黯燈微紅。金鋪欲啟魚鑰響，玉墄緩上觚棱通。七年報最歷卿貳，丹忱披瀝攄臣忠。君不見，魏弱翁，河南惠政動戍卒，十年貶退無遭逢。又不見，君家君卿治隴右，引嫌未許爲三公。君今生當堯舜重弼教，要以中典致時雍。作圖志感傳無窮，拜手稽首揚休風。

佐秋官歲餘，引年乞休，同朝餞送，爲《青門祖餞圖》。

與君先後佐西臺，敲石年華謝豹催。試問白雲亭上吏，幾家七十得歸來。

作序當年語逼真，畫圖棖觸有前因。東都門外垂楊裏，誰是頭廳勸酒人。先生予告歸里，予時爲學士，屬予爲序以記其事。及閲行日，予置酒郊門外取别。未二十年，予亦蒙恩許養痾歸里，賜詩寵行，同官郊送，展圖一爲憮然。

先生家居日，予以内艱在籍，每訪先生於蹲賓橋右，後移居舟里坊，予亦時時過從。今拙集有詩記之，是先生林棲樂也，爲《林棲圖》。

君昔懸車日，我時歸讀禮。襹褷何所之，趨請拜君子。菱芡或共嘗，竹石或相倚。别君還北闕，送我河之涘。揮手落帆亭，永訣亦從此。我後十五年，又酌還鄉水。代序多推遷，臣節有終始。君先歸道園，我尚依梓里。感舊拭淚題，人壽不如紙。

紀駱孝婦林氏孝行事實後

駱家有婦孝且劬，君子於役爲飢驅。婦奉菽水承歡娱，織紝易米通有無。晨昏温温敬搔扶，駱家有婦孝且劬。目不交睫視病姑，姑病勢革命須臾。投藥罔效仰天呼，刲左臂股惟區區。寸誠上感神潛孚，年壽再錫何倖歟。翁年則衰參餌需，傾篋脱珥及履絇。事翁事姑義不殊，翁病不起年壽徂。哀毁垢面形神癯，日月易逝奠既虞。牛眠卜吉集孝烏，刀環落日旋征夫。對婦痛哭感恨俱，婦曰職耳職未周。叶專於切駱家有婦孝且劬，虧體行孝何其愚。於戲世間豈少婦，與姑勃谿誶語悍也且。

題費夫人采芝之圖

手握靈芝是夜光，芰荷薜荔想衣裳。侍兒采藥壺中貯，合是前身費長房。
霞卷雲舒玉作緣，空中似響入琅璈。我生已後眉山老，未識元豐王子高。

族孫婦沈孺人六十初度詩以示之

婦之先生姑，予從兄之配。是時祖澤盛，婦道代能備。從兄方棄世，予嫂未有嗣。嫂娠已八月，悲慘復心悸。或云轉眼間，生男祀不廢。嫂氏哭汪汪，曰毋爲此議。急請族之長，伯氏子之次。時予先大父光禄公實長吾族，命以從兄又鶴第三子燔爲後。又數月，遺孤焞生，嫂撫兩子如一人，無間言。後兩子皆補博士弟子。成禮後數月，遺孤呱不害。慨然析産均，撫育道不二。遺孤旋抱子，長也婦所字。焞子虎上，少食餼於庠，有聲，娶婦，舉二子而没。婦故右族女，婉娩通大義。事姑侍王姑，淺深審揭厲。中道鸞鏡分，良人竟先逝。兩子訓義方，因嚴斯敓愛。予忝治族人，屏墻立行輩。姑予笑二雛，硜硜惟守隘。士也養通方，何用此沾灒。謂是寡母畜，拘局幼所制。近復四三年，族子見乖戾。藐藐視誨言，甚者滋怨懟。終年但悚息，輒恐祖澤墜。一從捍綱逢，迺歎狷者貴。示婦溯先型，世德敦好懿。並以勖二雛，惟學可繼志。予衰勤勞來，惴惴懼不蔇。

處泉太守卜居鑑湖湖濱閑步尋放翁快閣故址得之愛不能捨搆宅一區有終焉之致以移居快閣四首見寄並促和章賦此爲答

百年過影雪泥鴻，勝跡榮枯一轉蓬。米老墨池蛙沸夜，滕王高閣竹遮空。《洪都志》：『滕王閣興廢屢見，元豐中僅種修竹千竿而已。』移家小憩來通守，卜築閑情踵放翁。我是范尤吴下客，撅頭艇子當青驄。

到此惟知水月乎，釣筒瓦甑足清娱。非徒迂拙真前輩，要以心肝激壯夫。慣著生衣迎露怯，乞來花種隔春蘇，子雲只恐元猶白，那有餘情問髮鬚。

就簡爲園不費錢，并當家具本輕便。雨催舊約來僧屐，帆挂新添載客船。長鑱漫攜因采藥，老農自署學耕煙。鑑湖遊倦初登閣，越陌何妨又度阡。

不題笭箵不題窩，任昉年來近若何。異代風流存舊遠，一時㦸劄較常多。松間徑仄惟過鹿，柳外溪喧正放鵝。行飯湖邊閑領取，漁歌聲裏雜樵歌。

秋雨初晴王穀原比部招同馮孟亭侍御汪幼泉農部姚蘆涇比部汪謙谷太守泛舟觀禾遂泊南湖採菱上煙雨樓飦用昌黎南溪始泛三首韻時謙谷將北上

端居慕子皮，扁舟竟忘返。及至命楫往，小涉輒憚遠。輕移過市廊，稍放傍秋坂。轉舵隨菱芡，中流廢牽挽。水面炊煙浮，當午漁人飦。風柳不勝垂，拂拂勢如偃。撫序一延佇，坐感年歲晚。幸勿幸枌榆，於以寄蹇蹇。

樓艅既列坐，仍各攜小舟。采菱復弄水，此致殊清休。停舟各散步，策杖觀禾頭。蚜蚄間害稼，審視爲少留。老農出來告，是豈人事由。豐歉分阡陌，西疇勝東疇。即此履晦間，兩念雜喜憂。諸子皆國器，蹔寄里閈悠。風詩敦問俗，寧辭牋劄投。臨流一延爽，遐情矚高秋。

汪子官遠徼，謙谷由安西司馬擢滇南太守。萬里論宦蹟。偶然返舊林，佳辰豈能擲。上注謁選人，行簡二千石。治道在安民，不隨亦不激。何期北指帆，南湖一蹔刺。金石苟不渝，四海皆只尺。歸來月滿庭，秋蟲鳴古壁。衰齡竟日遊，即事當于役。

香樹齋詩續集卷十三

平定回部武成頌有序

我師既定伊犁，逆夷阿睦爾撒納逞其私志，狂悖逃竄，負恩作亂，天理所不容，神人共憤，旋伏冥誅。助惡之逆回大小兩和卓木，向爲準噶爾所拘，皇上憐其本回部望族，加恩釋之，俾各安其所。乃窮奇檮杌，兇悍貪頑，早中阿逆之餌，乘間跳梁，攻勤王之台吉宰桑而襲其衆，誘奉遣議事之使臣，於中途害之，且敢冒死抗拒，罪難擢髮。煌煌天朝，如二酋者，日稽誅，逖聽絶徼，保無有生其心者。於是，簡將練兵，載整軍實，僨轅者置之法，用命者專其任。將軍臣兆惠、臣富德，參贊臣明瑞、臣阿里衮、臣舒赫德，仰禀廟謨，率先奮勇。外藩君長，敵愾効命者，分隊長驅，周歷二萬餘里，閲寒暑者再。或乘危據險，或拉朽摧枯，或迎刃疾馳，或分路應援，或設伏伺隙，或執言明罪，或曉諭利害，將和令嚴，機湊事集，下十餘城，闢萬餘里，歷代史册所書，未有倫比，逆夷狂酋，相繼殲命。《太甲》曰：『自作孽，不可逭。』順逆之理，雖遐荒幽昧，凡有血氣者，不能外也。昨者遣一吏於俄羅斯，而阿逆屍獻。今也申明諭於拔達山，而二酋首授。實由我皇上敬事上天，昭受默佑，善繼述以丕顯承，用能覲光揚烈，功成於意外，勳邁於隆古，若斯之盛也。

皇上御極以來，告武成，勒銘於太學者三。以古證今，金川之捷，脩文德而禿髮歸仁，有虞氏之格苗民也。近之回部之捷，殲三逆而威振鐵勒、高車也，軒轅氏之逐蚩尤近之。初無拓土開疆，深入窮遠之心，自致回面革心，稽首稱臣之化，豈非天哉！豈非天哉！臣伏覩我皇上仁孝格天，謙冲秉德，不矜不伐，益勵乾惕。迴思西師未捷以前，軍書織絡，仰候裁示。即定省慈闈，以及省方問俗，蹕路蘭舟，午夜廑懷，心馳萬里。今之大捷奏聞，璇宮喜溢，中外臣工，普天士庶，莫不抃舞稱慶。臣身沐聖慈，至深至渥，歡欣踴躍，有喻諸懷，而不能形諸口者，謹拜手稽首而獻頌曰：

聖文洋洋，聖武孔揚，奠彼回疆。彼回之先，回鶻種延，環於于闐。其在唐時，或羈縻之，繒帛是資。元魏及元，有事大宛，則折其樊。其樊種遺，薄於準夷，侵侮而黏。蠢彼二酋，準夷所收，既躪既蹂。我師則臨，二酋是矜，舊黨斯憑。波羅泥都，獸穴是竄，言負其嵎。言脱於阽，伊犁且淹，曰霍集占。阿逆負恩，兔脱麇奔，逐隊遊魂。我皇赫然，同仇令傳，時哈薩克迎我捕逆之師，納款稱臣，願導我師捕之。腦温江邊。逆窮於追，薄俄羅斯，乃獻其屍。首逆既殲，二酋影潛，我師鋒銛。釜魚偷生，入庫車城，行見就烹。我整我戎，降者望風，惟予命從。援軍既來，黑水堡開，争先如雷。三路進攻，土納賦充，四大崇墉。烏什，阿克蘇，哈什哈爾，葉爾奇木，皆回部大城。崇墉言言，降回實繁，來詣軍門。拔達山汗，奉檄騰歡，孰敢面謾。旋飛軍書，曰殲其渠，復擒其餘。回部奉經，守例硜硜，先是，拔達山汗告稱：『回部奉經典，無自孥回人送與人之例，恐別部落滋事，求免擒獻。』遷就少停。將令復申，爾既歸仁，我言爾遵。回長畏威，既感既依，以酋首歸。獻捷音耑，燕于皇天，上敬受焉。列祖之光，聖母之祥，受命溥將。誕告武成，泰階既平，錫福寰瀛。

右恭仿元結《中興頌》體七十八句。結所撰頌體，耑用平韻，守韻極嚴。三句三韻一解，凡平韻之通叶，皆不用。自唐以後，詩家罕有依此者。觀結自序曰：『歌頌大業，刻之金石，非老於文學，其誰宜爲？』當時杜甫、顔真卿、李白輩，皆敬服之。臣不揣弇陋，前於金川大捷，曾仿其體進呈，蒙選入《方略》卷末。今之歌詠鴻勳，亦仿此作頌。惟是皇上功德，遠邁有唐，臣之末學，不及元結，用自慚恧云。

讀歸愚尚書禽言戲題三絶句

平地還須一杖隨，況于泥滑要扶持。算來只有劉伶達，埋在泥中任爾嗤。

春禽特地喚窮黎，頭白尚書演作詩。便付吴兒翻水調，因風吹與長官知。

蠶收麥熟上官租，好雨知時無處無。泥滑晚來行不得，又聽柳外喚提壺。

賦得冬日可愛

日本非私照，和光恰遇冬。高時安客夢，負處暖郇農。縱未消冰凍，猶堪瑩雪封。牕楹延景入，節候似春逢。衣被無寒骨，醇薰有晬容。孰能名可愛，比德想顒顒。

同年盧雅雨都轉七十初度寄懷一首

當年同赴選佛場，與君年各三十强。歌聲自喜逼華蓋，筆力共許冠東堂。宦海風雲一揮手，我校紅梨君墨綬。叱馭不辭隴坂惡，官閑載酒淩雲酒。我昔奉使走渥洼，君夢三刀開晚衙。軍將輕馱到行廨，紅綾封寄陽羨茶。清時循卓徵熊軾，劇郡來迎二千石。監司初簡席未暖，塞外西風指輕策。歸來雪色上華顛，囊中賸有詩百篇。復留清惠在畿輔，一麾又駐灤河邊。我時鞫讞渡遼水，清風臺上膾雙鯉。無何移節到長蘆，舊雨來時看倒屣。我昨抱痾辭鵷行，潞河挂席還故鄉。君攜家釀出相勞，扁舟遲我沽水傍。退之爲雲逐東野，二月花旌又南下。平山堂外雙水橋，減從春遊來約我。舊時領袖數推官，風月文章八十年。昇平勝事誰當繼，多説重來盧玉川。玉川守官執事敬，裕國通商多善政。如市臣門如水心，簡毘欽承天子聖。平生任恤周滯幽，通津故舊指麥舟。亦有涸鮒待波及，嬴絀斟酌資豆區。公餘考據仍不廢，蒐輯遺書廣經義。漁洋感舊集未成，剞氏新鐫盡編次。君今十月八十開，吾衰未隊群真來。低徊四十年中事，蘸墨題詩佐壽杯。

又一首

才謝逢人祝嘏詞，因君偶復一爲之。當年並馬看花客，到處同舟鬥酒時。白傅行過洛水墅，紅橋争和玉川詩。盧尚書簡辭别墅在洛水傍香山，約僧佛光時一過之。幸沾聖世天漿澤，其保如春百歲期。

題回道人像

戴華陽巾，揮羽拂子。江樓寓公，官閣居士。偶乘百雲，松間竹裏。黄鶴未來，且行且止。

冬嶺秀孤松

後凋呈木性，衆望一時收。得地乃如此，摩天豈自由。嶺緣松益媚，松倚嶺逾幽。琴筑音皆叶，蒨葱氣獨留。有心終不改，無意若相求。風入翻蒼鬣，霜饕動玉虯。豈惟彰勁節，於以見純修。海上三峰在，淩寒色更浮。

恒軒相公於廟市見予所書歌歎長卷出數金買歸識其所得日月適予子汝誠蒙恩擢佐樞部即題四絶付汝誠守之汝誠爲相公所得士予與相公世講相契將四十年詩中獎借固不敢當而筆墨顯晦有數焉不可强也適汝誠遣孫端歸省持卷以呈狂喜數日遂和韻以識卷尾

送老毛錐又十年，每于著紙便流傳。誰知廟市成零落，物色塵埃有大賢。

課子曾批帶有餘，老泉課二子，每閲邸鈔，見朝貴奏劄，輒命題爲課。一日，韓范謝賜裘馬擬謝，東坡一聯云『非衣垂之而帶有餘，非敢後也而馬不進』，老泉批曰：『可留與軾他日自用之。』誠兒十五六歲時，予亦以時事題課之。廿年樞部荷遷除。得承師法同傳笏，更拜家雞一種書。

卷阿扈從紀同遊，示疾維摩返舊邱。最憶花時春散時，射堂薄醉上重樓。

弱冠曾依范相來，予未成進士時，南沙師相爲參知政事，遇予甚厚。勸經燈帳許相陪。熙朝濟美承恩渥，賢相家風蔚令才。恒軒諸子任中外，皆有賢聲，幼子元樞兄弟，近尤好學，能世其家者。

附原韻　　蔣溥

南廬清暇憶當年，林壑風流海内傳。詩法付將黄閣老，每逢譚藪見名賢。

天語殷勤入直餘，朝來樞部拜新除。已推雛鳳清如許，雪映南湖尚著書。

祠裏流連記昔遊，丁丑湖上之會。髮青髓緑遇浮邱。遥瞻南極情逾迥，欄檻高吟煙雨樓。

北海交遊兩輩來，師資他日定追陪。卷中二老推前席，讓與錢家接武才。己卯清和月朔，香樹居士令嗣有少司馬之命。

恭跋御製開惑論後用韓愈石鼓歌韻

十年三讀太學碑，十四年平金川，二十年平準噶爾，二十四年定回部，皆有御製碑文，臣俱敬書恭跋。職司紀載頌與歌。近從頒賜讀昨蒙頒賜教讀。御論，啟迪其奈顓蒙何。維歲甲戌款絶塞，準夷來請揮天戈。密宣公孤與廷議，儒守繩墨同不磨。我皇穆然運廟算，幽遐布濩皆遮羅。五月報捷不遺鏃，伊犁既定功巍峨。名王既俘幕既掃，光芒焯爍仰太阿。帝曰是予繼祖志，顧於儒也無譙訶。無何逆夷逞狡猾，包藏禍心連姦訛。皇師再整衆面内，其反側者以罪科。飛馳織絡禀指示，長繩遠縛生鮫鼉。蔓延猶恐充道路，如伐枳棘尋無柯。西盡羅刹逐游魄，我師直入如投梭。由來軍旅貴神速，馳驟風雨如委蛇。名駒汗血獻牙帳，豈僅支石遺星娥。用張騫事。早聞赤地賜甘雨，異域千里沾滂沱。黑水圍解援師接，復據地利兼人和。虎賁蹤踴出死力，兜鍪不著頭或科。我兵三千勝數萬，仁不爲衆原無多。深目高輔悉羅拜，廣漠四野皆眠駝。崇墉遠落拖遺已，昔所障閡今經過。于闐寶玉玒内府，特達自足共切磋。當年石韞信耳食，御製和闐玉詩，有云：『和闐昔于闐，出玉素所稱。不知何以出，今乃悉情形。石韞山含輝，耳食傳書生。其實産於水，在石亦浪名。』案《宋史》：『于闐水生玉。』御製詩所云，蓋我師深入回部，已過于闐，而直趨拔達山矣。月光夜射高昌波。二酋授首回部定，二大部落平無頗。一經天語復提命，碩儒屈伏明無他。大官老事不曉事，自笑結習真婞娿。豐碑鴻篇樹太學，試從退食三摩挲。西師凱歌及軍書，武成紀事恭吟哦。『西師凱歌』，『軍書』，『紀事』，皆御製詩篇名。小臣捥弱愧内史，墨沼或可翻白鵝。歌成高唱陳黼座，隨風飄落西旃那。廼知聖德同日月，畫疆之論自唐以後，始有守在四夷之論。非孔軻。年年華平奏王會，洗兵萬里澆天河。敬書千言附驥屋，臣雖老矣其蹉跎。

立春日踏雪訪宫怡雲方伯出新鐫詩集見示即留小酌賦謝

相訪若相遲，去聲嘉招不用尋。春從雪裏人，情向酒邊深。詩句千秋事，平生萬里心。世間鐘鼎客，或亦羡山林。

題讓山和尚看梅圖

跡共孤雲自往還，心如止水得清閑。結茆和靖梅花里，不用重尋鄧尉山。

送宫虚谷擢漢嘉太守

五年來佐郡，萬里去專州。子含勞清夢，家書付遠郵。倚兄承色養，爲政在勤修。蜀土迎文黨，吴中攀鄧攸。聖朝方孝治，大地待敷猷。莫負南湖約，言還慰白頭。

次韻題朱晝圃上舍雙芝圖

芝本星之精，豈辱耳目玩。生祥有先物，遂產庭除畔。和氣所絪緼，堅緻自爲幹。無根而萌芽，挺拔誰能竿。仙人或來過，小甜留一衎。扶疏陰童童，光彩何爛爛。理實外既彪，禎碧各含半。似壁竟成聯，非魚亦偶貫。羅列几硯側，寶琰復珍琬。由來張老言，寓規必於讚。繪圖傳斯瑞，奕奕神猶璨。要同荆自榮，毋使木鄰灌。令器他日成，見爾青衫换。及時愛居諸，慎勿擲涼暵。禍福默倚伏，其理本汗漫。因之追昔遊，臨風忽淒惋。陰德種于門，對之發長歎。尊甫浣桐方伯，居官多善政。

送朱壻宗盛之官楚南

捧檄拜慈母，居然毛義情。一經通治譜，萬里刷鵬程。古驛緱山近，春船湘水行。莫嫌官職冷，要比玉壺清。花落訟庭暮，月明巫鼓聲。倘移勾漏去，爲我訪長生。

幼時侍母太夫人至廣福女僧寺中太夫人愛其清净留數日庭中古梅一株初著花太夫人蘸墨圖之今六十餘年矣攜老妻幼女復至其地先澤猶存鐘魚宛在不勝今昔之感云

兒年此地踏芳塵，曾奉慈雲現佛身。鳥下雙林猶識偈，梅依古砌尚留真。净便酒處香爲界，霾靡深時草是茵。十四沙彌頭盡白，重來覺路話前因。

訪研雲第五叔

生還且喜慰相存，南阮風流又一村。入徑苔添新杖迹，進船水長舊橋痕。家傳猶有尚書履，物望都稱通德門。管領林泉閑課在，畹蘭添子竹添孫。

長　歎

日日圖書得古歡，如何兀坐發長嘆。率真儉是安貧藥，守拙癡爲駐老丹。擔在肩頭何處歇，棋從局外始知難。壯懷偶激囊中劍，取向尊前試一看。

茶聲直次作，補録。

禁漏隨風去，茶聲空際傳。暖偏温客袖，色已入爐煙。著樹聽春雨，隔林聞遠泉。撚髭成獨坐，時結静中緣。

九思箴示端孫

淑慎爾身，君子其人。思則得之，云何勿思。爾有視聽，明聰則正。惟温而克，惟恭作肅。言忠庶可復也，事敬如執玉也。芻蕘可詢，蓄疑者愚。忘身及親，忿可不懲歟。逐臭者役，貪利者墨。其目惟九，惟思則一。其敬受之，循循焉，我訓之率。

沈德隅孝廉八十壽

天許銀袍作壽民，當年燈火倚比鄰。予官編修時，假旋，曾賃居孝廉齋頭數月。緇衣雖敝猶能改，白首如新總率真。郊外閑行孫是杖，林間小憇草爲茵。耆英會上論年齒，韓國應居第二人。宋元豐中，文潞公舉耆英會，尚齡，推富韓公首坐，時韓國七十九歲，故云。

題孺岩孝廉集杜册子

八斗才人餘事在，平生一卷杜陵詩。鑿開崑玉無窮寶，採入奚囊絶妙詞。漫與慨慷隨所寄，天然對屬更多奇。漸予衰朽勞鞭策，循誦題牋盥手時。予刊《香樹齋續集》，孺岩集杜四律題之。

集嘉樹軒分賦得花字

春波橋外碧流斜，扶杖來尋道韞家。石罅細通海眼水，牆陰初放米囊花。解圍時聽屏間語，題句留封壁上紗。倘得餘生成小隱，太平風日約桑麻。

上巳日雨越二日晴暖同人集斜月杏花屋補修禊事用昌黎縣齋讀書韻

卧痾寡所歡，閉門違泉林。佳辰況風雨，捲飛禽鳥心。春陰易爲霽，便欲祛煩襟。近局設鷄黍，勸我酌與斟。談諧有舊侣，履綦無遠尋。繁花紅自照，衰鬢霜自侵。相對一相笑，適意惟自任。異哉世上人，結交須黄金。

兒子汝誠拜賜御筆背仿文徵明畫即用其韻真異數也汝誠手抄御製詩附家書寄來因得恭讀敬和一首以志欣慕

曾試都籃異品茶，每於游藝敵專家。溪聲穿石通茅店，人影過橋上寶華。畫意澹如疏柳色，詩情清似老梅花。筆端靈氣真天授，幾點松煙幾隊鴉。

恭和御製詠唐時回銅器元韻

不脛而來古敦匜，金銀錯出屬何時。覩兹重器徵神貺，始信先幾早默遺。唐史元書竟誰是，奇文殊教本難知。而今回地歸全部，詩甿應呼口授師。借用伏生口授《尚書》古文事。

恭和御製和闐玉元韻

一玉換一馬，舊史之所稱。馬良玉亦美，同珍而異形。方其初出水，如捉龍駒生。漢宋代來貢，緑白烏各名。于闐玉生河中，玉有緑、白、烏三色。月光當盛處，射水孕其精。高張晉天福三年，遣供奉官張匡鄴、高居誨入于闐，策李聖天爲大寳國王，凡七年乃還。居誨有記。行七載，頗記其所經。求玉或失望，懷璧致興兵。何如玉河歸，乾隆二十五年，我師駐和闐，凡産玉處，皆所親見，遂得採歸。今回部皆屬版圖，玉河皆我境内物也。自致上品瓊。撈玉如調馬，日見千里呈。菽粟聖所貴，殊方其敬聽。鑒兹藏淵義，昭我比德貞。秘石既陋燕，抱璞徒嗤荆。不求者自獻，物亦感至誠。地祇不受寶，斯言信有徵。就中特達者，等之千人英。

恭和御製中秋帖子元韻

行樂同民莫等閑，太平水調未教删。年年玉塞嵩呼日，傑閣應題萬壽山。
金盤萬里躍清光，空際如聞百和香。何處殷勤勞達曙，群仙環佩約雲匡。
弦管繙成付教師，廣寒宫裏譜新詩。九霄今夜冰輪月，照徹和闐産玉池。和闐水中産玉，遇秋月皎潔，即得美玉。
鈞天側耳上高樓，桂屑霏霏風露秋。南國詞臣延佇望，四千里外進詞頭。

放鹿行

當年扈從會一到，十載前，臣隨從木蘭者再。豐草長林未窺奥。八校分行鴻洞陳，佽飛鵠候酹桑曉。叶羽獵周陆儲偫勤，臣亦和門侍立人。簿之所登鹿爲正，駢頭列角何沄沄。井絡參旗罘亦密，伊尼求友情如漆。一經天語祝網恩，但聞噳噳去相率。聖舉適可明無他，他他籍籍不既多。誰入吾網誰脱網，默參造化理刹那。於圍放鹿鹿可避，於水陳魚魚亦逝。始知王政本無私，權衡稱物兼仁義。試讀南巡示吏詩，觀《打魚歌》《罷漁歌》，皆法駕南巡所製。同此盎然見生意。

代柬寄尹元長宮保

白髮存知己，相思水一方。詩篇歸大雅，事業在平章。帝室絲蘿重，天朝雨露瀼。閑來論礜處，懷德不能忘。

其　二

聞説朝天闕，龍光禮數周。首行升命婦，尊壼張夫人以淑慎聞，特旨拜一品夫人，袖領尚書命婦。三接晉康侯。述職陳民莫，颺言獻遠猶。從來元老望，伊吕道爲侔。

雅雨都轉陛見回揚州有重題芍藥詩四首因次其韻

八年花事會遮留，愛惜春光轉欲愁。聞道將離花正放，皇恩又許到揚州。

並蔕連趺十二枝，劉家花譜未爲奇。使君饒有看花癖，簿領餘閑小部隨。

露裛風篩鬥曉粧，薄陰天氣蝶蜂狂。襲香軒裏分牋客，去夏，鶴亭主人飲予于花間，湧輪侍讀、壽門處士、授衣山人兄弟在坐，分韻賦詩。定有新詩侑一觴。

曲奏旗亭記昔游，風流一瞥歲云周。明年更約人雙髻，此地重尋花並頭。

庭前種盆荷數本年來極盛今夏葉稀少著花一二如拳頗露衰狀然姿態猶存也因題一首

花面如人面，風情太可憐。如何當盛夏，似欲感華年。瘦與道爲遇，清知神自全。由來同不滓，相對一悠然。

秀水學宫頽圮日甚諸宫贊錦倡首議建陶善士讓德慨然願出貲重新紳士各量力以佽陳群雖籍隸嘉興然松茂柏悦草木且然況於人乎詩以落之

昇平氣味自絪緼，高卧懸車亦尠聞。最愛里人成善事，即今黌序振斯文。一從萬乘親臨泮，乾隆二十二年春三月，上駐蹕吴中，親詣文廟，有詩，陳群奉敕恭和。遂感鄰封賦采芹。我老題詩學張老，六經比户共鋤耘。

恭和御題橋梓圖元韻有序

乾隆二十五年夏五，御筆《橋梓圖》一幅，幅間有御題詩一首，後有識圖成諭曰：『是賜臣錢陳群者，即命其子汝誠寄去。』六月八日，家人嚴福齎歸。臣展圖恭閲，畫蒼老秀厚，詩情深文明，書結體天然，三絶也。臣伏地九叩，跽而言曰：『此我皇上幾暇游藝及之，而神妙至此，天縱多能，亶其然乎。』橋梓二木，見於《書大傳》，古未有成圖者。今高卑俯仰，宛然如商子所云『臣不能畫，麄知畫理』。古名家畫樹木者，必依山臨水，或倚以石，枵雜以竹，取勢引勝，然後稱能事焉。即使雲林、孟端，未能除此結習。今御筆信紙直行，截然兩木，各具生意，蒼茂葱蒨，自蘊於筆墨之先。司空圖云：『神出古異，澹不可收。』差可方物。至訓示深遠，明長幼之節，揭慈孝之旨，目擊而道存，真千古未有之至寶也。臣又恭繹元韻及識，仰見聖主眷舊扶衰，憐憫愛惜，溢於行間。聖慈高厚，洵爲至極。臣感激涕零，有楮墨所未能達其萬一者。臣子汝誠當即敬依元韻，恭和四首，另本進呈。外臣亦敬和四首，仰祈睿鑒。臣謹序。

曉夢周公未喫茶，合用《書大傳》及盧仝《謝諫議寄茶》詩意。時陳群曉寐初起。驚傳墨寶到臣家。檐前黛色連雲氣，堂上清陰挹露華。說與卑枝長護本，會有老樹亦生花。茅衡鎮日風煙接，天際依稀下晚鴉。

墨卿初召試芳茶，畫法倪王是一家。是圖兼雲林、孟端兩家筆法。孔楷周模同氣色，仰橋俯梓各菁華。詩情繡出千機錦，筆勢鋒迴滿苑花。臣愧衰齡無捥力，攲斜猶自學塗鴉。

午日當年賜葛茶，殊榮今復拜天家。濡毫著紙流恩意，訓孝言慈見道華。橋似仙人能結棗，黃鶴樓西偏有仙人棗，云是回道人吕岩手植，色如漆，疏枝無葉，千餘年來，猶生意盎然也。梓如銕樹欲開花。閑來小立階除際，一陣輕風正起鴉。

呼童特地爲煎茶，讀畫人來野老家。要以民彝徵物理，豈惟筆墨洗鉛華。什筐世世尊鴻寶，頳手朝朝汲井花。遥想圖成簾乍卷，碧罘罳外有鳴鴉。

附　汝誠恭和四首

三清幾暇試評茶，灑翰恩霑舊侍家。先與蒼橋苻立幹，更拈文梓勖含華。天懷欲慰將衰志，老眼應除宿眩花。尤喜驪珠盈幀首，榮光煜煜燭金鴉。

侍直曾分八餅茶，養痾有詔許停家。衣裁宫錦雲機麗，帖拜瑶牋墨瀋華。九載自天流渥澤，雙枝入手勝穠花。小臣目極思親舍，翹首南雲送曙鴉。

閑居斸筍更烘茶，飽飫神禾卧穩家。臣父丁丑之春，荷恩許在家食俸。戀闕句成書箑尾，賜羹節近貢京華。畫圖先後聯瓊璧，父子便蕃寶墨花。急足擎歸輝陋室，清朝仰對到昏鴉。

接跡叨陪學士茶，愧無文字可傳家。銅壺静直移甎影，錦幰新分燦玉華。眷舊璇霄重戲墨，承恩林屋更生花。遥知鄉國庭前樹，吉語連朝噪喜鴉。

家黄與偕其弟子厚北上賦以誌别

二子吾宗秀，相依赴玉京。風帆飛遠浦，霜雁落高城。織爨移家累，琴尊去國情。紀諶徵辟在，珍重負時名。

歸愚尚書弟子某購小圃中有得硯齋三字松雪筆也後某步池上於草中得半硯異之遂作圖以紀其事因題二絶句

得硯名齋亦可咍，天然龔隗是良媒。遂令佳士耽幽癖，手洗殘璋日幾回。

逸少亭前堆瓦礫，無爲池上已蓬蒿。願將餘瀝濡吾首，醉後狂呼笑伯高。

家稼軒司空典試豫章請假省親道由吾郡冬夜訪予一問近狀即留小飲席間次見投原韻

節使紅燈上古牆，屏除騶從入茆堂。口邊脱去詩無價，予散漫日甚，每得句，輒朗吟數回，未存稿者，遺忘强半。頭上盈來雪有光。擷秀愛看蘭芷遠，思鄉但覺水雲長。匡廬山色桐君路，可有新圖貯絳囊。稼軒善畫山水。

挽張瓜田徵士

夜帳當年共短檠，生身七十負時名。貧寒一笑輕羊左，張范千秋屬弟兄。彤管志林傳獨行，蓆門藝士哭先生。僧廬道院又同墨，題罷凝眸淚已横。

題安居王樓山中丞小像二絶句

秦駐山觀海圖

峨嵋江水皆歸海，山下人爲海客譚。『海客譚瀛洲』，太白句也。翻笑東坡老居士，但看江水到江南。

登黄鶴樓圖

子晉已隨黄鶴去，中丞没後二十年，始題此圖。當年此地立斯須。閑題宦跡留鴻爪，還證江船夢會圖。雍正己酉二月，予夢與樓山同舟汎晴川江，道舊言懷，頗慰積忱，醒而知爲夢也。時樓山參楚藩，適遣人至京師，遺予尺素，裁答之，述及夢中事。閲兩月，復致札云：『如爾或香樹出使，來過黄鶴樓也。』是年秋，予奉命典楚南試。事竣，歸途經黄鶴樓，則樓山已解組，寓武昌逆旅。笋輿訪之，樓山邀予同坐舟中，渡江而北。笑謂予曰：『是非晴川江耶。』作《江樓證會圖》。圖留予篋中。

題覺上人小像時上人重建鎮海塔垂成，事載予所撰碑記中。

光明圓滿不言功，前有琦公後覺公。欲識婆心著何處，一輪明月海當中。

題吴子曉門爲瓢顛居士所作安處圖

處士澹安貧，世味無所慕。閉門白日長，自得静中趣。敞簾驅蒼蠅，爇芸辟書蠹。壁間太古琴，户外幽人屨。我心儀其人，往往隔雲樹。一展安處圖，悠然與之遇。

題秋夜讀書圖

鴨爐香散拂桃笙，只爲長檠親短檠。夜静露寒山月上，秋聲遠送讀書聲。
秋士秋風正下帷，要於折節想襟期。箇中滋味閑中得，一室無人獨坐時。

題馬上尋詩圖

款段行春春自隨，帽簷偶一傍花枝。無心得句非形似，欲下鞭絲未下時。
罷讀閑遊郊外來，花明柳暗亦佳哉。學書早擅元和腳，還養華林侍獵才。

獨坐自題

花裏林間懶去尋，偶憑蛩語動清吟。少無飽食温衣志，老澹求田問舍心。故舊夢中勞把臂，文章天上感知音。每經進詩箑，輒蒙聖主激賞賜和。許身稷契當年事，病卧蹉跎直至今。

香樹齋詩續集卷十四

皇上五十萬壽詩有序

乾隆二十五年秋八月，恭遇皇上五十萬壽，普天率土，莫不稽首面闕，敬效嵩呼。臣受恩至渥，思欲趨奉天顔，一展犬馬依戀，然後隨諸王大臣後，忭舞階墀，行有日矣。適頒諭旨，念臣衰老，不令遠涉。臣恭繹之下，感悚倍至，沐浴齋戒，精思澄慮，敬製長律十二章以獻。維是古者以詩詞進於尊者，類有引以當乘韋義也。臣伏思經籍所載臣庶賁美祝嘏，曰『三多』而後，《書》曰『欲至于萬年』，又曰『萬壽無疆』。其他鋪陳功德，羅列祥瑞者，卷帙繁衍，未可悉數。我皇上天質純備，學與性成，集福凝休，纘承大統，德被生民，威服遐邇，日月所照，雨露所濡，罔有内外。共惟帝臣際兹大慶之期，在廷儒臣，在野憲老，醼筆綴詞，分門牋記，以鳴其盛，雅頌風謡，各不相襲。臣讀《周易·繫辭八章》曰：『大衍之數五十。』又曰：『乾之策二百一十有六，坤之策百四十有四，凡三百有六十，當期之日。二篇之策，萬有一千五百二十，當萬物之數也。』王弼曰：『演天地之數者，所賴者五十也，用以之通，數以之成。正義以三百六十推之，爲萬有一千五百二十，皆由五十大衍得之。』《易》又曰：『天數二十有五，地統乎天者也。』我皇上乘乾出震，法天行健，天之事也，乾之象也。臣又以皇上誕膺寶籙之年，按之恰二十有五，龍之潛也，今年萬壽，又恰二十有五，飛龍在天，位天德也，合之與大衍之數恰符。言天地之數者，諸儒家自爲説斷，以王弼爲正。弼又云：『凡萬有一千五百二十，必以五十演之，方爲自然。所謂演天地之數，所賴者五十也。』觀此則今日之大慶，其與易之大衍，自然契合。君子言理而不言數，惟數即寓於理之中。周子曰：『君子脩之吉。』我皇上至仁至孝，以惇大爲體，以明作爲用，淵泉時出，綿景運而亨遐齡，錫福臣民，正未有艾。如原泉之出山，流衍滂沛，襟巖趨谷，四注而不可涯涘。潤千里，滋萬卉，濟舟楫，通沼沚，其發見處，淵乎若渟，靜而有本。大衍之數，於易爲朔，亦如是矣。臣舊史官也，祈君永命職耳，敬以理數之自有者，陳於黼座，爲左券云。臣陳群誠懽誠忭，稽首頓首，謹上。

苞符應瑞世如春，華渚光中誕聖人。上帝篤生原獨厚，仁皇睿鑒賞尤真。上生有聖德，聖祖於諸孫中，恩意尤重。山川雲物占時雨，祖德宗功毓大椿。赤雀啣書秋序正，一輪皓月色逾新。

日必三朝問寢餐，師資舊學有甘盤。士行一目行行下，五字長城字字安。上姿稟聰敏，一目十行，久而不遺。冲齡時，憲皇帝每命賦詩，輒稱旨。南苑時臨講武地，東齋勤上勸經壇。龍姿日角同天表，早識重華宇量寬。

由庚萬彙仰昭蘇，潛邸承恩預廟謨。漠北銷兵安反側，苗疆善後感歡呼。雍正十三年，憲皇帝鑒上英睿持重，西師乘勝罷兵，苗疆善後事宜，召上與密議。凡上發議，大臣無不驚服，憲皇帝嘉許特深。性天直契三乘妙，名理今融至道腴。

神器萬年深付託，誕膺多福裕璇圖。雨施及物物含滋，重譯梯航任彼爲。履盛尚憂長治日，思艱益勵守文時。求衣猶見寒星在，進食曾當夏昃移。諸福杳來山阜積，一人乾惕自孳孳。

日之升與月之恒，大孝惟知色笑承。天下奉親尊至養，聖人歸善上徽稱。九重冬夏猶温清，萬國傳聞比閔曾。孺慕行將開六十，鈞鈐應德自長徵。

祀事脩明亦孔虔，豈惟博碩備牲牷。敬天尊祖精誠格，重道崇師禮數全。三輔松楸君子履，景陵、泰陵，上每間歲恭謁，悽愴思慕尤篤。橋山肸蠁孝孫綱。上即位後，曾兩謁三陵。陪京朝會同豐鎬，再集鵷行又六年。

虞典時巡首二東，乾隆八年秋，上恭謁三陵，回鑾駐盛京。十三年春，東巡至於岱宗。嵩呼祝嘏幸天中。十五年秋，恭奉皇太后幸豫，祝釐華蓋峰，恰值上四十大慶。騎臨巨浸資長策，舟過平江爲採風。十六年、二十二年兩舉南巡之典，上親閱河工，指示河臣方略。清問豈惟詳吏治，霽顏直欲勸農功。方行曾上清涼界，登陟由來祖武同。凡翠華所指，皆聖祖巡幸地。

勤民懷保切林林，廣被如膏渥澤深。萬姓已躋仁壽域，九重未釋廑憂心。曾於渴雨躬湯禱，每拂薰風手舜琴。感格蒼穹惟默契，乾乾猶自凛難諶。

亶厥聰明運萬方，照臨共仰日重光。人從一見多能識，事到曾經總不忘。行健法天原有象，能容應地自無疆。麟遊獸舞昇平世，擊壤堯衢樂未央。

箠蒲朱草拱宸居，蓂莢賓連慶有餘。銕勒中籠來拜舞，重洋絶域奉車書。華封野老申三祝，天保詩人頌九如。玉甕天漿甘露渥，不知身已入華胥。

訓練群才有貶褒，文脩武備選人豪。詩篇富與春秋富，勳業高於嵩岱高。絶藝重圓多貫札，馳情八法擅揮毫。從臣一字邀清賞，忭蹈榮逾得繡袍。

酹桑新沐漾晴暉，紫閣朝來護翠微。仙樂空中音嫋嫋，天香雲外屑霏霏。敘倫誼篤維祈耉，眷舊恩深有賜緋。千億萬人齊上壽，至尊先自覲慈闈。

題紅白芙蓉

拒霜紅不定，臨水澮還空。對此思賢者，因之感化工。當秋勞採折，望遠有無中。芳意誰當繼，籬邊菊一叢。

柬石丈

我懷萬石君，交建還揖奮。少無干禄心，而寡適俗韻。撫琴感子春，煨芋諧懶瓚。至樂在天倫，往往接幃幔。豪邁情自任，蕭閑真所藴。我從乞身歸，十載違問訊。頗聞杖履間，談笑遺清燕。植德本殊邈，要與浮薄遠。題詩托高雲，泠然會餘善。

秋雨欲生魚

易生惟水族，濕化亦隨宜。雨氣絪緼候，魚苗動盪時。細微添性命，節序此潛移。柳浒來漁户，蓴鄉問釣師。浮沉聊策策，游戲見絲絲。冷露荷根隱，輕風蘋葉吹。豈真論破浪，或亦偶通池。觀理者誰子，問魚那得知。

舍弟界生前多惠政所至之地部民多有祀其威儀者曾署蒲圻未一歲蒲人德之爲立祠以祀從孫編脩載使粤西經蒲圻宿於祠中題詩四首寄予予和二首

清祠秋草外，下馬薦椒馨。公道惟留此，官程亦偶經。人間廉吏跡，天上使人星。緩步題詩處，終宵户不扃。

院竹琅玕碎，階泉琴筑清。瞻儀猶涕泗，感德頌神明。燈暗鼪鼯影，月高鴻雁聲。何須悲楚些，有弟已長生。

附原詩　從孫載

城壕山束勢，學舍木生馨。司馬先賢祀，皇華小子經。秋堦落暴漲，虚牖照明星。步遶摳衣後，祠扉且莫扃。

夜起搴帷肅，堂開薦茗清。寧知蹔離别，竟作永神明。燭短將昏影，蛩疏欲斷聲。不須通謦欬，聊一補平生。

九日永觀察招集鹺使行廨登觀稼樓得香字

使君帆下樂豐鄉，尺素波中策海王。簾外黄雲千里接，席間玉糝一匙香。故人情重勞尊酒，佳節遊深尚夕陽。我已小冠呼子夏，風迴落帽不須防。

劉延清相公奉命來吴中會尹望山宫保陳榕門中丞勾當公事時兒子汝誠蒙恩典江南試事給假省親旬日還朝余買舟送至金閶門遂集榕門官舍喜而紀之兼柬歸愚尚書

片帆吹我泊長洲，舊雨連翩接上游。别後心情論萬里，予自壬申秋與相公分手後，相公遠使絶域，未獲接言通情者八年於兹矣。重逢節旆又三秋。兩家兒輩持衡鑒，劉公子墉時視學兩江，吾子汝誠典兩江試事。五緯星芒聚斗牛。用荀陳事，榕門時爲東道主人。我分扶藜踏吴市，沈錢作伴避清騶。

望山宫保邀同歸愚尚書芝庭少司馬梅澗吉士集滄浪亭行㢊宫保有詩見遺次答一首

多情邀我集芳洲，老輩門生約共遊。芝庭、歸愚、梅澗，皆望山所得士也。積愫細論同旨酒，新詩高唱入清秋。公真致主尊扶鳳，我已成翁學課牛。計日雙旌還白下，六朝山色遲去聲傳騶。

望山有送予還檇李詩又答一首

一棹言歸長水洲，何時繼此復來游。偶添詩句多愁别，難老花枝卻耐秋。音徹九霄聞和鶴，公子官農部。望穿銀漢笑牽牛。宫保德配張夫人留京未歸，因以調之。便蕃雨露天家澤，中使傳宣導八騶。

附 吴門喜晤香樹前輩即和見贈原韻　尹繼善

居傍鴛湖勝十洲，停橈昔日記曾游。遥山雲樹頻牽夢，白露兼葭幾度秋。見面定驚頭似雪，裁詩真覺目無牛。漫因兒女添離緒，好看雙旌引去騶。時送東麓少司寇還京。楊帆暫出白蘋洲，楓落吴江任泳游。愛我多情吟暮雨，思公有句寄殘秋。有懷香樹詩，九月望寄去。林深每羨幽棲鶴，力倦空慚負重牛。纔喜相逢還悵别，西風前路促行騶。

東麓少司寇還京河干送别仍用原韻　尹繼善

共看仙客返瀛洲，回首應還憶舊游。契好論交經兩世，離情轉眼似三秋。江天處處留桃李，麥隴時時見犢牛。話别河干勞遠望，驪歌唱罷送鳴騶。

滄浪亭小集後香樹前輩欲歸長水老年握别情不能已又用前韻以送行舟　尹繼善

老來猶憶鳳麟洲，小集亭邊話舊游。笑口難逢開半日，交情誰似足千秋。懷人好藉傳書鴈，念子同憐舐犢牛。兩家兒子俱官京師。自是歸心留不住，可因詩債一停騶。

附奉使典江南試事喜於公晏得晤望山宮保父執嗣宮保會理公事駐旆吴門榜發後汝誠得假省視取道姑胥以子舍在邇未及停舟奉訪悵焉於懷假滿復經始得趨謁歡言竟日解維挂帆舟行甚駛承惠示送行詩即用家嚴原韻使者匹騎追至雲陽及焉舟中蘸墨奉和三首録請教定詞鄙而意真古人所謂代書之體如是云爾　錢汝誠

採芳空自到蘭洲，杖履欣陪愜勝遊。幕府高雲聯雅會，滄浪孤嶼隔清秋。先生行館在滄浪亭。又吟想見先探領，剖斷驚傳善解牛。時所會理案牘頗繁，先生以數日剖决無遺。悵望吴江楓乍落，每懷子舍未停騶。

含情渺渺憶滄洲，返棹仍爲吴會遊。舊雨心期清似雪，小春天氣勝於秋。惠周澤國無鳴鴈，今歲下河被水，以撫賑及時，災民賴以全活。感被淳風有買牛。經術談諧資後進，爲公一日駐行騶。

香水朝移杜若洲，龍山到眼豁清遊。樓頭煙雨人回夢，江上芙蓉士怨秋。喜報詩筒看走馬，恰傳官驛過奔牛。離情更約南齋話，珍重春明迓絳騶。先生明年當入覲。

葉南陔世講過訪辭歸復來荒齋論文話舊賦二絶句以贈

江國争傳黄絹碑，寶山空入笑家兒。今秋被放，適兒子汝誠典江南試事。昨得汝誠塗中和望山宫保詩，有『江上芙蓉士怨秋』句，其致歎于賢才之不能盡取深矣。情知倚馬淩雲客，不賦哀蟬感遇詩。

襆被重攜二尺書，紙窗笛簟恰平鋪。回思五十年前事，筍里笙歌好在無。

附和作　葉抱崧

吏部文章秘監碑，唐蘇源明作《小洞庭詩》，立碑山下。鳳池聲價有麟兒。自憐螻蚓崔評事，博得昌黎束笋詩。

數椽茅屋守遺書，明月軒墀碧蘚鋪。多恐到門題鳳字，析薪猶得荷薪無。

南陔茂才所得南邨草堂集古硯譜計圖四十自漢至今篆刻略備寒窗展玩不能釋手因題六絶二首

静對端人四十，閑檢華年二千。紙上猶存真面，空中定護寒煙。

技癢中山萬選，消磨張遇半丸。執象旁求天下，傳神終在雲端。

代柬寄葉恒齋舍人

早歲抽身賦遂初，年來走也亦懸車。偶成白社新詩本，卻寄紅梨舊校書。佇望高雲憐獨鳥，閑憑春水報雙魚。何時同赴看梅約，尊酒論文或起予。

附和詩　　葉鳳毛

正集頒來剞劂初，續編重示指南車。風華直壓楊劉體，光欲新開顏柳書。月出山中聽唳鶴，花飛水面撲潛魚。言詩謬許隨商賜，只恐難雕似宰予。

題查生桃源圖

身世漁樵約，桑麻物力供。仙家多歲月，吾輩有遭逢。行到溪邊盡，笑看塵外蹤。展圖思驀入，回首白雲封。

馮氏妹卧疾買舟往看用石湖留别女弟韻

爲汝來停三日舩，殘冬驟暖作寒天。不堪盡訴皆愁境，未忍相離況暮年。喜見阿兄如木餌，病依同氣比賓連。重逢倘得邀神貺，陌上繁花未放前。

春帖子詞

紫閣香煙裊，璇宫瑞靄新。椒花纔獻頌，早報萬年春。嘉平二十九日，立春。

聖節行看六十開，陽都熙皥樂春臺。奉珪進璧陳王會，天馬新從萬里來。古詩：『元日朝天子，百官執珪璋。』

蠶收稻熟徵祥日，海晏河清獻瑞時。南國家家齊望幸，青旛隊裏祝純禧。

歲暮舟經武原舊居慨鄉里習尚不敦古處感而有作用謝靈運登池上樓韻兼效其體

朔風振逸響，倦羽遺孤音。雲煙相蔽遮，水天互浮沉。喧散貿初退，農安力既任。遠帘招隔岸，近帆失前林。即景一領略，覼理默鑒臨。俗薄積傾軋，我静忘巇嶔。晏歲嬰衆感，寒霄結曾陰。巨川接密罟，野田來飢禽。客懷悲故土，衰緒餘微吟。自憐遂初服，終歎寡同心。執德亮猶昔，委情匪自今。

雲間沈上舍學子過訪出篋中所攜王樓山中丞小像索題

不見王君二十年，看花鬭酒夢中緣。誰知月落懷人夜，圖畫重逢白樂天。

何曾樊口留居士，未許杭州作寓公。猶有詩人李昭玘，圖成笠屐錦囊中。

春夜集存養齋與歌者一絶

新樣春衫綴五銖，繙成絃索壓花奴。憑他千囀鶯聲巧，争似歌喉一串珠。

聽事東西偏屋諸子及孫輩各肄業處也春夜秉燭小步得一絶句

稀微巷柝正三更，今夜春星分外明。秉燭扶藜閑步處，讀書聲和讀書聲。

小除日得尹望山宫保塗次寄懷仍用原韻復答一首時宫保以公事至豫章

高館寒煙鎖晚洲，每於獨坐憶清遊。多情笑我添華髮，爽約看山負好秋。宫保屢邀予遊栖霞，未遂。夢去驛亭隨浦鴈，書來皮閣伴春牛。是日立春。九重念切求民莫，述職寧遲比指騶。

附寄詩

尹繼善

屈指應還杜若洲，夢來難忘舊交游。纔嗟只尺成千里，已覺睽違似九秋。短札遄飛過倚馬，枯腸屢索愧吞牛。文壇倘再逢旗鼓，願作衙官退避騶。

辛巳正月廿日爲溧陽師相八十生日寄小詩奉祝恭和庚辰夏特賜御製詩用彰人瑞元韻

梅花應候領群芳，嶽降辰當羲與黄。寶帶自天三壽錫，霓裳近席百絲張。重登綸閣尊前輩，再見瓊林拜耳行。夷使沓來多卻立，欣瞻元老佐時康。

盧雅雨都轉寄平山堂觀梅詩注云以疏影横斜水清淺暗香浮動月黄昏等字分韻得暗字蓋是日賓主共十四人也雅雨屬和予未與斯會得韻爲難通翁是聯爲梅花寫照千年來遂爲絶唱因製成十四字轉韻以答通翁有知應亦許我也

一病遺簪笏，年年守敝廬。梅花如故人，别來踪跡疏。西溪鄧尉負宿諾，篋中塵掩山僧書。蜀岡千株萬株糙束靚，遊人沓沓晝夜併。一從何遜官閣冷，水邊月下自留影。春來風物誰管領，曾記當年扈從下江城。迴巒倚磵何縱横，忍寒不落花光明。十六年，上初舉南巡典禮，陳群扈從。二月望間駐高旻寺行宫，梅花盛開，若候萬乘觀賞者然。天顔一笑留霽色，千花萬花多向榮。重巡江國訪梅花，臣亦迎鑾綴屬車。承恩來到玉皇家，廉纖春雨花枝斜。少紓天步雨中賞，奉敕賡和留塗鴉。二十二年，上再幸江南，陳群迎鑾後，即隨豹尾渡黄河。御製有《雨中遊平山堂詩》，命從臣恭和，陳群與焉。南人望幸拜明旨，愷澤長流似江水。聞説平山山下花，早凈鉛華媚天子。花解語，怡皇情，春草冉冉春風清。名勝要自呈本色，調脂傳粉非真精。待明年，又巡典。誰所司，盧都轉。玉川詩報花盛開，老夫於此興不淺。閑將書卷供點勘，春雲欲雨窻紙暗。讀君新詩當眺覽，花神有知或亦許。我意恬憺，恬憺中有得鼻觀梅花香，假寐即到通守堂。須臾生兩翼，度領登羅浮。放眼視下界，群鳥音啾啾。翩然來仙子，導我汎濛濵。贈我一株梅，我心爲之動。洪崖拍肩雙成攤，自稱臣是舊供奉。回頭還踏平山月，梅花萬樹多於髮。玉川子攜客看花未歸去，撚斷吟髭弄不律。吾遊汗漫神相羊，梅花既落梅子黄。覺來氣味微温馨，日色將暮猶未昏。平生俛首林和靖，還上孤山酹一尊。

花朝留研雲五叔飯遂同至官梅閣再酌夜深醉歸作

無多肴核酒重巡，情話清宵要率真。雨洗衆星光更潔，雲迴好月色逾新。杯中乍可十分滿，天上還留一半春。醉倒花前扶未起，一疏而後兩閑人。

海棠花下小飲用昌黎芍藥歌韻

一從庭中種此花，閉門坐覺春繁華。不須露奏通明殿，薄陰自與東皇家。連日爲花多早起，贈花苦無新句子。品題只有劍南癡，直教奴僕看桃李。如羞似嗔非本性，爲暈紅潮來比並。試看一笑一嫣然，儼濯晨粧對明鏡。街頭杏粥甜如飴，此花未許兒童知。主人無酒賞者誰，今朝爲爾一中之。

去冬誠兒得旨省覲後即還朝今春端孫挈婦歸京師詩以示之兼寄誠兒共勉焉

十年纔一見，告別又春深。家室累方始，關河閱自今。欲寬千里念，要惜一分陰。迴憶兒年景，高曾共此心。

寒風吹驛騎，春雨易朝昏。拜別還朝子，辭歸繞膝孫。重逢知有約，時奉恩旨，今秋入覲。臨去更無言。覼縷家庭事，難酬是國恩。

恭和御製大宛馬歌元韻

由來名馬數大宛，求之不應平聲漢代傳。我皇懷遠九夷服，權奇俶儻歸天閑。掣電容與龍爲女，牝牡自合尖與圓。用伯樂事。崑崙東循迣萬里，獻賮納款將寅虔。九良八駿大一沉，布魯哈薩朝可汗。決勝如神如指掌，一聲短簫丹水還。九方承詔辨色物，沃若恰在御墀前。敻絶風姿生顧盼，騕褭屹立逸且閒。威不能致德可致，叮嗟名馬殆其然。廖歌一曲殿樂府，珥筆略記平西年。不須遠訪銅鼓鑄，更立馬式於班門。用馬援事。王者尚德不尚馬，德産之致非可捐。

德産之致非可捐，試看群蹄送喜隨堅昆。送喜嬰，堅昆鶻，八鑒中二馬名。

恭和御製蕃劍行元韻

酋拏款塞馳邊塘，橐中三尺寒星芒。云昔敦多卜佩此，拔劍一指震殊方。魈魅潛形避鋒鍔，虎豹伏地呈肝腸。匹夫惟知夜郎大，異類敢肆饕餮强。偪迫鄰近同輿佃，憑凌姻媾連輩行。獨流之泉陰山玉，疾視咤叱烏敢當。豪雄銷歇後不振，防身一器守不常。窮嫠請命急赴愬，典屬轉奏詞何詳。宣聖嘗言擇仁處，劍本靈物計久長。吾皇柔遠繩祖武，不虐無告不侮亡。土爲金母土入版，金精先兆歸天閶。宵小縱復逞伎倆，我師所向無遁藏。我師所向無遁藏，名駒寶玉珏未央。

恭和御製玉盤謡元韻

玉四十斤者徑尺，兹盤中量六尺益。以黍受之盈可石，非白非烏色近碧。西極河中有白、緑、烏三色玉。縝密以栗潤且澤，玉人何氏之手跡。昔聞開寶通崑侖，塊二百鎰願來賓。遲去聲之不至留玉津，宋開寳元年，于闐遣使來言，本國有玉一塊，凡二百四十斤，仍候來取，後竟未得。從來嚴器數敦罇，勒銘厚藏乃僅存。連城有價今否完，徒資博古稽歲年。是盤壽世良亦偶，豪可據之不可守，準噶爾諸酋。巧可竊之禍自取。阿睦爾撒納。可憐若輩力相醜，盤乎不脛而善走。堯時玉甕聖人有，湯盤今復陳黼右。吾皇比德德務滋，被於華戎蒼赤衣。殊勳超邁亘古奇。止戈萬里旋王師，八垓擊缶歌熙熙。盤乎，盤乎，盛酒饗士一用之，葡萄可斟牛可椎。

恭和御製龍泉盤子元韻

五百年前物，得歸默所司。洪鈞方萬里，寒玉出荒陂。撫此龍泉器，猶深國士思。元韻有『李陵儼人也，相較不如伊』句，聖心愛才，其致惜於國士者深矣。凱旋歌舞處，小擊和涼伊。

兒子汝誠扈從聖駕奉皇太后延釐臺麓塗中恭録前兩次西巡詩進呈蒙恩口號調之即御書條幅以賜汝誠既恭和陳謝家信内禀知亦恭和二首

時巡民隱務周知，紀事攄情筆與詩。行幄披章春漏永，宵衣猶問夜何其。

吾皇孝治萬方知，擊壤康衢盡入詩。臺麓堯民呼萬歲，瑚輿扶侍仰温其。

附汝誠恭和

天上鈞韶近侍知，省耕餘課及吟詩。日新聖藻由來富，蠡管私窺帝鑒其。

贈繆方彦進士殿撰彤之孫，洗馬曰藻之次子，成進士後，以親老不就選。人精於醫，

予遊金閶抱疾，延視，數日疾已，爲贈此詩。洗馬與予交垂五十年，方彦昆弟就外傅時，洗馬見其二子，問曰：『何如？』予據所見言之，後輒應。姑布術，蓋自嘲也。

韓符頭角夙相於，門限踉蹌憶卌餘。就傅曾窺姑布術，成名便著養生書。不隨吏局邀升斗，爲戀高堂候起居。我學維摩聊示疾，刀圭乞得寄雙魚。

贈金山人農

禪智山光領略真，梅花弄筆見精神。此生合在揚州老，墓下應題隱舍人。用張祜詩意。

毛嗲大部曹招同嵇黼庭宗伯洎同學諸子汎舟支硎寒山薄暮始歸作詩以紀此遊

好客喜逢毛直指，殷勤扶上木蘭舟。偶然對奕終成會，隨意看山也當遊。野服似僧從散誕，春雲笑我共浮休。輕寒閣雨歸來晚，特爲吾曹半日留。

紫光閣落成錫晏聯句恭讚

大清受命，代有忠良。乘時翊戴，用固金湯。酬勳有典，我祖我宗。祖光切。叶國史所載，謨烈永光。懿惟我主，則篤其慶。知勇天亶，綏靖萬邦。粤稽古肯，籌西者詳。《詩》『薄伐玁狁』，而後《綱目》《通鑑》諸史，凡書出師於西北者尤詳。昆侖萬里，戎索芒芒。蠢爾準夷，恃險而强。其面則革，其心則狠。頤使回部，資其糗糧。匪惟資之，實又障之。俾弗通道，抱遺已傷。天乃厭之，我武斯張。戡亂攻昧，是撻是攘。殲此偕德，震彼遐方。武成既告，殊典用彰。帝曰疇咨，有勞必償。仿雲臺事，俾形成象。徐羊切。叶相惟一心，鄭侯首行。或武而毅，或勇而驤。或超而鋭，或謀而臧。新歸効順，擒賊探囊。或計以誘，或伏而藏。或折其犄，或降其隍。亦有倉卒，萬有一創。勤事授命，大節流芳。我儀圖之，矯矯洸洸。存者不朽，没者如生。師莊切。叶我朝家法，邁漢軼唐。培養國器，佑畀我皇。賢賢將將，蹌蹌蹡蹡。内既寧矣，外被八荒。紫光傑閣，選武之場。廷試武進士，上每幸之，以第技勇。十洲蓬島，貝闕龍堂。雲牖軒敞，燦然兩廂。鄂褒毛髮，日星天章。天章纍紙，午夜所營。干方切。叶睿謨密訂，絶徼廓清。千羊切叶馳驟風雨，明精空洞。徒黄切。叶九重涣汗，萬里不爽。師莊切。叶貞珉既勒，璀璨琳瑯。諏吉落之，瑄應初陽。嘉會合禮，食舉行觴。文臣華國，武臣鷹揚。蓼蕭湛露，泥泥瀼瀼。孔燕樂愷，獸舞儀翔。賓既醉止，譽處益莊。帝庸作歌，臯拜夔颺。荷天之寵，申命遐昌。

哭虞山相公

憶君角初總，見者稱璵璠。先公參政日，英雋多在門。群於疇輩中，禮數優且敦。君方就外傅，屬群爲君儐。恒軒就外傅時，先相國爲閣學，聖祖派隨趙北口水圍，屬陳群於是日導之入學堂。江左大族子弟初從師讀書，於戚友中延一人引之。時陳群初舉京兆。往往住廳食，經義相討論。用退之贈張文昌詩意。忠宣醇儒質，氣誼淩曾雲。門才有嘉蔭，魚雅充國賓。君年將弱冠，先公賫衡鈞。庶務關國是，衆議持數端。歸來召君語，時一試之難。君必從容對，間採以敷陳。心器夷簡識，早卜光吾宗。叶洎乎入禁籞，温温著慎勤。群也忝同直，頗篤下問殷。今皇初御極，柄用多舊臣。鹽君種世德，毘倚邁等倫。偶出秉旌鉞，仍歸侍楓宸。度支計贏絀，枚卜掌絲綸。金華造膝對，武帳霽色詢。望隆心益下，職密心益專。忠孝家所詒，任卹性所存。禄奉之所入，施惠周單寒。處士火待舉，主人家故貧。群昔遘沈疴，假歸卧海濱。天子再南幸，君領扈從班。相見不能舍，情話如弟昆。行宮開湖上，行館周環環。稔予寓先祠，宋建表忠觀，先武肅祠堂也，在明聖湖東南，予寓祠中，恒軒辭有司所治行館，攜家人與予同寓。相依一盤桓。晨同拜尚食，夕共傾青尊。何期春山外，一敘平生歡。别來五閱歲，存問誼不愆。君珍庾翼啟，我愛任昉牋。昨秋吾子歸，去年九月，兒子汝誠奉差典江南試。事竣，予假旋里省視，爲予言近來心事最牽挂者，虞山師病狀未少差，予聞之愕然。言師體氣孱。汝誠爲相公所得士。謂是偶然耳，抑又何足患。誰知一豎力，經歲纏其身。聖主惻然念，藥物頒既頻。慰諭亦備至，肺腑骨肉恩。親視一而再，感激同朝紳。屬纊賜秘器，躬奠發長嘆。哀榮絶百僚，下逮其子孫。盛世飭終典，史册所未聞。嗟予桑榆景，老淚灑朝昏。尚書墓草宿，三載前作詩哭汪松泉太師，并銘其墓。賢相復招魂。俯仰將四紀，日月一轉丸。如何久不死，而獨居且觀。

湖州太守李君詩思宦情均有仙意因其字也升易升爲仙字曰也仙并系以讚

黄樓玉笛，唐室青蓮。宰官身現，捄世心專。詩歌穆如，鬒鬒飄然。吾儀圖之，是曰也仙。

再用前韻寄尹望山宫保

韓范憂民病，常懷醫國方。偶然呈筆札，非敢露文章。詩好如雲靄，交深比露瀼。平生論得意，言象自能忘。

有心觀物化，不是學莊周。懷抱存真宰，頭銜署素侯。多君情悱惻，使我一夷猶。同作昇平老，忙閑迴不侔。

恭和御製索觀錢陳群香樹集有題其母夜紡授經圖慈孝之意惻然動人且以見陳群問學所自來也輒成二絶句題之元韻

祖澤風微家故貧，負薪中落極悲辛。若非主績垂明訓，那有承前啟後人。

陶侃房喬本食貧，組紃截髮不辭辛。敬瞻天藻來朝貴，要識賢明傳裏人。陳群刊《香樹齋集》初成，一日召見，上索觀焉。次日敬呈，睿覽至臣敬題臣母《夜紡授經圖》，特賜二絶題之，即命臣奉圖呈進，上御書於圖首。中使捧出，臣陳群九叩祗領，一時公卿莫不歎羡，以爲亘古稀有，願獲瞻圖者，數日迺得什襲云。

寒燈斷杼自甘貧，六十年來慰苦辛。如此勤勞如此報，真堪感動路傍人。

生逢有道豈長貧，只爲攀梯願受辛。臣職未完慈未報，自慚不可以爲人。

丹青賣去可醫貧，臣母善繪事，山水、人物、花卉、翎毛，俱臻神妙。訓群兄弟讀書，夜則紡績，晝則隨意作畫，曾有句云『賣幅青山佐讀書』。每有經進，輒蒙天筆題識。潑墨當年亦苦辛。餘事曾邀天筆賞，直追衛管兩夫人。

附　臣子汝誠恭和四絶句

經義菑畬未是貧，敢拋墻脚短檠辛。南樓一畝宫還在，天意何曾肯負人。

由來憂道豈憂貧，鳳藻榮傳五夜辛。愧列桐枝叨世澤，清芬惟是誦先人。

得假寧親自樂貧，畫圖重展憶前辛。時汝誠校士江南，試竣歸里門，省視父母，復盥手敬展圖卷，如見『篝燈夜課』情景也。自從天筆旌慈孝，兩字傳家啟後人。

不信黄金可療貧，含飴聽聽説劬辛。一經今日猶遺教，願世無忘訓績人。

香樹齋詩續集卷十五

聞望山宮保自京師還制府任代柬一首時予將北上。

近喜公歸使節遄，禮成夙駕稅桑田。時皇八子婚禮既成。仙家酒醴寰中慶，天上賡歌海內傳。每閱邸抄，見宮保奉敕恭和諸詩。萬里提封勞指顧，九流人物待陶甄。老夫計日還朝去，好借輕風送北船。

題孫忠烈公遺像名燧，明正德間官江西巡撫，死宸濠之難。

中丞古遺直，往事一欷歔。大桁無還馬，平原有報書。丹心留日月，烈氣想簪裾。弈世威儀在，春盤薦澤葅。

華封三祝圖讚

唐張南本畫。乾隆二十六年十一月，恭呈御覽，蒙賜御題。

伊耆馭寓，德感太和。越裳供職，蓂莢神禾。麟遊於郊，鳳集於阿。景星甘露，瑞應孔多。

不敢康居，巡行方嶽。言觀於華，乃乘黄屋。攬勝亨衢，紆步舉玉。岳牧賓從，蹌蹌穆穆。唐風古懿，質矣堯民。三多獻祝，詞婉以淳。山容藹藹，百卉芸芸。歌傳擊壤，與物皆春。我皇法天，首隆孝治。協於放勳，四表光被。率土歸仁，五福咸備。福既備矣，昌而熾矣。

奉恩命入九老會恭紀

侍從當年隊褚虞，重來釦砌效凫趨。欣逢慈福臻仁壽，況拜恩光入畫圖。九老班聯仙會好，三台履接寵綸殊。是日荷恩命，特進尚書。分明身到華胥宇，鶴髪鳩笻健不扶。

奉敕恭和御製賜九老遊香山元韻

欣逢應瑞稱難老，豈肯隨時學染鬚。詔許松喬尋舊侣，情諧佺羨得嘉娱。泉烹玉乳人多壽，詩和天章氣覺麤。坐久香岩看鹿過，步迴曲磵藉兒扶。時臣子侍郎臣汝誠隨侍扶掖。不因出處殊心跡，自有煙霞伴畫圖。如此昇平如此遇，會昌諸老得知無。

題程雙橋大京兆南陔松菊圖

養志辭金闕，屬余示疾時。來陪諸老輩，同上萬年詞。時在籍諸老，以祝釐來京。北闕承恩賚，南陔集福禔。寄言與松菊，長得遂臣私。

恭和御製玉盤謠疊舊作韻

得寸無心規得尺，得隴豈意以蜀益。試看良玉韞於石，特達白異靜倉碧。厥光如珠映川澤，製爲盤子各呈跡。雙盤先後來崑崙，其一早貯天家賓。豈同劍躍延平津，羅列秘殿侔卣罇。昔在絕徼戎馬存，馱裝驛致好且完。御題鐫記平西年，物之奇者或有耦。其一入土鬼神守，梟夷眈目不敢取。天戈拉朽平小醜，爵既歸叢鸇亦走。地不愛寶爲我有，以兹方彼孰左右。皇受申命麻正滋，惠周異域食與衣，獻琛呈瑞事非奇。日新聖德嘉師師，萬方擊壤歌雍熙。湯銘一再皆書之，有響斯應同犀椎。

恭和御製大學士劉統勳協辦大學士兆惠等奏報楊橋決口合龍

詩以誌慰元韻

黄流帶雨漫西侵，賈魯河邊秋正深。聖主勤民籌更急，重臣防水度還斟。負薪發卒人齊力，楗竹成工天可諶。號令朝傳霜凛凛，相臣劉統勳、兆惠奉旨督禦，威信咸佈，鉅功應期告竣。魚龍夜徙月沈沈。昔傳漢武親臨視，今見吾皇道默欽。一自靈宫昭祀典，神哉河伯永居歆。

恭和御製詠木桃詩元韻

樂按瑶階奏大卷，貢來琪樹儼逢仙。松能化石姿顔足，木可成桃色澤鮮。覓種定從寒玉嶺，賦形須問幾千年。今邀睿藻題名後，列國風人讓帝篇。

題秦樹峰大司寇寓園消夏圖

公家家園錫山麓，百年樹木陰扶疏。窮經折節有同術，飽噉六籍皆經廚。風雲自古有際會，肯棄短檠墻東隅。憶昔同直趨禁籞，退食邸寓如山居。翠微深處起亭館，小樓花木交文疏。釣魚深柳人不到，眠琴緑陰童可呼。松籟偶挾茶聲去，荷香自與清風俱。同官群公數來往，就中最數嵇錢如。錫山嵇宗伯與予及先生對宇，無間晨夕。一從乞假歸長水，故人時惠雲間書。祝釐重來謁明主，朝罷便約移清酤。出圖索題意諄懇，棖觸往事爲欷歔。銅街衕衕居鄰並，寒夜話舊致不孤。我髪種種我齒豁，歸携賜杖行相扶。公鬚未白神色腴，今所施設昔藴儲。贊襄聖治有公等，我老其願少須臾。十年命入九老會，群面奉諭旨，十年聖母八十大慶，當再舉九老會，時樹峰正七十。公年最少同兼暮。

將歸長水大兒汝誠邀同族戚置酒話别口號一首

依依終欲别，惻惻且言旋。燭短當歌夜，雲低欲雪天。會因垂老重，感爲受恩偏。此際吾能達，無端一泫然。

果親王見貽二律奉和原韻

新詩脱口振唐音，惠示連篇深復深。循理動遵明主訓，攤書便得古人心。麝煤香發朝臨帖，鴨篆風微夜撫琴。天上宗英盤石上，人間凡響那能侵。

購經常遣十人扛，六籍園身道力降。入畫自慚白太傅，耽吟真邁李才江。鵂鶹生近長春樹，花萼開連碧瑣窗。却幸衰翁歌既醉，更携珠玉入歸艭。

履親王愛讀群詩謂曰昔年共事容臺尋又同勘會典忽忽十餘年矣今復相見不可無詩紀之因呈一律

天人眉宇仰宗支，謹潔忠勤獨凛持。樂善曾稱孀母疏，王見予《條陳旌表節婦》一疏，歎曰：『相沿久矣，今日始見公道。』愛才每誦鄙人詩。定太妃九十壽，奉敕内廷諸臣作詩製圍屏恭祝。群所作詩，王稱許不已。扶鳩老作仙翁長，握槧親陪玉局師。王爲會典館總裁時，陳群追隨共事。竊附丹青駐顏色，鶴神松骨願同之。

題秦鑑泉學士瑞芝圖

好事多將付畫師，童童現出夜光芝。須知積善窮經日，即是生祥下瑞時。

彭家階砌秦家樹，四十年來兩見之。芝庭少宰階下産芝。明年，有祖孫會狀之應。南華張宫詹圖之，曾屬余題。革木由來多臭味，天香仙杏自相隨。

將出都口號示兒子汝誠

客裏寒暄明父子，天邊酒醴屬君臣。老夫忝竊昇平遇，敢忘孤睽世上人。

春帖子詞

瑞雪同民樂，天漿應候斟。永躋仁壽世，其仰發生心。

十莢堯蓂開正初，春隨玉輅自徐徐。江南江北歡迎處，正似梅花笑口舒。河流循軌昭靈祀，海澨安瀾感至誠。一自祈年躬典禮，農祥叶吉泰階平。

有鳥東邊連寶徵士

一抹疏林瀛鄚連，孤城隱隱夕陽邊。夢中握手三千里，月下來投十二年。庚午冬，使節過此，詣予行館話舊，今十二年矣。鶴髮尚書携舊履，雞栖處士卧寒氊。重來昔日談經地，有鳥懷人是信天。

今年長至前爲聖母七十慶辰群與方問亭宫保以祝釐來京師相見於朝禮成宫保奉命還保陽訪予於子舍小飲敘舊又旬餘予亦陛辭歸長水宫保念予年老衝寒遠行遣使者導至德州境情致斐惻賦長律以紀期以十年後復恭遇聖母八十大慶群當乘蒲輪北上宫保年七十餘携驥子詣闕下各扶賜杖肩隨於金阸玉城間是時其引翼之矣青山白石毋寒此言

暫紆使節枉相存，促坐寒牕笑語温。一縷無情添白髮，十年有約尚青樽。别來事業須堪紀，老去詩篇要細論。若問故人何處宿，碧參差裏謁天孫。計程當於除夕至泰山下。

方觀承

附原韻

東南耆碩幾人存，寵讌新叨詔語温。喜就班衣聊憩駕，得從素侶暫開樽。江湖日月君恩予，竹柏因緣歲晚論。更閱十年同此會，干霄又見起桐孫。

中丞阿公愛讀予詩賦贈一首

君讀我詩同嚼雲，我聞君政似安絃。和平可養人間福，澹泊真如地上仙。麟閣功名圖畫裏，鶴蹤來往水雲邊。歸塗新製迎鑾曲，于蔿聲中要共傳。

山左道中頗承當塗遣使存問眠食賦一絶以謝

天予精神帝許閑，予拜尚書之命，仍許在家食俸。笥輿穩便且看山。可憐山色知人意，往復遮留不放還。

大兒汝誠同諸門生孫子輩送予出國門又二十日至江南境二兒汝恭率孫子輩迎予於桃源境上時四兒汝隨五兒汝豐侍予出京命從至沭陽縣署口號一絶

將雛返旆似歸鴉，小駐安車笑語譁。有子來迎孫在膝，不知南北是吾家。

花朝後一日奉陪歸愚尚書過惠山聽松庵重閲御題竹爐卷次韻

天藻振逸響，往往留名庵。聽松結精舍，静寄西神南。庵中有竹爐，編密緻似緘。曾聞已湛輩，參會禪味恬。遂傳都籃勝，攬賞走趍𨗨。憶昔忝扈從，識此黄面曇。十六年，予隨從法駕遊此寺，僧石泉跪迎道左。詔命試烹法，要見名理含。松針引佛火，微焰中自炎。須臾玒花甆，罷酌薪已燂。春情一爲暢，香靄霏晴巖。詩成題㦬首，齊力萬毫尖。宣傳賡和者，近臣惟四三。時奉敕賡和者，松泉汪文端公、予與歸愚尚書、叔度司農，凡四人。逾紀復展閲，錦贉東莊嚴。嘉遊得芳辰，巧遇非由詹。佺期今詩老，險韻信手拈。如入不二門，坦夷視礬碞。趙州茶又熟，公案應重添。引我蹣跚客，同坐㒓勒龕。松濤與泉籟，間奏娛清探。明當隨碧罕，側耳聽雲咸。

恭和御製沈德潛錢陳群來接走筆成什書之各賜一通元韻

聖人三至澤浩蕩，平江千里水環迴。沙隄跪迎村履接，蘭舟笑語夔龍陪。帝庸作歌譜角徵，臣勉學步煩敲推。回頭兩岸襁負者，熙熙婦子躋春臺。

恭和御製過嘉興再和錢陳群田園雜咏十首元韻

南州夏諺有同聲，行見時巡典禮成。遍諭所司詳體察，由來游豫爲民生。一

春雨鳴鳩拂羽催，晚梅猶傍杏花開。天顔霽與和風會，躬奉慈雲沛澤來。二

昨冬至日事升柴，上於冬至前三日，率天下臣民，恭祝聖母萬壽。二十六日，有事於南郊。獻壽追趨九老來。時命王大臣等二十七人，舉香山九老盛會，臣陳群與焉。九九圖中春正暖，榆煙已換鴨爐

灰。三

侍從恩深眷舊勞，詩篇技癢許爬搔。昨從禁直賡天藻，採續風人賦木桃。上年冬，奉敕恭和御製木桃詩，蒙選付鎸手。四

嫩晴天氣趁新畦，春麥芊芊春水肥。戒勿遠迎頒霽諭，念臣新自朵雲歸。五

衰齡晉秩豈云遲，三省頭銜近紫微。唐官制，尚書、門下、中書爲三省。臣於上冬十一月，拜尚書之命。佇望平江新柳外，綵帆華蓋正平飛。六

閑從農叟問暄寒，獨坐如僧欠鉢單。新捧天家靈壽杖，更裁文綺稱身寬。七

逍遥不用買山錢，但祝從今歲有年。生在農桑仁壽世，無煩一炷更祈天。用宋人《行營雜録》語意。八

擬隨山徑璚雲低，翠葆迎風帶鶴飛。行到萬松陰似幄，疊來衆石勢成圍。元韻有『爲吾數日隨清蹕，可負湖山佳景供』句。九

劚筍烹茶與摘菘，春巡半晌睿情醲。願將皐拜酬明聖，手寫賡吟當正供。十

恭和御製瑞石洞元韻

翠輦初臨浙，風日正宜眺。皇心念民生，觀海必親到。乃於蒞止餘，嘉遊首慕竅。自非仁智深，安能領斯妙。兹石吴山勝，陰崖藴靈曜。頂來胡僧摩，池下仙人釣。外瘦露巑岏，中虚

含幽峭。父老迎鑾歸，是日，上由嘉禾至杭州，萬姓踴躍歡喜，手舞足蹈者填塗塞巷。山半聞歡笑。怡情旃未靡，花光散霞照。明發登龍山，行見敷政要。

恭和御製觀海塘誌事示楊廷璋莊有恭元韻

乾隆廿七載，海宇内外寧。巡典無非事，視海體其形。三亹何詄蕩，所由時替更。南行山障之，稍沸於西興。趨北勢誠易，其地衍且平。水性本善折，由中豈其恒。先臣創鐵牛，先臣錢鏐射潮東注，以鐵牛鎮海，建石塘禦捍，遂建杭城。砥柱良非輕。至今射潮處，虹亘長於屏。我朝奏清晏，肇域皆春耕。廣陵秋濤盛，海若爲効靈。我皇三幸浙，相度必親行。塯山至險處，六龍按轡經。觀海信有術，觀瀾之所生。尖塔兩山名扼其要，障海如握擎。上方博咨諏，許各獻其能。時，先遣重臣詳勘，後親試諸生，策問海塘得失。活沙蓋銕板，椿下虛難憑。爲民不惜費，得失定所爭。若云稍棄地，民患復兼并。鑿池既成俗，宕山投深阬。睿慮忖度之，衆端無一應。乃下明詔曰，朕師勿震驚。柴塘可護石，老塘本不傾。南北中三道，因利任滄瀛。所如如以利，本不俟經營。當濤汛盛時，西北風力大，自可直刷，徑趨中亹，可不煩人力也。上策非人力，中策可卜成。築塘增柴價，民力庶可撐。石簍亦改作，以禦撞爲程。先是，石簍高闊，水勢撞之，易至衝突。撫臣改作扁纍，密可受水。至是，上又酌改愈善。谷王念民居，其默鑒皇誠。

恭和御製駐陳氏安瀾園即事雜詠六首元韻

宸遊籌捍海，决策計迴瀾。行殿停蘭舫，上於前一日駐杭州行宮，次日黎明，啟蹕幸海寧。春旂導駿鞍。園門喬木蔭，花徑白沙寬。斥鹵生民幸，熙熙萬井歡。一

鳳翥頒新藻，雲書仰舊懸。園額舊有聖祖賜御書『林泉耆碩』四字。風煙深老樹，汩㶁響名泉。蟫跡污書卷，禽聲入管弦。幾餘成小憩，要亦愜幽妍。二

故家貽世澤，接武近西清。相臣元龍掌院事日，子邦直官翰林。信宿紆天步，風光契睿情。何曾施藻繢，亦足養靈明。晨起仍遵海，魚龍感至誠。三

豈爭巖壑勝，得石動盈尋。偶見梅猶萼，不知春已深。地偏迴俗侶，境静玒清音。兩字千鈞重，上《幸表忠觀》詩，有『蘇碑餘腕力，亦敵弩千鈞』之句。真成定海針。上以觀海，駐蹕於此，因以安瀾顔其居。四

過江風物近，脩禊憶當年。是日恰逢上巳。但洽茂林趣，何妨緩吹捐。嫩桃紅冉冉，新篠影娟娟。徙倚一吟眺，暄和静裏延。五

飛花迎旆罥，輦路不重脩。春草豈無意，春風自轉頭。乘時農事早，激賞聖情留。太史書巡典，陳園紀此遊。六

恭和御製浄慈寺瞻禮

林栖臣本是朝紳，公祝鴻禧慶麗春。靉靆慈雲凝瑞彩，舒長愛日恰初旬。現中慧果多成樹，天上香光不著塵。千手應真齊合十，普同歡喜證前因。

恭和御製觀錢鏐鐵券作歌元韻

皇帝初巡駐錢塘，下問鐵券臣家藏。奏云僻守台州族，向爲台州族人世守，未及進呈。今三次幸浙，族孫選自台齎至，遂恭奉御覽。臣忝扈從不可將。先臣生丁五代季，秉麾戡亂未造唐。討劉破巢繼誅董，蠓視竊號徒猖狂。表彰功德臣抃軾，其時先後來守杭。臣軾又言射潮事，江海東注澤孔長。券中所書僅一二，已足令人不能忘。風兹有位我聖主，五載虞典一省方。親輿玉趾攬廟貌，冕旒伏地家五王。『三世五王爵』，上第一次巡浙幸表忠觀句。褒臣先人曰忠順，勖臣孫子以善良。『勖哉錢氏族，百世守家風。』上第二次所賜詩。臣今老矣守宗祏，三陪祀事迎牲薌。以謙承之以謹守，大哉皇言日月光。元韻有『作歌裝匣付珍弆，所嘉謝表撝謙光』句。

恭和御製題林逋蘇軾詩帖疊舊作韻

宸遊一寄西湖曲，草匝孤山漾晴緑。處士高風不可尋，歸來得句戛寒玉。當時遺跡落世間，野衲茅庵混塵俗。眉山尚友重其人，如入幽扃照銀燭。流連愛慕弁其首，曷飲食之猶未足。敲石光陰七百年，相馬其奈眼皆月。兩賢精爽早式憑，千莫同爲石渠録。美彰盛傳今遇之，那禁臨風歌一曲。重携此卷到西湖，墨香清韻伴脩竹。倘逢秋省或來遊，豈獨探梅還訪菊。

恭和御製登煙雨樓與莊有恭聯句用石鼎體

省方觀浙風，民隱詢群吏。興發登斯樓，榮逾幸臣第。煙雨樓，爲先臣元璙所締。小駐飛輕舟，閑凭寫高致。魚樂忘罟罾，水熟足菱芰。非煙浮净明，非雨釀和霽。影摇一鏡中，景收十笏地。林禽寡機心，村媪無迴避。虞絃入風謡，夏諺譜雲吹。樂府有『雲吹』，上乘舟所歌也。虡懸銘不刊，笙補雅可肄。振鐸同啟聾，祛俗勝撥翳。臣敬書《御製補雅》六篇，《鎛鐘》《特磬》二銘於壁間，爲浙士楷則。老篤命導先，家兒得假伺。臣於蘭陵蒙召見舟中，命隨從至杭州。臣子臣汝誠於數日前得假省母，時跪迎樓下。香霏寶篆紋，草拖書帶翠。恩周氣必昌，人和物咸遂。從來一道同，早見遐陬暨。無妨頓宿程，少紓羲和轡。由初而再三，纘祖自承繼。今年，爲上第三次南巡。從此五年一舉，皆纘祖舊服也。三朝湖邊人，七十年來事。臣自孩穉隨祖父仰瞻聖祖於湖次。年二十時恭遇南巡，以諸生獻詩於郡境，蒙恩給賞。上即位之十六年、二十二年及今年，凡扈從三次，遭際昇平，躬叨異數，實爲榮幸之至。是本豐樂鄉，而守農桑利。同功繭符祥，連穗禾書瑞。皆郡所産瑞物。偶進承旨詩，上合聖人意。臣前次所進趙孟頫《畊織圖》詩于屏風。二十二年，上賜題詩，有『無逸爾知曾染翰，嘉兹金鏡效張齡』句。今又蒙褒賞聯句，亦及之，益增感悚。課量重陰晴，咨度爲年歲。詩成夙揚帆，曰行展巡義。

恭和御製臨師子林圖元韻

幾餘閑賞寄三吳，减從清遊不可無。載筆重尋成印證，按圖薄陟攬紛吾。倪迂結癖曾堆石，維老參禪此折蘆。元僧維則與倪瓚、徐賁友善，師子林爲維則道場。則好聚奇石，疊石皆狀狻猊，取佛語名庵，瓚爲之圖。邱壑即今歸壑藻，高僧處士豈凡夫。

自毘陵奉旨隨從至杭州二十餘日昨於吳中命歸嘉興宫怡雲方伯同子守陂郡丞約王生士會鎮之及小兒汝隨汝豐兄弟泛舟登煙雨樓看予所書各種屏幅經御覽者少頃予亦乘小舟至彼守陂留飲移時各散去席間出怡雲用東坡上巳出遊韻予亦次韻一首東坡自言隨所見輒作數句明曰集之故詞無倫次予詩亦云

浹旬扈從經晴雨，小住明湖萬花塢。一從天語賞臣書，月眼驚看誰敢侮。上幸浙，凡所經過，見拙書留壁間者，輒命藏弆。東國詩人大小宫，惜花賭酒趁春午。輕舟並楫泊樓前，野老忘形到爾汝。讀詩共仰洪鐘鳴，予書有《御製補雅》六篇，《鎛鐘》《特磬》二銘，皆亘古大著作也。觀書自喜寒蛟舞。諸子各出袖中句，韻艱語澀坐自苦。我本主人今作客，樓爲先人別墅。君應爲客翻爲主。經年不見怡雲詩，但覺魏公益嫵媚。提壺勸我柳陰下，判帶鋤來醉埋土。偶論往事溯經始，清流鏡面寒家圃。二十二年，上登樓賦詩賜陳群，有『詞臣歸老此居停』句。春城回憶十日前，歌吹家家無處所。天顔再顧留餘盼，萬井歡聲傳士女。夕陽斜照樓影暗，微風輕罥花頭俯。閑看漁網晚初收，入市鯈鱗鮮可煮。遊人欲歸還未歸，隔花夾岸聞人語。一曲無須賜鏡湖，數椽乍可安僧宇。衰年容我兩詩翁，行看結伴聽魚鼓。樓間新笋已參差，隄外嫩緑復如許。相於無言且歸去，平生有願誰能阻。功名事業付兒曹，對酒當歌天所予。

題松風覓句圖有序

戴生星垣侍其師歸愚尚書遊錫山，與予遇於聽松菴，取竹爐酌惠泉。明日，尚書有詩紀之。星垣能詩，工小楷，尚書每入山，必偕之往。昨予過尚書齋，出斯圖索題，率筆應之。

聽松庵裏逢詩人，尚書携客戴安道。烏絲小楷張吾軍，豈獨能書詩亦好。翠華三月駐杭州，尚書携之復來遊。閑行獨上靈鷲頂，松風泉韻聞飀飀。歸來作圖題覓句，髣髴天台石橋橋畔遇。倘添扶杖兩白頭，更向山僧乞茶具。何須苦學太瘦生，元音要遺象與名。笙簧入耳萬籟清，此時此際真移情。

恭送法駕還京後予亦歸卧長水舊居吴中親串邀予遊靈巖諸勝同城當塗先後過訪次日尹望山宫保從江寧以公幹來吴喜晤記之以詩並似榕門陳宫傅一首

扈從平江度好春，重來甫里踏芳塵。縱無腰腰酬名勝，尚有談諧接故人。諒作户樞勞轉運，要於流水想精神。三年再見賢人聚，同在昇平署壽民。前歲，諸城相公曾望山宫保，勾當公事來吴門，余送誠兒還朝亦至，陳榕門宫傅作東道主，予以詩紀之。

附原韻　　尹繼善

花開時節正三春，記得追陪步後塵。見面先吟當日句，問年並及首行人。舊贈詩有『首行升命婦』句，今承問及。心清誰似心無累，筆健應知筆有神。御賜公詩云：『老錢筆老健。』歸去北牕高卧穩，羡公不異葛天民。

久傍鴛湖度好春，結廬深處遠紅塵。扁舟訪舊疑前夢，白髮談心剩幾人。却爲難逢頻握手，更因惜别一傷神。尚書杖履遊何定，時入煙波伴老民。

望山又疊前韻二首依韻答之

醇醪氣味直如春，冰雪情懷絶點塵。漫與詩篇勞驛騎，特分甘脆繼庖人。世間會合誰能主，交道從來亦有神。巢許不逢臯益輩，恐難安穩作堯民。

入座移時喜得春，别來千里寄音塵。文章許我爲同輩，蕭洒如公有幾人。飲到無功方入聖，書能自變始通神。晚年學得忘歆羨，扶杖人呼是順民。

附原韻　尹繼善

吴門真有四時春，花繞長堤柳拂塵。重到山川留勝賞，欲邀風月待同人。自來逸興原超俗，寧祇新詩妙入神。老去身閒復底事，惟將風雅化鄉民。

又送輕橈向富春，幽情尚喜踏芳塵。應同松竹爲閑侣，並與湖山作主人。白社當今推齒德，御賜詩中，與歸愚宗伯同稱『大老』。清歌隨處寄心神。鄰邦更有聞風起，近見絃琴遍里民。

横江鴈有序

虞伯馮甥畫山水，兩岸皆山，中夾空地，添鴈數行，空地即爲大江。此烘襯法也。其伯氏孟亭侍御題幅端曰：『先大父司寇公曾畫山水類此。適有新婚者乞之，遂舉以贈，并系一絶，有「横江鴈似填橋鵲」句，對此不禁爲之棖觸。』司寇爲予老友，穎悟過人，語多見性。孟亭兄弟綽有祖風，因製横江鴈詩，善領者或於筆墨外遇之，何如？

横江鴈，填橋鵲。擬不於倫却有倫，曲陽老翁善戲謔。填橋鵲，横江鴈，涼月寒雲各自忙，高樓獨倚時相見。畫中詩，詩中畫，聲聞色相本虚空，以形失之以神會。詩中畫，畫中詩，畫裏若能參杜甫，詩中定亦解王維。

送第七女汝德于歸武昌

愛河作淚不能收，伐性真同戈與矛。少小適人論萬里，帆檣如馬正三秋。他年拄杖匡廬阜，乘興還登黄鶴樓。聚散由來相倚伏，清塗宦迹證前脩。

魯上人出朱山人畫馬索題

上人夙有支公癖，出示九馬皆權奇。六馬騰踏各技癢，向背轉側生風姿。二馬白黑天然匹，蕭梢意態自能刷。一馬崛立下澤中，飄然不受青絲籠。山人畫馬由意造，意所見者筆已到。不須閉門苦學松雪老，偷取身法方能落紙稱神妙。

題王雨亭山水册子

蕭齋暑濕烝氛氳，悶坐自遣遺音聞。瑠璃平鋪不得卧，卷帙散漫心神頑。忽繙架上畫册子，悠然置我山與水。風帆破浪逐電來，寸陰似可責千里。一幅蘆芽春水肥，河豚欲上未上時。我欲側身入漁艇，柳陰小泊呼蕁師。晴山脚下結茆屋，白日無人蔭古木。繞籬娟娟萬竿竹，鎮日泉聲聽不足。振衣飛上黄茆岡，雲龍山人之草堂。此時炎官迴火繖，此時高牖生微涼。輞川雪霽不可見，摹仿流傳亂真贋。閉門驅暑孰能事，里中尚有王宰在。

漫興柬孟亭侍御

人言柏悦因松茂，本性惟應松柏知。松養精神非古怪，柏雖憔顇益清奇。冰霜着意長相護，桃李經春自及時。静坐細參齊物論，托根天地豈容私。

題江河載酒圖

陶峴舟中客有無，曾留姓氏在江湖。詩篇分得涪翁派，載酒應題第幾圖。

將之攝山舟泊丹陽望山宫保遣弁來迎惠示瑶牋詞意諄懇又寄再用春字韻二律詩格高雋情致斐然循誦之餘香生齒頰奉答二首

温語盈緘十幅春，新詩玉質浄無塵。擔當艱鉅方完我，主張風流豈異人。長鑱未携虚藥物，短衣偶試笑山神。喜看百穀登場日，恰值皇家籲俊民。

最愛秋晴暖似春，雲龕竹厂絶纖塵。課除覓句無多事，詔許看山有幾人。要與鷺鷗論浹洽，敢將松柏比精神。道旁親見沾恩者，到處歌傳擊壤民。

附元韻　尹繼善

風月相邀歷幾春，天教杖履踏芳塵。預將白鷺洲邊句，遠達吴江道上人。戲用先生舊札中語。念子知應倦櫓槳，登山自便長精神。村農不識尚書面，惟待争看先覺民。

秋光誰道不如春，楓葉將紅更絶塵。白下閒遊來大老，青山作主讓何人。難逢橋梓同携手，寧祇詩文一爽神。處處西成場圃，滿好開笑口看堯民。

題楊木臣明府清江坐釣圖二絶句

魚亦忘機與手謀，碧流清淺任沉浮。故人相送勞相贈，莫遣陽鱎上釣鈎。

尺素傳來未有因，門前緑水即通津。恐辜千里雙魚意，未肯輕離獨藺綸。

緜潭山館十詠

葆真堂

握手浮邱公，長揖抱朴子。得意自忘言，穆然會深旨。

訒　庵

譽既恐踏非，和亦重吾過。三復金人銘，庶執王良靶。

翠香閣

晴牕風雨聲，月下虬龍舞。散誕小閣中，一笑遺簪組。

莓　逕

杖經破亦佳，鶴踏殘亦好。幽致一遇之，奚童莫輕掃。

律素書廳

萬卷鄴侯書，於此寄清抱。吾衰抄未能，借讀庶防老。

嘯雲樓

捲簾參可捫，拂衣霞自舉。不見佺羡儔，白鶴時來去。

蓼陽茨室

蓼花偏解苦，萱草自忘憂。蛩螿如有意，催人賦生秋。

息　軒

知足寡異營，勞生任群動。要見静者心，且息至人踵。

待月簃

舉頭共明月，對面各千里。見月不見人，待月何爲耳？

澤花腴菜井

汲深意良厚，綆短何由力。要慰望澤心，筮井占勿幕。

封君秋澄蔡翁於去歲初夏舉耆英會於楓涇所居之尊德堂曾命柬邀予予適病卧未赴辭以秋爽當驀入雅會也尋蒙恩准治裝北上恭祝聖母鴻釐有旨與九老會導遊香山又浹旬歸長水昨晤令子蘭圃修撰得假寧親出家從孫載尊德堂會詩序索題次芝庭少宰韻

清風涇外桑柘緑，皓首龐眉聯近局。憐我維摩示疾身，魚牋枉訂新筍束。我憶懸車忽十年，高卧懶拍洪厓肩。當卯聊勸一杯滿，經春忍負千花然。吴江楓落船脣立，秋雨秋風片帆濕。含舟而陸直北飛，重理當年舊袴褶。奉詔香山獻壽人，杖履來看天上春。晨餐得飽大官米，晚宴猶拜仙廚珍。二十六年十月入朝，蒙晉爵，仍日直禁籞，賞賚便蕃。事竣辭歸，群又承命留浹旬，始出都。耆英或五或九七，盡是松喬難老質。君謨有子領群仙，出示我家庶子筆。華堂佳會叶三辰，綵服多驚花樣新。到門他日尋前約，張丈殷兄老更親。

香樹齋詩續集卷十六

乾隆二十七年八月奉恩旨遊攝山恭和御製遊攝山棲霞寺仍疊尹繼善沈德潛倡和韻

靈草能養生，功德茲山冠。少日謁金庭，紆轡頓陽羨。謂是隔只尺，至竟河與漢。臣年二十時，客金壇、宜興間，去攝山甚近，未得一訪。垂老一問塗，卷帙攜雙丱。超輿踐宿諾，覉語添新按。時臣子汝誠奉命典江南試，上以臣精神尚健，許自浙至金陵貝臣子，便道遊棲霞。結念領幽甜，流目動遐戀。緬彼捨宅人，遺此棲賢院。即事證奇逢，所歷遞嘉觀。賜杖香山歸，濟勝夙已辦。昨冬祝釐入京，蒙恩賜杖入朝。夏陰既彌罔，秋蔚復披徑。扶疏露幽仄，豁間轉平正。舉頭仰天題，暢目自生敬。臣本山澤民，老遂麋鹿性。茲遊拜主恩，錫類承家慶。時序届登臨，年豐貺佳勝。問義洽天人，觀道凡聖。采秀思俯拾，攬遠輒閒凭。清磬度林間，側耳有餘聽。擇勝先賞奇，雲根結三石。石以氣魄勝者有三：一在紫峰閣，一在行宮後苑，一在白鹿泉。餘勢走如浪，千疊岩而客。取徑或迴互，往往失咫尺。藤古隙爲緣，樹迸崖欲坼。凝眸睇丹楓，仰面承翠帟。墖影聳危巒，佛身窺陡壁。名相即成空，見一自可億。固哉去來人，遈臆分主客。越奥礙篢輿，蘭若且就息。緩步招山僧，導我探泉脉。

攀蘿躋崇嶺，徑險争麋鹿。淙淙碧澗流，蒙茸浸滲漉。野菊應候敷，其下有甘谷。俯看松濤毹，豈異波洄洑。泉響與松聲，遥聽疑遠瀑。連朝踏山椒，佳處難更僕。何期示疾餘，猶嚮洞天福。夜來巖館眠，到枕雜琴筑。

極遊洵忘疲，遐企羲皇上。人世有此境，曷弗恣清賞。衮衮大江流，東去日沆漭。放情寡拘束，軼足任浩蕩。笑揖璋紹輩，雲中一來往。山静屐自希，了不聞凡響。吟成落珠璣，樹義外言象。瑶草倘可期，或遂延年想。

達哉齊僧紹，規壑誠好事。洎乎締構成，一笑敝屣置。吉甫督臣尹繼善。愷悌臣，南邦民所塈。因高實營之，巡狩延車騎。休文笠澤老，不借披荷芰。尚書臣沈德潛先來遊此。不借，遊山屐名也。蹉跎六載餘，始此成遭際。十六年，臣扈從來江寧，未至攝山。二十二年，督臣尹繼善於政餘一爲疏剔，樹木蓊翳，石壁崚嶒，泉壑交注，頓開勝概。與尚書臣沈德潛遊覽，賦詩以紀。自二十二年及今年，兩次巡典，幾暇臨眺，皆用其韻。臣曾奉敕賡和，按圖成什而已。今秋始得來遊，瞻仰御題，超邁陶謝，屈伏齊梁。恭讀之下，再四尋繹，爲山靈稱幸焉。楓丹露白晨，停車領幽異。晚迹諧隱淪，孤吟斥排儷。觀止賦歸與，迴眄欽神麗。

既遊攝山得與臣子汝誠會於金陵即事紀恩敬賦長律四首以志一時欣遇云

烏烏私情達理聰，温綸曲體鑒臣衷。三年兩作朱衣使，一歲重依白髮翁。庚辰、壬午，臣子汝誠兩典江南試事。今春扈從南巡，賞假省親。兹來金陵，又得與臣子相會。喜共堯民歌帝力，平江千里，翠華所過之地，父老謳歌載塗。恰賡周雅慶年豐。上下兩江，今年普得有秋。由庚華黍情文備，都在昇平雨露中。

寶華取道見山根，煙靄霏微到寺門。金碧早瞻諸佛面，館餐皆拜聖人恩。遠泉直挾松濤下，落葉時從鴉背飜。坐愛停輿如有愜，石梁徙倚會無言。

十日閒遊不計程，不拘迎送不經營。偶思團聚皆天性，晚愛山林亦至情。玉冠新參修後進，玉冠峰，上賜名也。督臣尹繼善、尚書沈德潛皆臣同館後進，而遊山年月却在臣前，修後進以謁山神，亦兹山嘉話云。銀袍初著謁先生。鹿鳴宴罷，舉人之在省會者，間以門下士來謁。苾芻軒冕無殊相，談柄流傳到上京。

田盤奉詔許躋攀，清夢時猶繞碧鬟。壬申二月，臣扈從謁東陵，迴鑾，駐盤山行宫。是日上巳，召見諭曰：『今日天氣佳，汝可一遊盤山。明當還京也。』不謂懸車垂釣者，又來疊浪紫峰間。使旌望闕行行去，倦鳥依雲緩緩還。更擬他年隨翠輦，扶藜踏遍六朝山。

附和韻　尹繼善

疊有新歌達聖聰，並傳好句愜微衷。久推高尚同僧紹，天語稱先生爲『僧紹』。近更風流似醉翁。老去惟耽泉石趣，秋來喜看稻粱豐。韶光彈指百年事，盡在先生笑語中。紫峰閣畔有雲根，雲根，泉名。詔許遊山到白門。暫得團圞皆至樂，閒來眺覽總殊恩。巒光入户青蓮湧，水色連天雪浪翻。往日西湖誇絕勝，未知過此復何言。暫緩歸鄉一日程，驪歌欲唱費經營。意真豈在多文藻，交久方能見性情。大老何人爲老友，尚書故態是書生。應知此後蓬窗枕，有夢應還念帝京。兩浙林巒久不攀，枉教翹首憶青鬟。舟回煙雨層樓外，人在蒹葭白露間。驛路免馳新柬去，吴江好讓凱歌還。秋深處處楓林滿，誰共携筇一看山。

壬午之秋恭遇萬壽聖節臣於數千里外望闕依戀敬遣家人專齎賀摺并附寸芹數種藉申華祝内有天然竹如意一枝自愧戔戔方深惶恧乃蒙硃批云未須僧紹之賜却致公遠之貢文而有節把玩良怡今賜卿以木蘭所獲鹿服食延年以俟清晤臣跪展恭讀感深五内尋繹温旨仰見皇上於行秋幾務之餘天藻下敷動與古會至徵

引典實雅切風華雖古帝王批答牋疏揭本間存一二未有若是之情文並茂者也篤棐恩深莫能悉舉俯念桑榆之景許分芝餌之英沾渥澤於瑶光荷天情於奎翰引年自保再歌小雅嘉賓之詩誦德維祺竊效晦邱封人之獻敬製七絶六首用代摺謝伏惟睿鑒臣不勝感悚之至

大獮秋山正罷圍，最高峰上望金微。四千里外長須至，捧得天廚左臙歸。

瓊英一握貢蓬萊，獻壽南山玉笥才。供奉詞臣今白髮，恰從僧紹宅邊來。時臣適由栖霞至金陵。

天然三十六玲瓏，節節分明見化工。七寶莊嚴珍秘笈，豈容公遠使神通。

芝草賓連或頡頏，羅浮深處毓蒼筤。文同坡老誰能解，千尺何妨尺許長。

曾學呼圍蹈後塵，騎來賜馬肅駪駪。乙丑秋，扈從塞外，蒙恩賜馬。移明數獲和門下，全鹿先須作賦人。時珥筆圍中，命作《秋郊大獵賦》。賦成，進呈御覽，特賞全鹿。

丹筆批章幾暇時，散行顆顆露珠垂。遥知塞月風清夜，多唱中秋帖了詞。

既遊栖霞即入郡城甜兒子汝誠公廨聞歸愚尚書自吴門來喜而賦詩用陶彭澤九日閒居韻

高秋躋崇阜，拾草期攝生。金光終難遘，依俗慕其名。下山遵周道，曉霽萬象明。孤鴻自求侣，雲際傳遠聲。故人頭滿菊，丹訣延遐齡。聊將客中酒，一對晴巒傾。寶兹天爵重，豈嬰人世榮。國恩激深感，家累牽餘情。晚塗行自勵，相勖以有成。

暮秋訪尹望山宫保於滄浪亭公廨出立齋高甦使所繪其尊甫相國文定公賜墓圖以陳群與文定公有舊屬予識之紀事述往效韓退之張文昌體

自我交文定，卅載欽大賢。徹琴既辭世，列宿歸星躔。憶我平生好，獨坐時泫然。昨歲我北指，小泊邗江船。令子敦古處，酌我第五泉。菊英方粲粲，桂露亦溥溥。時方秋月上，導我步平山。燈下見諸子，頭角何珊珊。始信仁者後，其理如循環。今秋奉恩旨，攝山一躋攀。老友作東道，牋札投紛綸。迨我走自下，節旄來吴門。滄浪啟高館，執手笑語温。出此五清圖，促我題詩篇。云我昔者友，吉壤安牛眠。誰實爲此圖，令子高使君。使君守官職，無由守墓田。歲時感風木，一食猶三歎。繪此以神往，僾如見二親。先生今有道，先我餉一言。我聞宫保言，展圖一流連。佳宅本天賜，衆皺生雲煙。斯人得斯地，積善貽後昆。諸孫皆令器，獲報自有因。如雨必潤礎，是影必隨身。一再懷清節，翹首企先民。

師健大中丞充養有素得主静工夫偶爲詩姿致秀逸然雅不欲以詩名亦不多作昨聞予遊攝山寄一絶讀之香沁牙頰次韻爲答

清詩似玉絶纖塵，繪出秋光字字新。只恐山靈偏解事，拍肩攔入作詩人。

附原韻　　　　托庸

峰巒如洗静無塵，紅葉初飄秋色新。今夕山靈應大快，白雲深處有詩人。

九十詩仙謡爲沈歸愚尚書詩

我昔奉使踰崆峒，跋馬一望淩虚空。廣成遺躅不可見，但見千里積雪飄長風。又曾頓足亂渭水，磻谿激流波瀰瀰。三千六百釣，已往石壁深。阻林障裏紆轡走，瑶池八伯不可追。高睇歌白雲，王母一頷之。曼倩小兒渾是膽，蓦渡紅泉真竊𥤮。觚棱重直倏十稔，喜揖雪髩吴興沈。文思天子光昭回，近臣珥筆來鄒枚。漢廷禮數慎師傅，曲宴往往相追陪。天瓶書松泉，筆吴興晚遇。乃後出九重，温語互甲乙。芒寒色正五緯呈，粲粲繁星誰與匹。引年稽首賦歸歟，春明祖道開東都。我亦示疾請懸車，後翁一棹返敝廬。翁每放船訪長水，我亦挂帆過甫里。春遊或借僧紹冠，夜泊或共鄂君被。祝鮐昨歲走皇都，一雙賜杖趨金鋪。耆英赴會二十七，同時獻壽來嵩呼。長安門下士，黄散列棐几。捧觴爲翁壽，聞者輙嘆美。翁乘安車我駟馬，踏雪衝寒各南下。便邀連榻駐毘陵，艤舟亭邊迎鳳舸。東風二月正花時，夾岸謳歌士女嬉。少焉有旨同召見，頃刻傳示新裁詩。一時從臣動顏色，争看自天雙賜額。德潛曰九十詩仙，陳群曰香山耆碩。臣亦蓬萊舊散仙，翁是香山老詞客。商彭祖，衛武公，前身仙裔今詩翁。翁年長我一十三，長眉廣顙如瞿曇。天台黄海多躡遍，名泉寶刹供幽探。與翁十年再入香山隊，雙眸瞭然耳不聵。天子欲有問焉來就翁，翁辭不敢，曰臣請扶鳩密勿陳清對。

夜讀孫可之文

屈宋卿則揖後塵，蘭臺鳳閣絶比鄰。自從乙夜親題品，樵也忠魂眉一伸。樵《大明宫賦》，曾蒙睿評，與典謨同旨。叫閽窒巧心何拙，孫樵。抔土埋文命亦迍。劉蜕。猶有漁洋公道在，不將劉蜕先斯人。阮亭先生持論，謂樵勝於蜕，最爲平允。

同年雅雨都轉引年乞身有詔許之予養痾里門不獲送別適見雅雨留別邗江諸友詩四首即次其韻

風月蕪城大可憐，天教付與使君偏。一從丹禁傳申命，又沐皇恩住十年。來憶春深垂柳候，去當節近放梅天。掛帆直到鄉園落，始信名全樂更全。

宗海何人敢後河，平生餘事有詩歌。要維風教敦三物，自喜臣心托五紞。壇坫瓣香江左盛，總持接踵濟南多。老夫臭味今猶在，擬向邱樊卧薜蘿。

何思何慮更何愁，曾訪平山爲小留。不敢嬉春隨士女，也教踏月作讀做中秋。將離會上詩盈袖，叢菊開時花滿頭。别後垂綸問雙鯉，那能無夢到南州。

他日安車客叩門，昨冬屢蒙召見，有『轉瞬十年，又復來京師』之旨。今秋奉到御批，又有『服食延年，以俟清晤』之諭。倘屆此期，便道奉訪，作平原之飲，何如？故人期我一相存。延齡要乞長生訣，乘興還遊獨樂園。老覺多情終是病，語參小技未爲尊。用少陵詩意。吾衰清夜惟滋懼，慚愧林栖受渥恩。

壬午十一月初八日接到恩賜御畫竹如意并御題詩跋云錢陳群進至竹根如意把玩之珍輒成一律鐫諸柄因繪圖以賜之卿其和韻臣跪領之下欣感交集慚悚益深除臣繕摺陳謝外謹遵旨恭和二首仰祈訓示

根移嶰谷本天成，結束都從意匠營。宜同折時偏帖妥，入神妙筆益奇清。鎸肌雅尚風人致，琢玉長爲君子貞。衰老猶承恩意渥，漢廷禮數愧如卿。

造化由來自曲成，何曾雕鏤費經營。偶傳僧紹神仙蹟，猶帶羅浮風月清。句裏恩光深更遠，幢間靈氣潤而貞。遥知玩賞幾餘際，信紙濡毫進墨卿。

盆　荷

年年乞得蓮花種，花與先生共性情。世上塵埃多不染，天邊雨露亦能盛。偶於獨賞矜奇服，坐待新涼試晚榮。我老從今多懺悔，憐伊皎潔大分明。

雲問沈學子出所撰徐媛傳索題

羅浮月下空留影，香水溪邊合是家。來在夢中原有約，前生修得到梅花。

舟中聞博如茂才弄笛賦贈

誰家玉篴耳邊隨，秋士秋風欲放時。響入霜林催落葉，真如月下遇桓伊。

題陳夫人秋夜課孫圖

宫傅聲名重二廳，孫枝又見玉亭亭。太邱慈訓重闈在，不畫含飴畫授經。

恭祝慈寧拜紫宸，歸來子舍接朝紳。就中藹藹情親者，知是宣文帳下人。前歲，予以祝釐入朝，留兒子汝誠子舍月餘，近科舘閣後進，頗來起居，松山編修與焉，與予誼分尤篤。

夜紡先圖感至尊，先太夫人《夜紡授經圖》，乾隆壬申春正月五日，蒙聖恩御題二絶句，并賜御跋，有『蓼孝之意，惻然動人』八字，御製詩中有『吟詩不覺鼻含辛』句。題詩今日又重温。侍郎名句堪移贈，直過期頤教耳孫。先太夫人圖中，俞穎園少司農題有『直過期頤教耳孫』句。今陳夫人年六十餘，神明不衰，是詩堪移贈也。

愧之賢明作傅才，閒提彤管一爲咍。當年范相燈煙迹，也到今宵帳上來。用范忠宣事。

花朝日爲家書千壽時年八十有七得一律一絶

一星南極近三台，長養東風得得來。簾外笙歌傳法曲，閣前桃李接官梅。絳衣仙子雲軿下，綵服兒童羯鼓催。百歲花朝今有約，還過一十又三回。

金陀坊是壽民坊，扶杖人多八十强。更羨吾家老居士，年年生日會群芳。

正月下澣携戚族孫輩泛舟城南各以疑義相質適成小飲逸亭魯山兩上人先後人坐餉以茶薄暮始歸次鳳叶族孫韻

省識春風偶一尋，諸孫似解老人心。襟懷或可從吾好，鍾鼓應期繼此音。遣興敲碁忘鳥下，推枰携榼對僧斟。言歸更語二三子，但愛閒遊便入林。

春夜不寐

或寄狂歌或笑呶，偶成詩本讓兒鈔。看僧搨石添閑課，指鳥歸林定晚交。不棄敝袍惟改袖，無多短髮自垂髾。夜深擁被何曾寐，讀易功夫但一爻。

宫去矜郡丞侍其二親僑寓吾郡已五年矣今春承父命由楚至京謁選詩以送之

䣛下仍爲客，功名十載違。莫彈遊子淚，恐上老親衣。詩共雙魚遠，雲隨獨鶴飛。爲貧還爲養，將去復依依。

杭州太守東侯張君應召赴闕

冀北掄才日，畿東報最初。喜君來駐軾，屬我正懸車。惠政傳茅屋，清風到玉除。多情看翠黛，珍重待金魚。

癸未月正六日紫光閣賜宴聯句臣子汝誠鈔寄恭讀之下見遐邇之同風繪君臣之交泰愧衰鈍未能依永學步敬題六絶恭讚以志近光依戀之忱

當年一箭定卭籠，豐澤曾陪讌上公。十四年春，既平金川，賜經略大學士忠勇公傅恒及諸將士讌，設大幄次於豐澤園，臣忝與陪列。上即席賦詩，命臣於讌次恭和。一自蓬瀛開傑閣，笙簧歲歲記平戎。

番語夷音韻不倫，幾餘偶試早傳神。上聰明亶錫，御極之初，每召典藩大臣，詢以夷語，入耳即能通轉，固由天縱，亦今日萬里外皆歸版籍之先幾也。側聞九譯多驚伏，天上生來第一人。

繼志行師討貳携，廟謨祇爲定伊犂。西師初舉時，上以準夷反側，祖宗朝屢討平之，革面而未革心，同類苦其狂暴，款關請内附，乃發兵問罪。伊犂歸順後，遂命班師，而三孽先後内訌，自貽伊戚，爰有追擒之舉。天教異類歸皇化，西盡甌兹疏勒西。

衛霍旌旗鷙鳥騫，年時羅拜仰軍門。遠夷自喜生何幸，今日親承天語温。

食舉曾傳慶落成，天章賜讀讚難名。紫光閣落成，錫宴聯句。上命臣子臣錢汝誠鈔寄恭讀，曾製四言詩紀其事。衰齡倘得躬逢盛，願效鳧趨與拜賡。

吟安一字判仙凡，聲價如何比玉瑊。上每示一韻，鏗鏘如美玉有聲。廷臣以次蟬聯而下，雖推敲盡善，奚啻瑊之視玉也。且天筆神速，臣陳群每奉敕聯句，如重華宮詠元宵次，及臣有『風團謝家絮，霜點洞庭橙』，出句云『一氣雙丸轉』，賡吟諸臣俱低語云：『此五字屬對正難。』上命中使捧牋來，信手賜對云『元霄百福并』。至今讀是詩者，皆以爲『元宵』二字本應標出，何等高老，餘皆類是。人各一巡巡亞奏，與讌臣工之聯句者二十人，各製四句，合之各成二韻。睿章六疊叶韶咸。

暮春之日庭前海棠盛開邀怡雲方伯小飲即席次韻

燕鶯如有約，蜂蝶豈無家。不覺輕陰裹，庭前落片霞。試斟三月酒，同賞十分花。狂欲思巢飲，真乘博望槎。

地半韶華去，還留三十春。今朝竟無事，對酒兩閒人。客意自衰白，花容但率真。年燈如欲睡，此際已傳神。

恭和御製九株松元韻

九株應入九如詩，各具靈根挺異姿。記得田盤山下路，摩雲倚磴或同之。

他年天筆復題詩，依舊蒨葱冰雪姿。九老九松二十六，香山耆英二十七人，合九松爲三十六。

慈齡聖壽實兼之。

恭和御製龍井八詠元韻

過溪亭

公案曾因一過留，白蓮試問得知不。皇情洞徹天人義，爲賞禪宗最上流。

滌心沼

神爲流水身爲律，心是澄淵鏡是秦。一酌冲泉會清浄，閑堂何必定閑人。

一片雲

壁立如屏一片雲，猿迴鳥避自氤氳。顛翁石友呼爲丈，騷體雲中題作君。

風篁嶺

雲罨晨遊度遠岑，幽篁潑翠自陰森。酌泉非復人間境，流水高山含妙音。

方圓菴

二義妙參無執一，六時隨願有恒祥。閑從解脱門邊過，悟得無常便是常。

龍泓澗

池署浣花還插澗，浣花、插澗，皆池名。高僧洗鉢接名流。偶于石上評詩句，或許秦蘇氣味投。龍井，名人題句甚夥。

神運石

竅處曾聞異卉穿，石足有木香花穿竅間，宛若蛇蟠。居然上品小青蓮。磨崖鐵筆鎸新句，巡典初臨記歲年。御筆有《初遊龍井誌懷三十韻》。

翠峰閣

七萃巡春下九霄，登臨蹕路不知遥。紫峰閣在攝山。與翠峰閣，在龍井。勝處多經天筆標。栖霞寺、龍井皆新修葺者。上二次幸江寧，至栖霞。上三次幸浙，至龍井。

暮春之初錫山嵇尚書過訪夜話出見和詩二首次韻爲答

尚書嬉春遊，雅欲避人吏。試水點荈茗，緇帙亂卷第。開襟寫古懽，結念託深致。船移訪汀蘋，櫂轉絓湖芰。心跡兩蕭閒，時節正和霽。何期秉燭人，來過遂初地。左女出起居，龐婦無迴避。肴核剪菘薤，嘯吟當鼓吹。格律振新音，考究尋舊肄。蘊真天可任，擘理障不翳。未訶僮僕疏，並斥輿臺伺。廣野陳簫韶，下里集孔翠。對面信云偶，愜心於此遂。小別何足數，帶水自可暨。發興速于郵，揚帆疾于轡。行住有定分，聚散本互繼。人皆羨後塵，尚書公子内爲翰林，外爲郡守，餘俱英發。我獨紀前事。先相國任河帥時，奉侍其祖母十任所。今尚書亦在河帥，擢大宗伯，奉旨歸侍太夫人于里第。要守敦艮貞，庶蹈不習利。代襲慈闈懽，篤荷三朝瑞。忠孝成國恩，際會實天意。保君令僕身，强飯永年歲。勿孤今夕言，示此戔戔義。

恭讀御製歲朝圖聯句敬題用柏梁體

歲朝盛事傳西清，維帝庸作敕拜賡。滲漉布濩出人情，諸福可致靡勿呈。皇猷遹駿蜚天聲，文德用懿如風行。風行薄海偃衆萌，飲以太和甘於餳。天漿洒潤仙掌擎，誼周伐木傳丁丁。天保采薇治既成，何事三六誇金罌。用穆天子事。地用遠致黄驪騂，賓連芝草擢靈莖。休光旁燭瑞氣盈，厥包㠣砢登嘉榮。受石『虚中盛水受，一石上太盤』謡句。大玉壓連城，磬盂盤𣚍皆晶瑩。桃移崑嶺柑儋瓊，合六合産同一盛。羅含費著不可名，列茵蘸筆宣朝英。一巙共仰千祥并，我皇仁孝爲導迎。龍文鼎篆霏蘭生，寶華香裊縈榱桁。綿綿景僕傒貞貞，沃野慕化抜長紘。聖度涵育垂光精，春當燕喜代文明。重門洞澈惟推誠，農祥爍應三階平。三汗四比連接伻，渴瞻天表馳心旌。里各計萬萬有赢，聲教不閡無拘儜。玉門西去皆興程，孟陬東指依玉衡。天衢蕩蕩絶奔麖，異類入享嘗堯羹。德毛鮮舉知非輕，善長嘉會翼元亨。孔子作十翼，首贊元亨。太史占奏銅雀鳴，諏日用饗開蓬瀛。後數日，又錫讌于紫光閣。遐邇内外輸葵傾，蓼蕭酒醴歌簧笙。睿藻捧讀剪春縈，摐金戛玉誰能評。一讀一快浮巨觥，率作屢省昆公卿。時風時雨還時晴，二十八年春王正。

次答尹望山宫保并序

數載前，有《答盧雅雨都轉平山堂看梅分韻》，用林處士『疎影横斜水清淺，暗香浮動月黄昏』十四字七言古詩一首，宫保讀而愛之，依韻見遺。時翠華南幸，宫保職任封疆，身依禁近，于自公偃息寸晷之暇，得五六百言，真樂此不爲疲者耶？陳群才拙思短，未及奉和。秋八月，兒子汝誠再典南邦試事，奉恩諭：『令陳群乘秋爽一遊攝山，且可入城一見。』臣子八月杪，宫保遣弁來，迎約陳群于白下，作東道主。既宫保以勾當公事，星馳至吴門。瀕行，屬其夫人首行，命婦治肴核以餉。予率子汝誠詣制府，尹夫人命諸子導予不繫舟不繫舟，宫保署齋，上賜額也。小坐。又數日，汝誠還朝，予亦歸長水。過吴門相見，望山仍用前韻示予，詞致斐亹，且曰『香樹其速和此詩，勿孤老友意』。遲數月，始得如約。適刊續集，並載尹詩于卷中篇末，惇勉兒子汝誠，目爲臨别之誡。

温諭自天下，隨風到臣廬。既喜名山近，不愁故人疎。故人知我抱夙嗜，軍將到門遺素書。爲言秋山静且靚，急放輕舟日夜併。風高露白襟袖冷，月明雁陣留清影。獨立船頭時一領，五日艤舟鋏甕城。新詩郵寄披縱横，一讀一快雙眼明。予舟泊蘭陵，宫保又遣弁持詩來迎。平明爲問入山路，言尋藥艸經秋榮。霜葉爛熳紅于花，行行時復一停車。三日乃遍僧紹家，採菊亂插帽簷斜。松濤合處盤遠鶴，楓葉落時驚翻雅。斯遊何幸奉明旨，臣門如市臣心水。此來豈獨爲看山，還許因之見臣子。數起居，故人情，招邀雅會絲絃清。宫保迓留吴門，各當途讌予于公署，極絲竹管絃之勝。群公憐我老爲客，頓宿厨傳不厭精。趨府佳兒陪，中饋令才典。坐我不繫舟，迴廊步數轉。射堂虛敞茗椀舊，芙蓉池館水清淺。緬想滄浪亭，宫保駐吴門，以滄浪亭爲行廨。案牘煩點勘。公餘坐懷人，秋雲易爲暗。有約不得同眺覽，于此能勿會恬憺。佩我茱萸囊，飲我鬱金香，韶華過眼何堂堂。群公餞我歸，復以大白浮。兒辭不忍别，如鳥鳴啾啾。醉眠夢上最高峰，下視巨浸如練失濛澒。惟有諸佛身，跏結心不動。醒來神揚揚，層雲爲護擁。群公遠相送，厚意我承奉。歸帆又挂京口月，回首青山露一髮。公時閲瀛候進止，致君堯舜還讀律。相逢大笑意襄羊，樽中有酒鵝兒黃。小春天氣如温馨，有兒何必長晨昏。及時努力酬明盛，接跡夔龍奉至尊。

附

和韻

尹繼善

壬午首春，迎鑾北上，遇香樹尚書于揚州。見示辛巳看梅詩卷，即事述舊，次韻奉和。

憶昔年壯日，聯吟共直廬。宦遊旋異地，酬倡別來疎。自公歸帆渡越水，殷勤時惠山中書。越中山水春粧靚，賞心樂事誰與併。高人一片冰心冷，獨與梅花對清影。景趣都從閒處領，我曾于役過江城。造廬請謁暮雲横，片時快聚雙眼明。公似老梅風骨秀，清高不比凡花榮。攀留正欲訪山花，匆匆就道理行車。柴門四望似田家，行雲無定隨風斜。南浦銷魂吟碧草，夕陽念舊聽啼鴉。郎君典試承恩旨，公方遠送浮煙水。我至吴門意外逢，極羨承家有令子。一見歡然述舊情，似梅風骨愈神清。每親笑語風規遠，寧止詩篇格調精。今值南巡舉盛典，迎鑾行棹風檣轉。豈料邗城遇故人，天教會合緣非淺。自昔平山曾點勘，梅發沿隄枝影暗。幾番結伴經遊覽，吟來長句何恬憺。詩與梅相稱，字字饒古香。壁上留題處，至今光滿堂。老鳳清聲雲外浮，下視作者皆啾啾。因憶鴛湖畔，花開亦洞湏。話到林園神爲動，香國年年常坐擁，寒芳朝夕爲公奉。是時並坐邗城月，一笑相憐添華髮。約我餘閑寄和章，風塵祇恐疎詩律。維舟郊岸聊襄羊，挂帆即渡河流黄。踰時花盛香温馨，看梅好及月黄昏。相期清夜梅花下，暢敘平生倒緑尊。

附和韻

尹繼善

香樹尚書遊棲霞山，並過訪不繫舟。余時有吴門之行，未得相晤，漫賦長歌寄贈，仍用蜀岡詠梅舊韻。

鶴髪耽巖壑，幽棲自結廬。聚散總無常，跡遠心未疎。郵筒千里互酬贈，時得新詩兼素書。鴛鴦湖畔百花靚，景物幾同西子倂。樓高煙雨絶清泠，萬頃波光雲倒影。我獨碌碌勞形日引領，今春扈蹕會江城。是時花樹正縱横，惠泉水緑錫山明。不獨飏言多賡和，更羡逾格荷恩榮。詔許先歸飽看花，重過吴門暫駐車。我來公尚未還家，滄浪亭畔雨絲斜。夜深同把酒，興至任塗鴉。老友談心淡彌旨，恍如吸飲中冷水。我旋回舟向石頭，公亦歸山課孫子。兩地相思無限情，暮雲重疊遠江清。詩箑遥傳風肆好，交道有神意更精。先生寄我詩扇，有『交道從來亦有神』句。令嗣重來膺鉅典，老人棹沂吴江轉。相訂遊棲霞，逸興良非淺。憶昔寒山約點勘，無忙中空負柳陰暗。在吴門時，擬往寒山未果。何如直上最高峰，萬里江天恣一覽。竹院與僧房，無處不恬澹。土净泉皆美，林幽草亦香。玉冠峻嶺紫峰閣，武彝精廬太古堂。武彝精廬、太古堂，皆御題匾額。新池渾似鏡，鷗鷺自沉浮。况有雛鳳鳴相和，不比凡鳥聲啾啾。楓葉將紅更濛澒，先生一見神應動。古佛禪燈面面擁，蒼松翠石爲供奉。我駐南邦經歲月，慚對青山搔短髪。好遊最苦乏同心，耽吟却未嫻詩律。無緣勝地共襄羊，桂花開後菊花黄。晴和頗似春温馨，羡公枝枝玉樹侍晨昏。西風吹我姑蘇去，誰共高歌一舉尊。

題蔣心餘所藏金檜門小像

昨聞丹旐返，赴寢哭微之。忽接通門札，來徵感逝詩。平生三友在，心事一言知。用香山句。先生後予十五年入館，而愛才汲引，務拔真才，有同趣焉。專席襟期遠，因風酹一卮。

鴻爪如相證，曾逢磊落州。今朝圖畫裏，只當北蘭遊。腳跡前生分，心期一炷留。廢莪人可感，此事亦千秋。往予典豫章試，先生視學。於差竣予假旋故里，先生招遊北蘭寺。家犨石庶子時爲諸生。心餘初登賢書，予是年所得士也。